시니컬 황후

4

시니컬 황후 4 (완결)

초판 1쇄 인쇄 2014년 12월 12일
초판 1쇄 발행 2014년 12월 19일

지은이 은빈
발행인 오영배
기획 박성인 **책임편집** 이신옥
표지 · 본문 디자인 신경선
제작 김아름 **일러스트** 김효영

펴낸곳 (주)삼양출판사 · 단글
주소 서울특별시 강북구 솔샘로67길 92
대표 전화 02-980-2112 **팩스** / 02-983-0660
블로그 blog.naver.com/dan_gul
출판등록 1999년 3월 11일 제9-00046호

ISBN 979-11-313-0201-9 (04810) / 979-11-313-0067-1 (세트)

단글은 (주)삼양출판사의 로맨스 문학 브랜드입니다.

시니컬 황후

은빈 장편소설

4

단글

|차 례|

제1장

끊어진 덫

황후는 너무 놀라 떨리는 다리에 힘을 가득 준 채 일어나곤, 애써 초점 없는 눈빛을 유지했다.

그녀는 자신이 꿈을 꾸고 있는 것은 아닐까, 숨이 막혀오는 가슴을 세게 움켜쥐었다.

그를 포기하지 않으려 했다. 그래서 최대한 담담하게 굴며 다른 해독제를 끊임없이 구하고 또 구하라 명했다. 제운객주에 다녀온 뒤에도 모든 객주를 수소문하고, 천나라 의원들을 불러들이라 명했다.

헌데 그 남은 모든 방도들을 동원하기도 전에…… 그는, 다른 말로 이별을 고했다.

─지켜주겠다는 약조…… 지키지 못해서 미안해.

　일부러 잠이 든 척을 했었다. 그의 품에 안긴 채 입을 틀어막았다. 그의 마지막일지도 모르는 한마디를 듣고 싶지 않아서, 속으로 귀를 막아버렸다. 황제를 두고 떠났던 것에 대한 벌을 받은 것일까. 이젠 그가 떠날지도 모른다는 생각과 함께 그렇게 두려운 밤을 보냈다. 그리고 지금 이 순간.

　이제 시간이 얼마 남지 않았다는 어의의 말에 좌절한 그녀의 앞에…… 황제가 서 있었다.

　"천 휘……!"

　천 우가 딱딱하게 굳은 얼굴로 황제를 바라보았다.

　황제가 비릿한 미소를 지었다.

　얼굴에 창백한 느낌이 아직 남아 있었지만, 황제는 멀쩡히 서서 천 우를 응시하고 있었다.

　"말해 봐, 어서."

　황제가 다시 한 걸음, 한 걸음 천 우에게 다가갔다. 뒷짐을 진 그의 발걸음에 여유로움이 묻어났다.

　그러나 그 여유로움 아래에는 엄청난 분노가 억눌려져 있었다.

　"독이라니. 나는 너의 형제다. 내가 어찌 아우를 죽이려 하겠느냐."

　천 우가 주춤 움직였다. 뒤에는 거대한 황금빛 제좌가 버티고 있어 더 물러날 곳은 없었다.

천 우는 이내 침착함을 유지하려 목 뒤로 침을 삼켰다.

"그래?"

황제가 쓴웃음을 지었다. 이내 황제의 낮은 목소리가 조당에 울려 퍼졌다.

"여봐라."

황제는 뒤를 돌아보지 않은 채 여전히 천 우를 응시했다. 그의 표정 하나하나를 놓치지 않고 지켜보겠다는 뜻이었다.

"예, 황제 폐하."

이윽고 한 궁녀가 두 개의 찻잔을 받쳐 들고 조당 안으로 천천히 들어섰다.

"제가 형님을 위해 준비한 솔잎차입니다."

"솔잎차라니……."

"이 솔잎차에 무엇이 들어 있는지는, 형님이 더 잘 아실 테니…… 맛은 아주 고통스러우리만큼 좋겠지."

"……!"

황제는 궁녀가 들고 있던 찻잔 중 하나를 쥐고 천 우의 앞으로 다가갔다.

"어디, 형제로서 즐거운 시간을 보내 보자고."

황제는 천 우에게 솔잎차를 내밀었다. 모락모락 나는 김이 천 우의 코끝에 닿았다.

천 우가 두 눈을 감았다. 자신이 어떤 마음으로, 어떻게 이 자리까지 왔는데. 거의 다 왔는데…… 이리 허무하게 끝나버리는 걸까.

'대체 어떻게 살아난 거냐, 천 휘.'

이윽고 두 눈을 번쩍 뜬 천 우가 황제를 매서운 눈빛으로 노려보았다. 그리고 낮게 말했다.

"……저리 치워라."

마시지 않았다. 황제의 두 눈이 날카롭게 빛났다.

이로써 확실해졌다. 이윽고 황제는 궁녀가 들고 있던 남은 하나의 찻잔을 입에 가져다 대었다.

그리고 한 번에 입 안에 털어 넣는 그였다.

"휘!"

천 우가 벌떡 일어섰다.

황제의 두 눈에 눈물이 고였다. 어디선가 불어온 찬바람이, 두 사람 사이를 훑고 지나갔다.

황제가 찻잔을 꽉 쥐었다.

"나는 천 우 네가! 끝까지…… 내 형님이길 바랐는데."

어떻게든 독을 이겨내려 안간힘을 썼다. 허나, 내성을 가진 독이 아니라 더는 버텨낼 힘이 없었다. 그리고 점점 한계가 다가왔을 즈음.

그는 이젠 정말 마지막이라고 생각했다. 또다시 혼자가 될지도 모를 황후와 함께 마지막 밤을 보내고 싶었다.

그리고 어젯밤. 점점 몸의 긴장이 풀리고, 혈색이 좋아졌다.

시간이 지날수록 가쁘던 숨도 한결 쉬기 편해졌다. 내내 가까스로 유지하던 정신도 서서히 깨어나기 시작했다.

두 눈을 뜬 그는 자신의 옆에서 곤히 자고 있는 황후의 얼굴을 아주 오랫동안 바라보고, 또 바라보았다.

─려운아.

이내 황제는 무언가를 잊고 있었다는 듯, 밖에서 항시 대기하고 있던 려운을 불렀다. 우두커니 문밖에 서 있던 려운은 불현듯 들려온 황제의 목소리에 다급하게 안으로 들어갔다.

황제는 아직 기운이 온전치 않은 상태였지만 애써 정신을 차리곤, 려운에게 조용히 명했던 것이었다.

천 우를 떠보아야겠다고.

모든 정황을 따져 보면, 자신이 독을 섭취할 만한 상황은 수라나 다과를 입에 대었을 때뿐이었다.

그리고 결정적으로…… 천 우와 솔잎차를 마셨을 때 쓰러지듯 잠이 들었으니, 자신이 중독되었다는 것을 안 순간부터 그는 자연스럽게 천 우를 의심할 수밖에 없었다. 사실, 어느 정도는 눈치를 채고 있었다고 해야 할지도 몰랐다.

당장 그를 범인으로 여기고 문초해 낼 수도 있었다.

허나 그가 자신의 형제라는 것. 아무리 미워도, 아무리 사이가 좋지 않아도 형제라는 사실 하나만을 믿고 끝까지 달리 생각해 보려 애를 썼다.

마지막 죽어가는 그 순간까지, 믿으려 했다.

어쩌면 이렇게 죽는 것이 운명일지도 모른다 생각할 정도로, 어릴 적 큰 상처를 받았을 천 우의 마음을 이해해 보려고도 했다.

그러나 누워 있으면서도 점점 확실해져 가는 심중에 그 배신감은 너무도 크게 밀려들었다.

또한 정말 죽을지도 모르는 상황에서, 끝까지 의심을 안고만 있던 자신이 어리석게만 느껴졌다.

려운은 천 우를 떠보라는 황제의 말에, 거대한 돌에 머리를 얻어맞은 듯한 충격에 휩싸여 그를 물끄러미 바라보았다. 그러다 이내 어두운 얼굴을 한 채 하원전으로 향했다.

하원전에서 돌아온 려운은, 수상한 어의의 행동과 천 우가 섭정을 맡게 된 것, 그리고 그간 황제가 누워 있던 중 일어났던 일들을 조용히 설명했다.

그때, 황제는 언젠가 우려했던 일들이 실로 일어났음을, 깨닫게 되었다.

그리고 다음날. 황제는 황후가 연주전으로 떠난 것을 확인한 뒤, 기운을 차리고 침상에서 천천히 내려왔다.

그는 황후가 떠난 자리를 한동안 응시했다. 자신과 황후를 위해, 그리고 황궁을 지켜내기 위해 아주 조금만 더 인내심을 가지고 입을 다문 그였다.

어젯밤 어의를 시켜 자신이 확실히 죽을 것이라고 전했으니, 오늘 조회에서 천 우는 본색을 드러낼 것이었다. 그렇게 생각한 그는 천 우가 앞으로 어찌 나올지, 침전에서 조회의 상황을 소상히 전해 듣고 있었다.

그리고 솔잎차를 준비했다. 천 우를 떠볼 마지막 수단.

황제가 엄지손가락으로 입술을 닦아내며 말했다.

"내가 솔잎차를 왜 좋아하는지, 아는지 모르겠군."

"……."

"솔잎차는, 언제나 정신을 맑게 해주니까."

솔잎차를 마신 황제에게는 아무런 반응도 일어나지 않았다.

애초에, 아무것도 넣지 않은 그저, 솔잎차일 뿐이었으니까.

황제가 찻잔을 이리저리 둘러보며 차갑게 말을 이었다.

"헌데, 내가 이 솔잎차를 마시고…… 깊은 잠에 빠져들었다면. 그리고 중독되었다면."

"……."

"그건, 이 솔잎차에 필히 무언가가 들어 있었다는 뜻이겠지."

천 우가 이를 악물고 부들부들 떨리는 손을 꽉 쥐었다. 절대로, 깨어날 수 없도록 일부러 천나라에서 희귀한 독을 준비한 것이었다.

아니— 천, 지, 해를 합친 연나라에서도 그 해독제를 찾을 수 없는 것이었다.

황제는 그런 천 우의 반응을 무시하고 계속해서 말을 이어 나갔다.

"그리고…… 그것을 마치 알고 있었다는 듯, 아우가 건넨 솔잎 차를 형님은 마시지 않았어. 그저, 차 한 잔일 뿐인데도 말이야."

"어차피 너는 죽을 운명이었다."

"어차피 나는 죽을 운명이었으니, 형님이 범인이라는 사실을, 내가 알고 있을지도 모른다는 것 따윈 중요하지 않았겠지."

"아니! 너는 오래전에, 죽을 운명이었다."

"……"

천 우의 얼굴이 붉게 달아올랐다. 입술 안쪽을 세게 깨물어 터진 피가 잇새로 번졌다.

"그건 너도 잘 알고 있겠지. 그 때문에, 내 어머니가 죽었으니까."

조당 밖 구석진 곳에 기대어 서 있던 천 영의 가슴이 욱신, 쑤셔 왔다.

'결국…… 이렇게 다시 들추게 되는 건가.'

천 영의 눈 밑으로 검은 그림자가 드리워졌다.

한동안 입술을 굳게 다물고 있던 황제가 이내 담담하게 말했다.

"허나 애석하게도 나는 이 자리에 서 있고, 내 앞에 있는 형님은 모든 것을 들켜버린 반역자일 뿐이지."

"내가 치졸해 보이냐. 네게 이런 마음을 품고 이 자리에 서 있는 내가, 어리석어 보이느냔 말이다."

천 우가 실소를 터뜨리며 황제를 향해 말했다. 반쯤 넋이 나간 그의 눈빛에, 황제는 더욱 차가운 눈빛으로 응대하며 답했다.

"나는 그간 충분히, 형님을 이해해 줬다고 생각하는데."

이내 황제는 천 우를 등진 채 뒤돌아섰다.

그리고 조당의 상황을 지켜보며 반역자들을 추려낸 황제는 대신들을 향해 입술을 뗐다.

"모두들 잘 보아라."

"……!"

잠자코 숨죽인 채, 황제와 천 우의 대화에 집중하던 대신들이 덜덜 떨리는 눈빛으로 황제를 올려다보았다.

"려운."

황제가 밖에 있던 려운을 불렀다. 그러자 려운과 함께 대기하고 있던 금군들이 조당 안으로 쏟아지듯 들어왔다.

이윽고, 황제의 입술 사이로 그 어느 때보다 냉혹한 한마디가 흘러나왔다.

"여기, 감히 천나라의 황제를 독살하려 했던 반역자를 잡아들여라. 그를 추종했던 모든 자들 또한 전부 포박해야 할 것이다."

"……!"

천 우의 두 눈이 번뜩였다. 예상치 못한 결과가 자신의 계획을 뒤엎으리라고는 상상도 못 했다. 모든 것을 내걸고 시작한 가혹한 복수가 이리도 허무하게 무너져 내리고 있었다.

"천 영! 어디 있느냐! 천 영!"

금군에게 둘러싸여 포박당한 천 우가 천 영을 목 놓아 불렀다. 그는 천 영이 이미 어딘가에서 이 상황을 지켜보고 있을 거라 예상하고 있었기 때문이었다.

천 영이라는 이름에, 황제가 감았던 두 눈을 떴다.

'영 또한⋯⋯.'

씁쓸함을 담은 그의 입술이 가늘게 휘어졌다.

그리고 그가 영을 어찌해야 할까 채 고민을 하기도 전에 영이 그의 앞에 나타났다.

"여기 있는데."

영은 그 특유의 쌀쌀맞은 얼굴로 황제를 바라보고 있었다.

"천 휘 형님."

"천 영."

"나 또한, 같은 생각이었으니 이것 또한 반역에 가담했다 할 수 있겠지."

천 영이 나직이 말했다.

황제는 순간 목이 턱 막혀, 아무런 말도 할 수가 없었다.

무엇이 우리들을 이렇게 만들었을까. 서로의 상처만이 중요하다 여기고, 혼자서 치유하려 애를 썼던 것에 대한 대가일까.

자신의 상처를 치유하느라 다른 이의 상처는 돌아보지 않았던 것에 대한 혹독한 대가일까.

시간이 지나면 아물 거라 생각했던 상처는 더욱 더 커지고 곪아갈 뿐이었다. 그리고 더 이상 곪을 수조차 없어 터져버린 그 순간이…… 바로 지금이었다.

이윽고 마음을 굳게 다잡은 황제가 감정 없는 한마디로 조당을 삼켰다.

"반역에 가담한 모든 자는, 엄벌로 다스린다."

그리고 그는 홍 재상을 노려보며 덧붙였다.

"홍 재상, 이번에야말로 그대를 잡았군."

*　　*　　*

"폐하. 홍 재상을 비롯한 이부, 예부, 호부, 병부상서와 그들을 따른 대신들을 옥에 감금하였습니다. 그리고 천 우 마마와 천 영 마마 또한…… 각각 옥에 계시옵니다."

"알겠다."

황제는 텅 빈 조당 안 제좌에 가만히 앉아 있었다. 고요한 정적 속 황제와 려운의 목소리만이 뚜렷하게 울리고 있었다.

려운은 황제를 물끄러미 바라보고는 이내 말을 이었다.

"이부, 예부, 호부상서는 홍 재상의 계획에 가담했으리라는 것을 알고 있었지만 병부상서까지 그들 사이에 있을 줄은 몰랐습니다."

그러자 황제가 감정 없는 말투로 답했다.

"그동안 그들은 그저, 나를 가만히 지켜보았을 뿐이지."

려운이 아랫입술을 물었다. 황제가 쓸쓸한 미소를 지으며 덧붙였다.

"앞에서는 나를 두려워하는 척하면서, 뒤에서는 코웃음을 치고 있었겠지. 그런 것을 알고 있었으면서도 나는. 그저 내 뜻을 따르기만 하면, 내버려두고 있었다."

"……."

"어찌하면, 나라의 기강을 바로잡을 수 있을까. 어찌하면, 백성들을 위한 올바른 정치를 펼칠까 고민하면서도 실은, 아무것도 하고 있지 않았던 것이다."

황제는 힘주어 마른침을 넘겼다. 이내 그가 눈웃음을 지어 보였다.

"해서, 내겐…… 나를 믿고 따라 줄 자가 아무도 없었던 것이겠지. 내가 냉혹한 황제여서가 아니라, 무능한 황제라서 그들은 그저 나를 따르는 척했을 뿐이다."

밖에 서 있던 공 태감이 슬픈 미소를 지었다. 황제를 어린 시절부터 지금까지 쭉 지켜본 그였다. 공 태감은 그간, 혹독한 시련을 거치고 이겨낸 황제가 많이 성장했음을 느꼈다.

"어째서 폐하를 무능한 황제라 칭하시는 겁니까. 폐하께서 계셨기에 천나라가 이리 태평성대를 이루며 돌아가는 것입니다."

"전에 내가 말했지 않느냐. 나는 내 상처만 돌아보느라, 다른 것엔 신경을 쓸 겨를이 없었다고. 그 말이…… 황제로서 그리 어리석은 말인지도 모르고 했었더구나."

"황제는…… 사람이 아닙니까. 황제는, 시름에 잠길 수조차 없는 것입니까."

고개를 숙인 려운의 목소리가 가늘게 떨렸다. 황제란 자리가 그런 자리라는 것을 알고 있었기에, 매번 황제를 위로하며 그의 곁을 묵묵히 지켜왔다.

허나 지금은, 황제와 호위대장이 아닌…… 벗으로서 그를 지켜보는 것이 너무도 가슴 아파 견딜 수가 없었다.

"려운, 너도 이 자리가 어떤 자리인지 잘 알지 않느냐. 천 우 형님 말대로 나는, 두 형제들의 어머니를 죽이고 이 자리에 앉았다."

"그건 폐하의 뜻이 아니었잖습니까!"

려운이 순간, 목소리를 높였다. 그러자 황제는 그 어느 때보다도 단호한 목소리로 려운과 시선을 마주하며 말했다.

"려운아. 그런 내게 이제야…… 진정으로 강한 황제가 되어야겠다는 마음이 생겼다. 백성들도, 누군가를 지키기 위해 아등바등 살아가고 있는 것이 아니겠느냐. 누군가를 지키고 싶은 그 마음을 너무도 잘 알기에, 나는 그런 백성들을 진심으로 지키고 싶어졌다."

'천 휘. 너는, 너를 황제로 선택한 나의 믿음을 저버리지 않았다.'

려운의 가슴이 먹먹해졌다. 이내 그는 애써 담담한 얼굴로 조용히 물었다.

"이제 어떤 처벌을 내리실 생각이십니까."

그러자 황제는 초점 없는 눈빛으로 조당 문을 응시하며 나직이 말했다.

"이 제좌가 그리 탐이 났던 것일까."

황제가 두 눈을 감았다.

이 제좌가 탐이 났던 것이 아니라는 걸…… 알고 있으면서도 물었다. 오랫동안 그들을 지켜본 려운 또한 은연중 그 답을 알고 있기에, 쉽사리 입을 열지 못했다.

려운은 곧 조심스럽게 답했다.

"마지막으로 진솔한 이야기를 나눌 시간 정도는 남겨두시는 것이 좋을 것 같사옵니다."

"그것이 유언이 되겠지……."

황제가 힘겹게 마른 입술을 뗐다. 갑자기 스며든 원인 모를 눈물이 그의 시야를 흐리게 만들었다. 그의 눈앞에 핏물이 가득한 칼날이 비춰졌다.

더 이상 그들의 어미를 죽게 만들었단 죄책감도, 형제로서의 우애도 남아 있지 않을 거라 생각했다. 그리고 이것으로 형제들에 관한 모든 것을 마무리하려 했다.

헌데…… 어리석게도 약해지고 있었다. 너무나 어리석게도.

황제는 이내 마음을 다잡으며 숨을 깊게 내쉬었다. 그리고 말했다.

"려운아. 내가 진솔한 이야기를 나눌 시간이 없다는 핑계로…… 천 우와 천 영의 처벌을 미룬다면…… 그땐 꼭, 그런 나를 일깨워 주거라. 그들은 내 목숨을 거두어가려 했다고. 그리고 천나라를 무너뜨리려 했다고."

황제의 말에 려운이 천천히 고개를 숙였다.

"알겠사옵니다."

"다른 이들은, 그 이외에 반역을 꾀한 자가 더 없는지 문초하여 알아낸 뒤 모두 한꺼번에 능지처참하거라. 허나, 홍 재상만은 살려 두어야 할 것이다."

"홍 재상은 천 우 마마와 함께 이번 역모의 주동자이옵니다. 어째서 그는 제외해 두시는 겁니까."

려운이 의아한 얼굴로 물었다. 그러나 황제는 다른 것을 물었다.

"전에 점쟁이가 홍 재상의 명에 따랐다 말했던 것, 기억하느냐. 해서, 그가 홍 재상의 명에 따라 무엇을 했는지 알아내라 명했었고."

"예. 기억하옵니다. 그렇잖아도 그의 문초 내용에 대하여 중간중간 보고를 받고는 있었사옵니다. 헌데 아직까지 묵묵부답이라 합니다."

"고문이 부족한 탓인가 보군."

황제가 매서운 눈빛으로 냉소를 지었다.

"아직 그 점쟁이를 매개로 홍 재상과 백 재상이 무슨 관련이 있는지, 그 연관성을 찾지 못했다. 만일 홍 재상이 이번 역모뿐 아니라, 내가 모르는 다른 만행마저 저질렀다면…… 쉽게 목을 베는 것으로 끝나선 안 되겠지."

황제의 말에 려운의 눈빛이 어두워졌다.

자신 또한 그러길 간절히 바라는 사람이었다. 홍 재상은 이리 쉽게 처형해서는 안 되는 자였다. 그의 죄를 낱낱이 파내어, 그 누구보다도 고통스럽게 서서히 죽여야 마땅했다.

"백 재상 또한 황후의 눈을 멀게 한 자이니 그 내막을 알게 되면."

황제는 슬픈 눈으로 자신을 바라보고 있던 황후를 떠올리며 차갑게 말했다.

"그 자리에서 그자의 혀를 자르고, 두 눈을 뽑아버릴 것이다."

*　　　*　　　*

"이게 지금 무슨 몰골이십니까?"

재연이 기가 차다는 얼굴로 옥에 갇힌 홍 재상을 바라보았다.

"네가 여긴 어쩐 일이냐."

홍 재상이 재연의 시선을 피하며 말했다.

"어쩐 일이냐구요?"

재연은 한밤중, 황궁이 발칵 뒤집어졌다는 소리를 들었다. 그리고 황제의 형제를 비롯한 홍 재상이 반역죄로 몰렸다는 이야기를 듣고 몰래 신관을 빠져나왔다. 그리고 옥 앞을 지키는 병사에게 몇 푼을 쥐어주고 몰래 들어온 것이었다.

"저를 황후로 만들어주겠다 큰소리치시더니 겨우 이런 몰골로 앉아계시는군요."

"황제가 깨어날 줄 누가 알았겠느냐."

'황제 폐하께서 깨어나셨다고?'

홍 재상의 말에 재연이 그를 뚫어져라 응시했다. 재연은 가슴에 손을 얹어 열은 한숨을 내쉬었다. 그러나 곧 그녀는 자신의 행동에 깜짝 놀라며 급히 홍 재상을 의식했다. 다행히 홍 재상은 고개를 숙이고 있느라 보지 못한 것 같았다.

"황제 폐하께서는 중독되셨다고 들었는데 어찌 깨어나셨단 말입니까."

현 황제는 중독된 상태. 그리고 새로운 황제를 추대한다…….

그녀는 홍 재상에게 들었던 말이 머릿속에서 떠나가질 않았다.

그가 만일 자신을 황후로 만들어줄 수 있는 '황제'가 아니었더라면, 그는 아무것도 아닌 사내일 뿐이었다.

그에게 잠시나마 가슴이 뛰었던 건, 죽어 있던 자신의 빈 가슴이 반응했던 건…….

황후가 되고 싶다는 욕망이 너무도 커져, 황제마저도 갖고 싶어진 것이라 되뇌고 또 되뇌며 그렇게 시간을 보내왔다.

자신이 황후가 될 수만 있다면, 지옥 같은 기녀 생활에서 벗어나 자신의 발아래 천하를 둘 수만 있다면, 황제가 누구이든 상관없다고 생각하며 마음을 다잡았다.

허나 정말로 현 황제가 죽는 것은 아닐까 그녀의 가슴 한구석에서는 원인 모를 불안감이 몸서리치고 있었다.

'내가 무슨 생각을…….'

재연이 이내 고개를 도리질하며 이마를 짚었다. 그리고 다시금 홍 재상을 노려보았다.

전에 홍 재상을 찾아갔던 가장 큰 연유가 바로 황제가 중독되었다는 사실을 알고 가만히 있을 수가 없었기 때문이었다.

허나 제대로 된 것을 묻기도 전에 홍 재상은 자신이 황후가 될 수 있을 거라 말했다.

곧 새로운 황제가 추대될 것이란 말과 함께.

그가 죽어 간다는 사실에 멈칫하긴 했지만, 그 또한 홍 재상의 계획이라는 것을 깨닫고는 그저 가만히 입을 다물고 있었다.

어차피 자신은 이미 홍 재상을 따라 너무도 멀리 와 있었다. 어설픈 감정 따위는 불필요하다고 생각했다. 새로운 황제든 뭐든! 황후가 되게 해주겠다던 홍 재상을 끝까지 믿으려 애썼다.

허나 홍 재상은 이제 쓸모없는 늙은이가 되어 버리고 말았다.

재연이 재미있다는 듯 입꼬리를 가늘게 올렸다.

"황제 폐하께서 아직 승하하시지도 않았는데, 새로운 황제를 추대했다는 건…… 반역."

허면, 홍 재상을 아비로 두고 있는 자신까지 휘말려 목숨을 부지하기 힘들어질 수도 있었다.

이내 재연은 두 눈을 가늘게 뜨고는 홍 재상만이 들을 수 있도록 싸늘하게 소리쳤다.

"제게는 조용히 신녀의 자리를 지키라더니, 결국은 이리 실패하여 추한 꼴로 옥에 갇혀 있는 주제에 어찌 저를 황후로 만들겠다고 호언장담을 하셨습니까!"

날카로운 재연의 목소리에 홍 재상은 어금니를 꽉 물었다. 그는 최대한 차분히 마음을 가라앉힌 채 속삭이듯 소리쳤다.

"황제는 분명 죽을 목숨이었다. 누군가 해독제를 주지 않은 이상 깨어날 수가 없었어! 그리고 그 해독제는 천 우 마마만이 알고 있단 말이다."

"허나 황제 폐하께서 죽지 않았으니, 아버님이 죽게 되겠지요."

재연은 차갑게 홍 재상을 노려보고는 뒤를 돌았다.

"재연아. 네가 황제에게 빌든, 황제를 미혹시키든 제발 어떻게 해서라도 나를 살려다오."

문득 홍 재상이 재연의 뒷모습을 바라보며 애원했다. 그러자 재연은 홍 재상을 향해 고개를 돌리며 씨익 웃었다.

비록 모든 것이 실패한 이 순간이, 피가 거꾸로 솟을 만큼 역겹지만 하나 얻은 것은 있었다.

재연은 한껏 슬픈 표정을 하고 있는 홍 재상에게 가까이 얼굴을 가져다 대곤 조용히 속삭였다.

"잘난 아버님 덕분에 저 또한 목숨을 부지하기 어려울 것입니다."

"허나 너는 재상의 딸이니, 잘만 하면 황궁 소속의 노비가 될 수도 있을 것이다!"

"노비요? 노비라……."

재연이 재미있다는 듯 코웃음을 쳤다. 그리고 말을 이었다.

"기생인 제게 여기서 더 떨어질 나락이 어디 있다고 그리 말씀하시는 겝니까. 이왕 부지하지 못할 목숨, 저 혼자서라도 마지막 발버둥을 쳐 볼 테니 잘 지켜보십시오."

의미심장한 그녀의 말에, 홍 재상이 두 눈을 천천히 깜빡였다.

이내 재연은 검지 손가락을 자신의 입술에 가져다대며 덧붙였다.

"그때까지, 제가 무얼 하든 입 다물고…… 목숨 줄을 잘 붙들고 계시란 뜻입니다. 앞으로 아버님께 시간이 얼마나 남았을지는 모르겠지만."

* * *

"마마, 어째서 황제 폐하를 따로 뵙지 않으시고 바로 연주전으로 오신 것입니까?"

리아가 탁자 위에 차를 내려놓으며 물었다. 황후의 놀란 가슴을 진정시키기 위한 차였다. 황후는 창가에 자리한 탁자에 앉아 멍하니 창밖을 바라보고 있었다. 황후는 인기척에도 한동안 미동 없이 창밖만을 응시했다.

"폐하께서 깨어나신 것, 그걸로 되었으니까."

그녀의 담담한 한마디에 리아가 고개를 살짝 기울이며 되물었다.

"아무리 그래도 누구보다 황제 폐하를 걱정하신 마마십니다. 폐하께서 어떻게 깨어나셨는지, 다른 아픈 곳은 없으신지, 당장이라도 묻고 싶으셨을 텐데……."

리아가 황후를 힐끔 보며 말끝을 흐렸다. 그러자 황후는 차를 한 모금 마시고는 나직이 말했다.

"내가 눈물을 흘리며 그분 뺨을 어루만지기 전에, 폐하께는…… 혼자 생각할 시간이 필요하실 것 같았어."

배려였다. 그 누구보다도 상처 받았을 황제에 대한 배려. 더 이상은 자신의 감정만을 앞세워 이기적인 행동을 하고 싶지 않았다.

"지금이라도 보고 싶지 않으세요?"

문득 물어오는 리아였다. 황후는 예상치 못한 질문을 받은 것처럼 리아를 물끄러미 바라보았다.

"마마의 생각과는 달리, 폐하께서는 마마를 보고 싶으셨을 수도 있잖아요."

리아가 멋쩍게 웃으며 조심스럽게 말했다.

"폐하께서……?"

그를 당장이라도 보고 싶은 마음이 굴뚝같았지만, 너무도 어둡게 물들어버린 그의 얼굴 앞에 쉽사리 다가갈 수가 없었다.

그가 자신을 바라보며 지을 웃음은, 너무도 힘겨운 미소일 것을 알고 있었으니까.

"마마. 저 잠시 동안만 도희에게 다녀올게요."

황후가 잠시간 뜸을 들이자, 리아는 무언가 생각이 났다는 듯 황후의 허락을 구했다. 황후마마께서 황제 폐하를 뵈러 가도 될 지 묻기 위해서였다.

"도희는 왜?"

"조금만 기다리세요. 차를 마저 드시면서요."

리아는 반쯤 빈 황후의 찻잔에 차를 가득 따라주며 고개를 숙 였다. 그리고 발길을 돌려 문 쪽으로 향하는 그녀였다.

황후는 의아한 얼굴로 찻잔을 응시하며 고개를 갸웃했다.

"갑자기 도희한테는 왜……."

그러다 문득 그녀는 도희가 누구인지를 깨달았다.

이윽고 리아가 문을 열고 나가려던 순간, 자신의 앞을 가로막 고 서 있는 누군가를 마주하고는 그 자리에서 멈춰 섰다.

이내 리아에게서 당황스러움과 반가움이 섞인 한마디가 들려 왔다.

"폐, 폐하……!"

황제는 황후를 처음 만났던 그날처럼, 황룡포를 입은 채 그녀 의 앞에 서 있었다.

그는 그 어느 때보다 더 늠름한 모습이었다.

그리고 그 어느 때보다 더 강인한 모습이었다.

"나가 보거라."

유달리 황제의 낮은 목소리가, 황후는 너무도 다디달게 느껴졌다.

그의 그윽한 눈빛이, 오로지 황후만을 바라보고 있었다.

이 상황…… 언젠가 본 적이 있는 느낌. 어렴풋이 기억나는 그날이, 문득 황후의 머릿속에 겹쳐졌다. 어쩌면 황제의 머릿속에도 이미 그려져 있을지 몰랐다.

허나 그때와 다른 것이 하나 있다면.

그의 눈가에, 그리고 입가에…… 너무도 사랑스러운 미소가 담겨 있다는 것.

더 이상, 서로에게서 냉기 따위는 느낄 수 없다는 것.

"폐하."

황후가 자리에서 일어나 황제의 곁으로 다가갔다.

황제는 자신의 앞에 서 있는 황후를 가만히 바라보았다. 그리고 옅은 미소와 함께 그녀를 껴안으며 말했다.

"말했잖소."

"……?"

"나는 독 따위에 쉽게 죽지 않는다고."

그의 체온. 그의 체취가 그녀의 코끝에 물씬 풍겨왔다. 옅게만 느껴졌던 솔잎향이 지금은 그 어느 때보다도 진한 향으로 그를 감싸고 있었다.

"거짓말."

황후는 왈칵 쏟아지는 눈물로 황제의 어깨를 적셨다.

그리고 자신의 가슴과 맞닿아 빠르게 뛰는 그의 심장박동을 느꼈다.

리아는 두 사람의 모습을 남몰래 흐뭇하게 바라보고는 그 길로 조용히 밖으로 나섰다. 그러다 밖에서 황제를 기다리고 있던 려운과 마주친 그녀였다.

"려운님!"

"쉿."

려운이 목소리를 낮추라는 듯, 검지 손가락을 자신의 입술에 대며 싱긋 웃었다.

너무나도 멋진 그의 미소에 불현듯 리아의 얼굴이 붉어졌다. 이내 그녀는 닫히는 문을 멍하니 바라보고는 고개를 끄덕였다.

"거짓말이라니."

황제는 황후를 자신의 품 안에 온전히 넣으며 피식 웃었다.

"거짓말이면, 내가 이 자리에 없을 텐데?"

그리고 따뜻해진 손으로 그녀의 등을 가만히 토닥였다.

"저는 정말로 폐하를 잃는 줄 알았습니다."

그의 농에, 아무리 미소 지으려 해도 멈출 줄 모르는 눈물이 황후의 볼을 타고 흘러내렸다.

황제는 조심스럽게 품에서 그녀를 떼고는 손으로 그녀의 눈물을 닦아주며 말했다.

"그만 우시오. 이러다 내 용포가 다 젖을 것 같소."

그러자 황후가 자신의 손으로 눈물을 닦아내며 진정하려 애를 썼다. 그리고 그의 양 손으로 그의 팔을 붙잡으며 말했다.

"제가 우는 건, 신경 쓰지 않으셔도 됩니다. 황제 폐하의 마음이…… 저보다 더 슬퍼하고 있다는 것을 제가 잠시 잊고 있었습니다."

"……!"

그녀의 말에, 황제는 잠시 멈칫했다. 그녀도 보고, 들었을 테니까. 그의 얼굴에 잠시나마 사라졌었던 어둠이 다시 내려앉았다. 그러나 이내 애써 웃어 보이며 말하는 그였다.

"이제 끝났소. 이제 끝난 일이니, 나는…… 괜찮아."

하지만 황후는 고개를 저었다. 그녀는 그의 위로 휘어진 입술 위에 손가락을 가져다대었다. 그리고 입술을 일자로 펴듯 손가락을 움직였다. 웃고 있던 그의 얼굴이 무표정으로 바뀌었다.

"폐하. 억지로 미소 짓지 마세요. 아플 때는 아프다 말하세요. 울고 싶을 때는 울고 싶다 말하세요."

"황후……."

황제가 바싹 마른 입술을 떼어 그녀를 나직이 불렀다. 그의 눈빛이 그제야 차츰 흔들리기 시작했다.

그는 곧 아무렇지 않은 척, 마른침을 넘기곤 그녀의 머리카락을 귀 뒤로 넘겨주며 말했다.

"우리 황후. 그새, 또 변한 것 같은데."

"천 우 마마께서는 어째서…… 그런 마음을 품으신 것입니까."

황후가 황제를 물끄러미 바라보며 물었다. 내색하지 않아도, 크게 다쳤을 그의 마음을 의식해서였다.

그러자 황제는 한동안 뜸을 들었다. 언젠가, 황후에게도 말해주었어야 하는 이야기일지도 몰랐다.

이내 그가 천천히 말문을 열기 시작했다.

"내 어머니는…… 귀비였소. 황후보다도 총애받는 후궁이었지. 잘만 하면 제2황후가 될 수도 있을 만큼."

황후가 놀란 눈으로 황제를 바라보았다. 황제는 씁쓸한 미소와 함께 말을 이었다.

"허나 덕분에, 나는 그리 녹록하지 않은 어린 시절을 보내야 했지."

"녹록하지 않은 어린 시절이라면……."

"황태자 책봉 날이 다가올 때였어. 당시 황후였던 천 우와 천 영의 어머니는 혹 내가 황태자가 될까 봐, 자고 있던 내 침상 위에 독사를 풀어놓았소. 마치, 천 우형님이 내게 독을 먹인 것처럼."

"……!"

"독사는 뒤척이던 내 팔목을 물었고, 처음엔 죽는 줄로만 알았어. 헌데, 어찌된 일인지는 모르겠지만 나는 그 독을…… 견뎌냈소. 물론 내가 입으로 재빨리 독을 빨아 뱉어내긴 했지. 전에 서책에서 읽은 적이 있었거든. 어린 나이에도 생존 본능이 있었던 걸지도."

황제의 말에, 그녀는 그 자리에서 얼어붙은 듯, 움직일 수가 없었다. 찔러도, 피 한 방울조차 나오지 않을 것 같은 그도 이 자리에 서 있기까지 너무도 많은 고난을 겪어야 했던 것이다.

자신이 아버지에 의해 탕약을 먹고 눈이 멀게 된 일쯤은…… 수없이 목숨을 위협받은 그에 비하면 아무것도 아니었다.

그런 그에게 당신은 아무것도 모른다며 원망했다니.

'당신도…… 내가 헤아릴 수 없는 크기의 상처를, 수없이 가지고 있었습니까.'

그녀의 표정을 바라본 황제가 걱정하지 말라는 듯 입가에 옅은 미소를 띠었다.

"그리고 그것을 알게 된 선 황제 폐하께서, 선 황후에게 사약을 내렸소. 그리고 그것에 멈추지 않고, 나를 황태자 자리에 앉혔지. 내 어머니께서 너무도 충격에 휩싸여 식음을 전폐하셨거든. 허나 아직도, 그것이 아바마마의 사랑이었는지 나는 아직 잘 모르겠소."

"그리 된 것이었군요."

"내 어머니 때문에, 선 황후께서는 독수공방의 세월을 보냈소. 그건 그 당시 황궁 사람이라면 모르는 이가 없을 정도로 처절했소. 그리고 그런 선 황후의 모습을 지켜본 것은…… 천 우 형님과, 천 영이었지."

"그래서 천 우 마마께서 그리 말씀하셨던 것입니까."

황후는 조당에서 천 우가 했던 말을 떠올렸다. 그의 분노와 슬픔이 가득한 눈을 그녀는 아직도 잊을 수가 없었다.

"헌데 그것도 모자라, 어머니가 죽게 되고…… 적통 황태자 자리에서 밀려나게 된 것이오."

황제 역시 천 우를 떠올렸다. 언제나 가슴 깊은 곳에 죄책감을 가지고 미안해했다. 자신의 잘못이 아니었더라도, 미안해했다. 그것이 반쪽이나마 피를 나눈 형제에 대한 우애라고 생각했다.

허나, 다시금 자신을 죽게 만들려 했던 천 우를 더 이상 이해할 수는 없었다.

"해서, 나는 내 형제들을……."

"폐하, 괜찮습니다."

이번엔 황후가 그를 따뜻하게 껴안았다. 그녀의 따뜻한 온기가 그를 편안하게 안정시켰다.

이윽고 황제는 그녀와 두 눈을 마주하곤 힘주어 말했다.

"황후. 이젠, 그대의 슬픔을 온전히 씻어낼 차례요."

청명한 그의 눈동자 속에 황후의 녹빈홍안(綠鬢紅顔)이 비추어졌다. 황후는 그동안 황제를 잃는 줄로만 알았던 두려움 속에서, 묻어둘 수밖에 없었던 자신의 상처를 다시 돌아보았다. 그리고 고개를 끄덕였다.

"곧 아버님을 뵐 것입니다. 온전한, 두 눈으로요."

*　　　*　　　*

"불안해서 미치겠군."

백 재상이 마당에 나와 이리 저리 움직이며 중얼거렸다. 백 재상은 혹 천 우가 자신 또한 역모에 가담했다는 것을 밝힐까 안절부절못하고 있었다. 어째서인지, 홍 재상은 그 사실을 모르고 있는 것 같았다.

자신 또한 다른 이들에게 천 우의 계획을 말한 적이 없으니, 천 우와 자신만 입을 다물고 있으면 되는 것이었다.

상황이 이상할 정도로 급하게 뒤엎어지긴 했지만 어찌되었든 황제가 멀쩡히 살아났다는 사실이 중요했다.

따라서 굳이 천 우에게 편승하지 않아도, 황후인 월의 입지는 그대로 굳힐 수 있게 되었다. 그는 한편으로는 안도의 한숨을 내쉬면서도, 혹 자신마저 옥에 잡혀 들어가 능지처참을 면하지 못하게 될까 불안함에 몸서리치고 있었다.

"향아."

백 재상은 불현듯 향을 찾았다. 여차하면 짐을 싸서 멀리 멀리 도망을 가야할지도 몰랐다. 그러나 향은 방 안에 틀어박혀 깊은 생각에 잠겨 있었다.

월은 어째서, 눈이 다시 보인다는 것을 아버님에게 말하지 못하게 하는 것일까.

향은 언니 월이 눈이 보인다는 사실을 알게 되고 나서부터, 혼자만의 생각에 빠지는 시간이 잦았다.

그리고 오늘 아침, 다시 만나게 된 악연의 사내. 그리고 그 사

내는 향의 머릿속을 더욱 복잡하게 만들었고, 이유 없이 가슴을
답답하게 만들었다.

　향은 너무도 갑작스럽게 마주한 그의 두 눈에, 말문이 막혔다.

　─그간…… 잘 지냈소.

이윽고 그녀는 두서없이 그를 원망하듯 차갑게 물었다.

　─해나라의 황제. 천나라 황제 폐하의 형제. 그리고 본래
　의 이름은 천 영이라 하셨습니까.

허나, 그는 다른 말로 대답을 대신했다.

　─앞으로도…… 잘 지내시오. 지나가다 넘어지지 말고,
　낯선 사내와 이야기하지도 말고, 더 이상 울지도 말고 그렇
　게, 잘 지내시오.
　─어째서 당신은…….
　─그리고 마지막으로,

　그리고 그는 세상에서 가장 슬픈 눈으로 가장 아픈 한마디를
남기고 떠나버렸다.

―미안해. 내가, 그대를 이용했어.

향은 뒤숭숭한 마음을 다잡으려 노력했다. 아침 일찍부터 갑작스럽게 다녀간 천 영을 신경 쓰지 않으려 애를 썼다.

허나 마지막 인사를 남기는 것처럼, 떠나간 그는 잊으려 해도 잊히지가 않았다.

"낮잠이라도 자는 겐가. 이를 어쩐다……. 그래도 나는 황후의 아비이고, 천 우 마마의 협박에 이기지 못했다 하면……."

백 재상은 향이 있는 곳을 응시하다 조용히 중얼거렸다.

여전히 불안한 마음은 가시지 않았으나, 일단 자신은 조용히 상황을 지켜보는 것이 신상에 좋을 것 같았다. 게다가 만일 아무 탈 없이 조용히 넘어간다면, 천나라의 재상은 자신 한 명뿐이게 된다.

그리 되면, 그가 원했던 오랜 숙원이 이루어질 수 있었다.

이내 웃고 있던 백 재상의 얼굴이 어두워졌다. 그리고 하늘을 올려다보며 말하는 그였다.

"조금만 기다리시오. 내, 그날 일을 아직 잊지 않고…… 독한 마음으로 여기까지 왔소. 내 손으로 월의 입에 탕약을 넣어주면서까지…… 여기까지 왔으니, 나를 너무 원망하지 마시오."

이윽고 백 재상이 씁쓸한 얼굴로 마당에서 사라지자, 향이 방문을 나섰다.

낯선 바깥 공기가 그녀의 뺨을 스쳤다.

향은 한 손으로 가슴에 얹으며 아랫입술을 물었다. 아무래도, 마음에 걸렸다.

향이 고민하듯 분홍빛 입술을 떼었다.

"언니를 다시 만나야 하는 걸까."

*　　*　　*

"폐하."

"……."

"폐하."

"아, 불렀느냐."

려운과 함께 궁정 후원을 걷고 있던 황제가 옆을 돌아보았다.

"그리 좋으십니까."

려운은 연주전에서 황제가 나올 때부터 그의 입가에서 가시지 않던 웃음을 지켜보고 있었다.

"무엇이 말이냐."

"지금 이 순간이 말입니다."

려운이 옅게 웃었다. 알 듯 말 듯한 뜻이 담긴 그의 의미심장한 말에, 황제는 살짝 미간을 좁히며 려운을 물끄러미 바라보았다.

"폐하, 전에…… 아. 여쭐 것이 있사온데."

려운은 무언가를 말하려다 이내 다른 것이 생각났다는 듯 멈칫했다.

"말해 보거라."

려운이 잠시 뜸을 들였다.

"홍재연…… 어찌 하실 생각이십니까."

"홍재연?"

아. 황제의 입가에서 외마디가 흘러나왔다. 홍 재상의 딸이라는, 연화와 닮은 아이. 아비인 홍 재상의 죄가 자신에게 미칠 줄 알고 있었을까.

이윽고 낮은 황제의 목소리가 려운의 정곡을 찔렀다.

"넌 어찌했으면 좋겠느냐."

"예……?"

황제는 참으로 오래간만에, 려운의 당황한 얼굴을 보았다.

"저는…….."

려운이 머뭇거렸다. 분명, 아무런 정조차 없는, 그저 연화와 얼굴만이 닮은 아이일 뿐이었다.

헌데, 어찌하여 자신은 아무런 상관이 없다고 쉽사리 입술이 떨어지지 않는 것일까.

이내 황제가 옅게 피식 웃었다. 이미 고민해 둔 바였다. 아직 연화라는 굴레에 엮여 있는 것은 아니었다. 감히 역모를 꾀한 자들이 너무나도 괘씸해, 그들의 가문까지 피바다로 물들여버리는 것이 마땅하다 여겼다. 선조들 또한 그리 해왔다.

허나 이 모든 것이 자신의 무능함과 어리석음 탓이라는 생각이 든 그 순간부터, 황제는 화를 억누르고 또 억눌렀다. 그리고 오로지 명백한 죄가 있는 자에게, 그 죄를 묻기로 결정한 것이었다. 재연 또한, 홍 재상에게 이용당한 것이겠지.

황제는 수많은 뜻을 담은 눈으로 자신을 바라보고 있는 려운에게 시선을 맞추었다. 그리고 담담하게 말했다.

"홍 재상은 능지처참해야 마땅하지만, 내가 멸문지화를 명한다면 너는 어찌하라는 말이냐."

려운 또한 홍 가(家). 황제의 뜻에, 려운의 눈동자 위로 슬픈 빛이 스쳐 지나갔다. 려운은 곧 차분한 얼굴로 말을 돌렸다.

"그리고, 폐하께서 하나 아셔야 할 사실이 있사옵니다."

"……?"

"폐하께 진작 말씀드렸어야 했는데, 상황이 상황이다 보니 제가 잠시 잊고 있었습니다."

이내 려운은 가슴 안쪽에서 무언가를 꺼내 황제에게 내밀었다. 작은 빈 병이었다.

"제나라의 황태자께서, 폐하께 남기고 가신 것이옵니다."

"제나라의 황태자라면, 서은후……?"

황제가 려운에게서 작은 병을 받아들었다.

"그자가 살아 있었단 말이냐."

황제의 눈이 커졌다. 서은후, 그자는 죽은 줄로만 알고 있었기 때문이었다. 그러자 려운은 사죄하듯 고개를 숙이며 대답했다.

"실은 제나라 황태자께서, 자신이 죽은 것처럼 해두고 조용히

황궁을 떠나길 원하셨기에…… 황제 폐하께도 그리 전해드릴 수
밖에 없었사옵니다.”

려운의 말을 들은 황제는 새벽녘, 어렴풋이 들었던 사내의 목
소리가 그제야 생각이 난 듯 한동안 그 병을 응시했다.

“헌데, 다시 돌아와서 나를 살렸다…….”

죽은 사람으로 남기를 바랐다는 건, 영영 돌아오지 않을 생각
이었다는 것인데.

그가 잠시 생각에 잠겨 있던 사이, 려운은 다시금 고개를 숙이
며 말했다.

“그리고 폐하의 윤허 없이 제나라의 황태자를 침전으로 들인
것을 용서하십시오.”

황제는 려운이 더 이상 아무런 말을 하지 않아도, 직감적으로
이 병이 무슨 역할을 한 것인지 알아차릴 수 있었다.

“역시 내가 깨어날 수 있었던 건, 우연이 아니었던 거군.”

그는 자신의 손에 든 병을 꽉 쥐었다. 그리고 말했다.

“괜찮다. 나는 언제나, 너를 믿으니까.”

“…….”

침상 위에 힘없이 누워 있던 그가, 이젠 다시 멀쩡히 서있었
다. 그런 황제를 바라보는 려운의 가슴이 먹먹해졌다.

그러나 그는 곧 잊고 있었다는 듯 덧붙였다.

“그분께서는 이젠 정말, 제나라로 떠난다 합니다.”

“언제 말이냐.”

"오늘이라 들었습니다."

"오늘이라고?"

황제의 물음에, 려운이 고개를 끄덕였다.

"떠난다……."

나직이 중얼거리는 황제의 얼굴에 미묘한 감정이 뒤섞여 나타
났다.

그는 자신을 살린 자였다. 그리고 황후의 목숨 또한 구했다.
그런 자를 이대로 그냥 보내기엔…….

려운은 표정만 보아도 황제가 무슨 생각을 하는지 알 수 있었
다. 이내 그는 한마디 덧붙였다.

"그러고 보니…… 전에 그분이 화살에 맞아 황궁에 오셨을 적,
그분의 여인이 무심결에 이리 말했사옵니다."

*   *   *

'이젠 어찌해야 하지. 도망이라도 쳐야 하는 건가.'

신관으로 돌아가던 재연이 미간을 좁혔다. 자신은 아직 시작
도 하지 않았는데, 이대로 무너질 수는 없었다.

"끝까지 네 삶은 역겨워, 홍재연."

문득 느껴진 망연자실함에, 재연의 붉은 입술이 거칠게 구겨
졌다. 이내 너무도 막막해진 그녀의 두 눈에 의도치 않은 물기가
스며들었다.

"나는 정말로, 돌아가고 싶지 않아. 그 더러운 삶의 밑바닥으로……."

자신도 모르게 흘러나온 속마음이었다.

"아니야. 내가 어떻게 여기까지 왔는데."

그녀는 혹여나 독하게 먹었던 마음이 약해질까 얼른 눈물을 닦아내었다.

그리고 두 눈을 감고 생각했다.

지금이라도, 황후를 없애고 다시 황제가 시름에 잠기게 한다면. 그리고 그 앞에 첫 연인을 닮은 자신이 나타나 다시금 황제를 미혹시킨다면.

"그래. 나는…… 황제의 첫 연인을 닮았어."

불현듯 재연의 머릿속에 전에 홍 재상이 했던 말이 떠올랐다. 비록 벼랑 끝에 몰린 몸이지만, 아직 자신을 잡아들이지 않은 것을 보면 화를 피한 것일 수도 있었다.

"홍재연, 너 어디에 다녀오는 거니?"

재연이 골똘한 생각에 잠긴 채 신관 입구에 들어서려던 찰나, 우르르 몰려나온 신녀들이 그녀를 가로막았다.

"감히, 반역자의 여식이 어딜 신성한 신관에 들어와?"

"어서 썩 꺼지지 못해?"

"그간 네가 몰래몰래 신관을 빠져나가서, 네 하고 싶은 대로 돌아다닌 거 우리가 모를 줄 알아?"

"그나마 네가 홍 재상님의 딸이었으니 다들 입 다물고 있었던 거야. 헌데 넌 이제 반역자의 딸일 뿐이지.”

“다들 왜…….”

재연이 당황한 얼굴로 두 눈을 깜박였다. 이내 신녀들의 가운데 서 있던 한 신녀가 차갑게 말했다.

“대신녀님이 그러셨어. 너 자신이 더러운 진흙에서 태어난 연꽃인 것을 깨달았으면, 스스로 퇴궁하라고.”

“뭐……?”

재연의 얼굴에 핏기가 가셨다. 전에 대신녀가 자신에게 스쳐가듯 했던 말이었다.

　　―연꽃은 진흙 속에서 피어나는 법. 그러나 그 진흙에도
　　종류가 있지. 맑고 깨끗한 진흙과 온갖 오물이 섞인 진흙.
　　네가 어느 쪽인지에 대해 잘 생각해 보거라.

“연꽃? 항간에 들리는 소문에 의하면 너, 황후마마 자리까지 꿰찰 뻔했다더라?”

창백해진 재연의 면전에, 또 다른 신녀가 기가 차다는 듯 말했다.

“그건…….”

재연은 더 이상 아무런 말도 할 수 없었다.

*　　　*　　　*

"대신녀님."

한 신녀가 신전에 향을 피우고 있던 대신녀에게 조용히 다가갔다.

"그래, 재연이는 어찌 되었느냐."

대신녀는 그녀를 돌아보지 않은 채 여전히 향을 피우는 데 집중하며 물었다.

"신녀님의 말씀을 전했습니다."

"그 길로 신관 앞에서 발길을 돌리더냐."

"예."

"그렇구나. 허나, 다시 돌아올 게다."

"예?"

"어차피 그 아인 너무도 가혹한 운명에 엮인 아이다. 해서, 나는 그 운명을…… 오물이 가득한 진흙 속에서 태어난 연꽃이라 불렀다. 아름다운 연꽃으로 피어날 운명이었으나, 결국 썩어버리고 마는 운명."

대신녀는 향불 앞에 서서 경건한 기도를 했다. 그리고 예를 갖추듯 고개를 숙이며 말을 이었다.

"그 운명이 너무도 가여워, 하늘의 뜻에 따라 내가 잠시 돌보아 준 것이다. 잠시나마…… 천자의 연이 닿았던 아이가 아니냐. 그나마 신관에서의 삶이, 그 아이에게는 숨통을 트일 수 있는 유일한 길이었을 게다."

의미심장한 대신녀의 말에, 가만히 그녀의 말을 듣고 있었던 신녀 아이가 영문을 모르겠다는 듯 되물었다.

"헌데 재연을 신관에서 내보냈사온데, 어찌 재연이 황궁으로 다시 돌아온단 말씀이십니까. 그 아이의 아비 또한 지금은 대역 죄인으로 옥에 있사옵니다."

그러자 대신녀는 기도를 마치고 신녀 아이를 바라보며 대답했다.

"아직 그 아이의 연이 이곳 황궁에 닿아 있는 한, 어떻게든 이곳으로 돌아오게 되어 있다."

"아직 이곳에서의 연이 끝나지 않았다는 것입니까."

"아무리 가혹한 운명을 벗어나려 발버둥쳐도, 결국은 벗어날 수 없는 법인데도…… 그 아이는 아직 그것을 모르고 있구나. 허나 나는 더 이상 그것을 도와줄 수가 없다. 해서 신관에서 내보낸 것이다."

*   *   *

"신관에서 쫓겨나다니……."

재연은 얼빠진 얼굴로 신관에서 멀어져 가고 있었다. 신관 말고는 황궁에 발붙일 수 있는 곳이 없으니, 이대로 궁 밖으로 쫓겨나는 것이었다.

그러나 황후를 어찌해 보려면, 적어도 황궁 안엔 있어야 했다. 이렇게 된 이상, 아무런 의심을 받지 않고 황후전에 들어갈 수 있으려면, 누군가의 도움이 필요했다.

"일단, 장국영을 만나야 하나."

재연은 어쩔 수 없이 쫓겨나듯 황궁을 나서야 했다.

황궁의 문이 닫히고, 재연은 뒤돌아 드높은 황궁을 올려다보았다. 자신의 뒤에 자리한 거대한 황궁이, 자신의 것이 될 수 있었는데.

재연은 어떻게 국영을 만나야 할지, 곰곰이 생각해 보다 국영이 어째서 황후를 죽이는 데 실패했는지를 떠올렸다.

전에 국영이 그리 말한 적이 있었다. 어떤 사내가 황후를 대신해 화살을 맞았다고.

그리고 누군가 황제에게 해독제를 주지 않은 이상 황제는 깨어날 수 없었다.

허면 보이지 않는 누군가가, 황제와 황후를…… 돕고 있는 걸까.

재연이 한쪽 눈썹을 치켜 올렸다.

설마, 홍 재상과 자신이 놓쳤던 의외의 인물이 있었던 건가.

*　　*　　*

"마마, 어딜 다녀오시는 겁니까!"

다은이 객주 안으로 들어서는 은후에게로 달려갔다.

은후와 함께 제나라로 돌아갈 생각에 기분이 좋아진 다은은,

일어나자마자 서둘러 단장을 마치고 그를 찾았지만 그는 보이지 않았다.

그녀는 뭔가 이상하다는 생각에 진 행수에게 그의 행방을 물었고, 진 행수는 은후가 해독제가 든 병을 가지고 급히 어디론가 외출했다고만 전할 뿐이었다.

그리고 그 순간, 다은은 해독제가 무엇을 의미하는지 직감적으로 깨달았다. 객주에 다녀간 황후가 했던 말 중, 해독제를 찾아야 한단 말을 어렴풋이 들었기 때문이었다.

또다시 그는, 그 황후에게 엮여 버린 것이었다.

그녀의 인내의 끈이 점점 얇아지고 있었다. 조금만 잘못 건드려도, 금방이라도 끊어질 것 같았다. 그러나 다은은, 아주 조금만 더 견디리라 마음먹었다. 곧 이 땅을 떠나 제나라로 돌아갈 테니까.

"준비는 끝났느냐."

그러나 은후는 감정 없는 얼굴로 물을 뿐이었다.

"아직 몸도 성치 않으신 분이 이리 돌아다니다 상처가 덧나기로 한다면……."

"제나라로 돌아갈 준비는 모두 마쳤냐고 물었다."

차가운 은후의 한마디에, 다은은 입술을 굳게 다물었다. 그러다 이내 딱딱하게 답했다.

"이제 거의 끝나갑니다."

"좀 고단한 것 같구나. 눈을 좀 붙이고 있을 테니, 출항 준비가 끝나면 깨우거라."

은후는 다은을 지나쳐 그의 방으로 향했다. 그러나 다은이 그런 은후를 멈춰 세웠다.

"마마."

은후가 뒤를 돌아 다은을 바라보았다. 그리고 저벅저벅 다은에게로 다가와 차갑게 말했다.

"고단하다고 하였다."

다은은 회색빛 눈동자로 은후를 올려다보았다. 바싹 타들어가 점점 검게 변한 그녀의 입술 사이로, 냉기가 새어나왔다. 마지막 경고였다.

"서서히 제게 한계가 옵니다."

"한계라니."

은후가 두 눈에 힘을 주었다. 다은은 애써 차오르는 눈물을 잔인하게 억누르며 말을 이었다.

"제 인내심은, 마마를 위한다면 그 깊이를 알 수 없을 거라 생각했습니다."

"또다시 보채는 것이냐. 나는 분명 제나라로 돌아가겠다 하였고 오늘, 떠날 것이다."

은후가 듣기 싫다는 듯 미간을 좁혔다.

"예, 알겠습니다. 이젠 마마께 그 어떤 설명도 바라지 않겠습니다. 마마께서는 어차피 제게 제대로 설명해 주려 하시지도 않고 저는 안중에도 없으십니다. 그러니 이제부터 그 어떤 걱정도,

기대도 하지 않겠습니다."

"고맙다."

단호한 은후의 한마디가 다은의 입술을 닫았다. 이제껏 단 한 번도 본 적 없었던 은후의 싸늘한 표정이, 그녀의 눈에 담겼다. 이윽고 불현듯 엄습한 불안감이 머리끝에서부터 발끝까지 그녀를 감싸기 시작했다.

그러자 다은은 그 불안감을 이겨내 보려 도리어 은후를 향해 소리쳤다.

"진심이신 겁니까? 정말로, 제게는 그 어떤 것도 설명해 주지 않으실 겁니까?"

"내가 왜 너에게 내 모든 것을 설명해 주어야 하지? 너는 내게! 무엇인데?"

순간 감정이 북받친 은후가 거칠게 다은의 어깨를 붙잡았다. 갑작스럽게 온몸에 힘을 준 탓에, 투둑─ 그의 등 상처가 벌어졌다.

"무엇이냐구요…….

꽉 쥐고 있던 다은의 주먹이 힘없이 펴졌다. 혹 끊어질까, 가까스로 그녀가 쥐고 있던 인내의 끈이 스르르 손에서 빠져나갔다.

은후는 감정을 주체하지 못한 자신의 모습에, 허탈한 얼굴로 고개를 떨어뜨렸다.

윌에게 끝없이 설명을 바랐던 자신의 모습이 다은에게서 보

였다. 그 모습이 너무도 가여워서, 다은에게 그만하라 소리치고
말았다.

그녀에 대해 더 알고 싶은데, 그녀가 무슨 생각을 하고 있는지
더 알고 싶은데…… 대답은 돌아오지 않았다.

사무치도록 씁쓸한 답답함이, 마치…… 자신은 그녀에게 아
무것도 아닌 사람인 것 같았다.

흐르는 정적 속, 거친 그의 숨소리만이 울렸다.

"미안하다. 다은아."

정말 마지막이라고 생각하니, 울컥 밀려드는 공허함이 그의
두 눈에 스며들기 시작했다.

그렇잖아도 화가 나고 있었다.

가슴에 품은 여인을 두고 떠나는 자신에게 화가 났고, 천나라
황제가 어떻게 되든 내버려두지 못한 자신에게 화가 났다.

그리고 다신 돌아오고 싶지 않은 이곳이…… 그리워질 것 같
은 미련이 남아 화가 나고 있었다.

모든 것을 내주었어도, 아직 자신에게 남은 것들이 너무도 많
았다.

'그 화풀이를 나는 왜, 너에게 하고 있단 말이냐……'

은후가 힘겹게 두 눈을 감았다. 그의 눈 아래로 투명한 아픔
이, 한 방울 떨어졌다.

"저는……."

은후를 바라보는 다은의 두 눈에서 눈물방울이 하나둘 떨어

지기 시작했다.

언젠가 은후는 그녀에게 말한 적이 있었다.

너는 눈이 너무나도 커서, 호수마저 담을 수 있겠다고.

그리고 그 말을 다은은 지금까지도 기억하고 있었다. 그의 한마디, 한마디…… 표정 하나, 손짓 하나 모든 것을 기억하고 있었는데, 이 말만큼은 기억할 수 없을 것 같았다.

"제가 마마께 무엇이냐고 물으셨습니까."

"……다은아."

감정을 다스리지 못한 자신의 실수였다. 은후는 그녀를 다독이려 그녀에게 가까이 다가갔다.

그러나 다은은 그런 은후에게서 한 발자국 물러서며 말을 이었다.

"저는 죽을 때까지 마마의 여인이라고 생각하며 살아왔습니다. 마마와 혼인을 약조하고 마마와 혼인해 황후가 되는 그날을 손꼽아 기다리며, 그렇게 이날까지 마마를 바라보았습니다. 아무리 제가 여기 있다고, 저 좀 돌아봐 달라고 외쳐도, 끝내 돌아보시지 않는 마마의 뒤에서! 그렇게…… 마마를 기다렸습니다."

굵은 눈물방울이 다은의 볼에 번졌다. 흰 뺨에 피어난 붉은 꽃이 서서히 그녀의 얼굴을 물들이기 시작했다.

이내 다은이 마른 입술을 떼며 말했다.

"헌데 마마께서는 천나라에서 지낸 그 시간이, 마마를 기다린 제 시간보다…… 소중하셨습니까."

"그런 것이 아니다."

"저는 마마의 그 자유로움이 좋았습니다. 어디에도 얽매이지 않으려 하시는 그 모습이 좋았습니다. 헌데 지금의 마마는, 너무도 미련해 보이십니다."

다은은 은후를 지나쳐 자신의 방으로 향했다. 빠르게 멀어져 가는 다은의 뒷모습을 바라보던 은후는 고개를 떨군 채 한 손으로 이마를 짚었다.

해소(解消)

은후는 눈을 붙일 수 없었다. 그저, 멍하니 침상 위에 앉아 흘러가는 시간에 기댈 뿐이었다.

누군가를 갈망하고, 누군가의 눈길을 바라는 그 마음을 이제는 너무도 잘 알게 되었으면서…… 그런 자신이 다은에게 상처를 주고 말았다.

"마마. 이제 가실 시간이옵니다."

진 행수가 은후를 불렀다. 그는 말없이 자리에서 일어났다.

포구로 가기 위해 은후는 객주 입구에 있던 말 위에 올랐다. 다은은 이미 그곳에서 그를 기다리고 있었다.

"다은아."

은후가 그녀를 불렀다.

"제 이름…… 그리 부르지 마시라 했습니다."

다정한 목소리. 언제나 그의 다정한 목소리에 참고, 또 참았던 다은은 독한 마음을 먹었다.

그리고 앞에 있던 자신의 말을 차갑게 응시하며 답했다.

"마마께서 누구를 가슴에 품으셨든 저는 상관하지 않습니다. 제나라로 돌아가면, 이 모든 것이 자연스럽게 잊힐 테니까요."

평소 같았으면 은후의 뒤에 타고 가겠다고 졸랐을 것이었다. 그러나 다은은 혼자 말 위에 올랐다. 아직 채 마르지 않은 눈물 자국이 그녀의 볼에 남아 있었다.

이제 그녀의 머릿속엔 어서 이곳을 벗어나야 한다는 생각밖에는 남지 않았다. 그리고 제나라에 돌아가자마자 국혼식을 하루빨리 진행시켜 달라 말할 생각이었다. 더 이상 기다릴 수 없었다.

제운객주에 있는 모든 차인들과 진 행수가 마중을 위해 객주 앞을 가득 메웠다.

"그럼, 이번에도 이곳 제운객주를 부탁한다."

이윽고 은후가 말고삐를 쥐며 진 행수에게 말했다.

"마마. 몸이 아직 성치 않으신데 가시는 길, 괜찮으시겠사옵니까."

진 행수는 걱정이 가득한 투로 말했다.

"걱정 말거라. 이리 멀쩡히 움직이고 있지 않느냐. 화살을 맞고도 살아났으니 이제 화살도 두렵지 않게 되었다."

은후는 애써 농을 하며, 미소 지었다. 그러자 진 행수는 옅은 미소와 함께 물었다.

"객주에 계시는 동안, 마마께서 도와주신 그분께 소식은 전하셨습니까."

'객주에 있는 동안 도와주신 그분이라니. 그럼 그 사람이……'

다은이 미간을 좁힌 채 은후를 바라보았다. 은후는 그런 다은의 시선을 느낄 겨를조차 없이, 잠시 자신만의 생각에 잠겼다.

그러나 그는 이내 담담하게 대답했다.

"떠남을 알리는 것이 좋을 연유가 있겠느냐. 허나 그럴 리는 없겠지만 혹 그 여인이, 나에 대해 묻거든 그때는…… 원래 있어야 할 곳으로 돌아갔다고 전해주거라."

"알겠사옵니다."

"그럼 이만 돌아가겠다."

이윽고 은후는 제운객주를 한 번 돌아보았다.

'잘 있거라. 나의…… 추억.'

고삐에 힘을 주었다. 그리고 말을 몰아 포구로 향하기 시작했다. 그 뒤를 객주에서 제나라로 보내는 물건들과 짐들을 실은 마차가 줄지어 따랐다.

*   *   *

"어서 바른대로 고하지 못할까! 너는 두 재상님과 무슨 관계이더냐!"

문초를 담당한 환관의 목소리가 좁고 어두운 공간을 울렸다.

"으아아아아아!"

그리고 그의 목소리에 따라 한 사내의 허벅지에 뜨거운 인두가 지져졌다.

허벅지가 타들어 가는 느낌에 점쟁이는 흉한 입을 벌려 안이 떠나가라 소리를 질렀다.

온갖 고문을 견뎌낸 그의 얼굴에는 핏자국이 난무했다. 찐득한 핏물이 그의 관자놀이를 타고 흘러내렸다.

"호…… 홍 재상님. 홍 재상님을 불러주십시오."

그는 여전히 홍 재상이란 이름만을 되풀이할 뿐이었다.

"네가 아무리 홍 재상님을 찾아도, 그분 또한 반역죄로 너와 같은 신세가 되셨다."

"……!"

환관의 말에 반쯤 풀려 있던 점쟁이의 두 눈이 번쩍 뜨였다.

"반역죄라…… 하셨습니까?"

"그래. 곧 능지처참을 면치 못할 것이다."

'천하의 홍 재상이…… 어쩌다 능지처참을 당하게 되었단 말인가.'

홍 재상의 상황을 몰랐던 점쟁이의 입술이 파르르 떨렸다. 점쟁이는 마치 날개가 꺾여버린 것과 같은 망연자실함에, 온몸을 부르르 떨었다.

고문에 못 이겨 홍 재상의 명에 따른 것뿐이라 말해 버렸지만, 그 이외에는 입을 다물고 있었다. 그리고 고문만 잘 견뎌내면 홍 재상이 자신을 꺼내 주리라 믿었던 것도 이젠 더 이상 아무런 소용이 없게 되었다.

홍 재상은 자신이 이곳에 잡혀 있는지도 모르는 것 같았다. 이렇게 된 이상 목숨만이라도 구걸해야 했다.

"사, 살려 주십시오!"

"아직 아무것도 알아낸 것이 없습니까."

려운이 안으로 들어오며 환관을 향해 물었다. 점쟁이는 려운을 보자마자 그에게 애원하듯 소리쳤다.

"마, 말하겠습니다. 다 말씀드리겠습니다. 제발…… 살려만 주십시오."

"말해 보거라."

려운이 점쟁이에게로 가까이 다가갔다. 그리고 허리를 굽혀 점쟁이의 흉측하게 일그러진 얼굴을 유심히 바라보며 물었다.

려운의 날카로운 두 눈이 매섭게 빛났다.

"홍 재상의 명에 따라, 백 재상과 어떤 관계를 맺게 되었느냐."

*　　　*　　　*

'정녕 사람이…… 사람에게…… 그런 짓을 할 수 있단 말인가…….'

점쟁이의 말을 듣고 나온 려운이 허탈함에 실소를 터뜨리고 말았다. 한없이 어두워진 그의 얼굴에는 그 누구에게도 설명할 수 없는 복잡한 감정이 담겨 있었다.

'결국 실마리는 점쟁이었던 건가. 해서, 황후마마께서 점쟁이를 만나야 한다 그리 외치셨던 것일까.'

좀처럼 이성의 끈을 놓지 않는 려운의 정신이 멍해졌다. 그동안 까맣게 모르고 있었던 진실에 대한 아득함이, 지난 한 해라는 시간의 공백을 가득 메우듯 그의 머릿속을 꽉 채웠다.

"으…… 무거워라."

그런 그의 눈에 서책을 한가득 쌓아 들고 지나가는 리아가 들어왔다. 리아는 두 손 위에 가득 쌓인 서책들 때문에, 땅바닥의 얕게 파인 곳을 보지 못하는 듯 했다. 려운은 그것을 귀띔해 주려 했으나 이미 리아는 그곳에 발을 디딘 뒤였다.

"으앗!"

결국 서책들은 바닥에 쏟아지듯 널브러지고 리아는 그 자리에서 넘어지고 말았다.

"괜찮느냐?"

려운이 빠른 걸음으로 리아에게 다가와 물었다.

"어? 려운 님."

리아는 그를 발견하자, 밀려드는 창피함에 어색하게 웃으며 인사했다. 그리고 주위를 둘러보더니 이내 조용히 말했다.

"황후마마께서 서책을 좀 보고 싶으시다 하셔서……."

"그러다 다른 이들의 눈에 띄기라도 하면 어쩌려고. 눈이 보이지 않으시는 황후마마께서 서책을 보신다는 건, 말이 안 되는 일 아니냐."

려운은 리아에게 손을 내밀었다. 리아는 잠시 머뭇거리다 조심스럽게 그의 손을 잡고 일어서며 답했다.

"마마께서 이제 괜찮을 거라 하셨어요. 이제 궁 안 사람들이, 서서히 알아차려도 될 때라고."

"뭐라고……?"

의미심장한 리아의 말에, 려운이 잠시 멍하니 서책을 바라보았다. 그러자 리아는 잊고 있었다는 듯 서책을 서둘러 집어 들어 위로 쌓기 시작했다. 그리고 다시 비틀거리며 서책들을 들었다. 그런 리아를 바라본 려운은 이내 자신의 두 팔을 내밀며 말했다.

"무겁겠다. 내가 도와줄 테니 이리 내어 보거라."

"예?"

"어서 주거라."

그의 말에, 리아는 어찌해야 할 줄을 모르고 있었다. 그러자 려운은 일말의 고민도 없이 리아의 손에서 서책들을 옮겨 들었다.

"……!"

그리고 그 순간, 려운의 손이 리아의 손에 닿아 버렸다. 갑자기 느껴진 려운의 손길에, 리아의 뺨이 분홍빛으로 물들었다.

"천부궁으로 가면 되느냐."

그런 리아의 표정을 눈치채지 못한 려운이 낮은 목소리로 물었다. 그만의 굵고도 부드러운 목소리가 다시 한 번 리아의 가슴에 스며들었다.

그러나 려운은 자신이 바라볼 만한 분이 아니었다. 리아는 정신을 차려보려 두 눈을 빠르게 깜박이며 대답했다.

"아. 네, 그러니까……."

갑자기 당황스러워하는 리아의 표정에 려운이 고개를 갸웃했다. 그러다 곧 리아가 귀엽다는 듯 피식 웃는 그였다.

그의 온화한 미소를 마주한 리아는 한동안 눈을 떼지 못했다. 하지만 리아는 이내 마른침을 넘기고는 다시금 정신을 깨우려 두 볼에 손을 얹었다. 그리고 최대한 차분하게 답했다.

"네, 천부궁이요."

천부궁으로 향하는 길. 서책을 든 려운과 그 옆을 따르는 리아가 나란히 걷고 있었다.

리아는 자신이 꿈을 꾸고 있는 것만 같았다. 모든 궁녀들의 우상인 려운과 자신이 나란히 걷고 있다니. 그것도 단둘이!

"이리 도와주시지 않아도 되는데……."

리아는 송구한 표정으로 자신의 빈손을 만지작거렸다.

"내게도…… 서책을 좋아하는 누이가 있었다."

려운이 미소를 지으며 나직이 말했다. 그의 한마디에는 왠지 모를 아픔이 서려 있었다.

려운은 무언가를 회상하는 듯 두 눈을 천천히 감았다 떴다. 그런 그의 입가엔, 희미한 미소가 걸려 있었다.

"서책을 구하러 가겠다고, 위험한 밤길을 나서는 당돌한 아이 였지."

"누이가 있으셨구나……."

리아가 낮게 중얼거리자 려운이 고개를 살짝 끄덕이며 말을 이었다.

"연화 그 아이가 내게 같이 가자고 했을 때, 같이 가 줄 수도 있었는데 그러지 못했어."

"어째서요?"

"용기가 나지 않았거든."

"려운 님께서요?"

리아는 이해가 가지 않는다는 표정을 지었다. 누구보다 멋지 고 강인한 분이, 용기가 나지 않았다니. 게다가 누이의 청에 어째서 용기가 필요한 것일까.

"이쯤이면, 네가 좀 덜 힘들겠지."

려운은 대답 대신 옅게 웃고는 이내 우뚝 멈추어 섰다. 어느 새 천부궁 입구에 다다른 것이었다.

"예? 당연하죠. 여기까지 들어주신 것만으로도 얼마나 감사

한데요."

"얘들아, 저기 봐. 려운 님이야."

천부궁 안을 지나던 궁녀들이 려운을 발견하곤 볼을 붉혔다. 려운은 리아에게 자신이 들고 있던 서책들을 넘겨 주고 있었다.

"그럼 들어가 보거라."

이윽고 려운이 다정한 눈웃음과 함께 리아에게서 돌아섰다.

"예……."

리아는 려운의 뒷모습을 멍하니 바라보았다.

"아."

문득 려운이 몇 걸음 가지 못하고 멈춰 섰다. 그리고 다시 뒤돌아 리아에게 다가왔다. 리아의 앞에 멈춰 선 려운은 넘어졌을 때 까져 피가 배어난 리아의 손을 물끄러미 바라보았다.

'연화, 네게 조금만 더 다정히 대해 줄 것을…….'

그는 힘겨운 듯 두 눈을 감았다 떴다. 점쟁이에게서 들은 너무나도 가혹한 이야기가, 유독 죽은 연화를 떠올리게 만들었다. 황후처럼 연화의 죽음에 대해 자신이 모르는 뭔가가 있었을까. 불현듯 그의 가슴이 너무도 저려 왔다.

"잠시 그 서책들, 내려놔 보거라."

려운이 낮게 말했다. 그러자 리아는 얼떨결에 서책들을 바닥에 내려놓았다. 이윽고 려운이 자신의 품에서 손수건을 꺼내어 리아의 손에 매어 주었다.

그리고 다시 저벅저벅 천자궁을 향해 가는 그였다.

다정한 듯 무심한 한마디와 함께.

"다치지 말거라. 너를 소중히 생각하는 사람이 얼마나 가슴 아프겠느냐."

"려운 님……."

리아는 다시금 멀어져 가는 그의 뒷모습을 바라보았다. 자신의 손에 매어진 손수건이 유난히 포근하게 느껴졌다.

그런 리아와 려운의 모습을 지켜보고 있던 궁녀들이 잔뜩 흥분한 얼굴로 리아에게 다가왔다.

"어머, 방금 려운 님 맞지?"

"너 려운 님과 무슨 사이길래……."

"무슨 사이라니. 아무 사이도 아니야. 난 이만 황후마마께 가봐야 해서."

순식간에 궁녀들에게 둘러싸인 리아는, 당황한 얼굴로 서책들을 다시 들고 연주전 안으로 향하기 시작했다.

*   *   *

해거름이었다. 이른 아침에 떠나려 했던 배는, 바람이 좋지 않아 이제야 출항 준비를 마쳤다.

출항이 임박했다. 은후는 마지막으로 배 위에 오르며 뒤를 돌아보았다. 그리고 제나라 특유의 인사로 천나라에 대한 이별을 고했다.

눈은 희미하게 웃고 있었지만 씁쓸함은 여전히 그의 입가에 머물러 있었다.

차가운 바람이 은후의 손끝에 스쳤다.

배 위에서 드넓게 펼쳐진 바다를 바라보던 다은의 곁에 은후가 천천히 다가섰다.

다은은 여전히 바다에 시선을 고정하고 있을 뿐이었다. 노을에 반짝이는 물결이, 은후의 가슴을 저릿하게 만들었다. 다은의 옆에 선 은후가 그간 하지 못했던 말을 담아 입술을 떼었다.

"다은아. 나는 이곳에서 한 여인을 만났다."

"······."

"그 여인은, 내가 이제껏 보지 못했던 그런 여인이었다."

"해서, 그분을 도와주신 겁니까."

다은이 여전히 앞만을 바라보며 말문을 열었다. 그녀는 자신이 객주에서 들었던 말이 사실인지에 대해 묻고 있는 것이었다. 객주에 있는 동안 그가 도와준 여인이, 천나라의 황후냐고.

"나도 왜 그 여인에게 손을 내밀었는지 아직도 잘 모른다. 다만 그 여인은 스스로 자신의 상처를 치유하려 모든 것을 내걸었다."

"······."

"나는 그리하지 못했는데."

은후가 쓴웃음을 지었다.

자신은 도망치기만 했다. 보지 않으려 했고, 듣지 않으려 했다. 천나라에 온 것도 그 때문이었다.

죄책감 아닌 죄책감을 안고 얻게 되는 황제라는 자리가, 너무나도 두렵고 무겁게만 느껴졌다. 황제가 되기 위한 과정이란 명목으로 제나라에서 최대한 멀어지고 싶었다.

그래서 처음 천나라에 당도하자마자 수족들을 따돌리고 도망치려 했던 것이었다. 그러다 월을 만났고, 마음에도 없던 제운객주로 향하게 되었다. 그리고…… 여기까지 왔다.

은후의 갈색 머리카락이 바람결에 부드럽게 휘날렸다. 그는 머릿속으로 가만히 월의 얼굴을 그렸다. 먼 바다를 바라보는 그의 눈에 아득한 추억이 담겼다. 눈앞에 펼쳐지는 검푸른 빛 물결이, 부드럽게 바다 위를 일렁였다. 이윽고 은후는 그동안 하지 못했던 말을, 가슴 밖으로 꺼내었다.

"해서 자꾸 도와주고 싶고, 자꾸 위로해 주고 싶고, 그러다 보니…… 바라보게 되었다."

그의 부드러운 음성이 바람을 타고 다은의 마음을 울렸다. 더 이상 미워할 수조차 없도록. 다은의 가슴을 먹먹하게 만들었다.

그러나 다은은 아무 말이 없었다. 그녀는 두 눈을 감고 바닷바람을 느꼈다.

상관없었다. 이젠, 추억으로 남을 테니까.

다은이 은후를 돌아보았다. 그리고 조심스럽게 그의 뺨에 손을 얹으며 말했다.

"어찌 되었든 그 여인은 제자리로 돌아갔습니다. 그리고 마마께서도, 제자리로 돌아가시고 계시질 않습니까."

다은의 말에, 은후는 힘없이 웃으며 다은의 손을 내려놓았다. 그리고 먼 바다로 시선을 돌렸다.

'헌데 다은아. 이상하게도…… 점점 내 심장이, 곧 사라질 듯 녹고 있구나.'

은후의 눈동자에 점점 붉어지는 노을이 담겼다. 흔들리는 노을빛이 점점 흐려졌다. 꽉 움켜쥔 탓에 뭉쳐 있던 피들이 한꺼번에 퍼져 나가는 것처럼, 가슴이 너무도 저렸다. 가시덤불을 끌어안은 것처럼, 너무도 따끔거렸다. 그렇게 타들어 가던 심장은 끝없는 고통만을 남긴 채 점점 녹아 가고 있었다.

"돛을 올려라!"

이내 우렁찬 목소리와 함께 제나라로 향하는 배의 거대한 돛이 좌르륵 펼쳐져 기세 좋은 바람을 맞이했다.

드디어 떠나는구나. 미소를 띤 그의 입가가 미세하게 떨렸다. 웃고 있지 않으면 금방이라도 약해질 것 같아서 억지로라도 웃고 있어야 했다.

'다은아. 너는 내게 어째서 그 여인에게 미련을 버리지 못하느냐고 물었지.'

다은에게는 들리지 않는 음성이 그의 가슴속에서 아우성쳤다. 가슴을 두드리는 거센 손길에, 그이 숨이 서서히 가빠졌다. 이내 보이지 않는 눈물이 그의 가슴을 가득 적셨다.

'지울수록 그리워지는 것. 그것이 내가 그 여인에게 미련을 버리지 못하는 연유다.'

그가 아프게 웃었다. 그리고 나직이 말했다.

"안녕, 천나라."

*   *   *

"황후마마."

"그래, 리아."

리아가 서책들을 든 채 황후에게로 다가갔다. 리아를 마주한 황후는 놀란 눈으로 말했다.

"이리 많이 가져올 필요는 없었는데. 이걸 어떻게 들고 왔니."

"마마께서 제게 글을 가르쳐 주신 덕분에 제목 정도는 읽을 수 있었거든요. 비록 제목밖에는 모르지만 재미있어 보이는 서책들이 많아서 이것저것 고르다 보니……."

리아가 멋쩍은 듯 웃어 보였다.

"고맙다. 리아."

황후가 슬픈 미소를 지었다.

'이리도 착한 아이를, 아버님께서 이용하셨다니…….'

문득 백 재상을 떠올린 황후는 곧 다가올 폭풍에 앞서 다시금 마음을 굳게 먹었다.

"여기 둘게요, 마마."

리아는 서책들을 탁자 위에 올려 두고는 조용히 가쁜 숨을 몰아쉬었다. 그러던 중 황후는 리아의 손에 매어져 있던 손수건을 발견하곤 의아한 얼굴로 물었다.

"너 손은 어쩌다 그리 된 거야?"

황후의 물음에 리아는 손수건이 매어진 자신의 손을 물끄러미 바라보며 조심스럽게 답했다.

"오다가 넘어져서……. 그래도 려운님께서 천부궁 입구까지 서책을 대신 들어주셨어요."

려운이라. 황후는 가만히 리아의 손을 응시했다.

그때, 리아가 뭔가 생각났다는 듯 말을 이었다.

"헌데 려운 님께 누이가 있으셨나 봐요. 그분도 서책을 좋아하셨대요."

"맞다. 그분 이름이, 연화라고 했던 것 같아요."

"연화……?"

가는 빛이 어두웠던 황후의 머릿속을 스쳐 지나갔다. 너무도 익숙하게 들리는 이름에 그녀는 깊은 생각에 잠겼다.

　　―연화는 내 첫 정인이었소. 그리고 지금은…… 이 세상
　에 없지.

그리고 잠시나마 잊고 있었던 사실에 대해 자각한 그녀였다.

황제의 첫 정인이었던 여인. 그리고 그 여인이 려운의 누이였다니.

그러나 황후는 그 이름에 더 이상 슬퍼하지도, 아파하지도 않았다. 황제의 한마디가, 이미 너무도 깊숙이 가슴속에 담겨 있었으니까.

　　─비가 내리던 날. 그 신녀와 입을 맞추었던 건, 확인
　하고 싶어서였소. 아직도 내가 연화를 보면 심장이 뛰는
　지…… . 허나 내 심장은, 뛰지 않았어.

문득 황후가 멈칫했다. 생각해 보니, 황제가 재연이란 신녀에게 입을 맞추었던 건 그 신녀가 연화와 닮아서였다. 어떻게 같은 사람으로 착각할 수 있을 만큼 닮을 수 있을까. 그리고 그것도 홍 재상의 딸이. 황후가 이상하다는 듯 미간을 좁혔다.

"마마?"

깊은 생각에 잠긴 채 황후가 입술을 굳게 다물고 있자, 영문을 모르는 리아가 황후를 불렀다.

"아, 그래."

그러자 황후는 정신을 깨우고는 리아를 바라보았다.

"어쨌든 려운 님이 오늘따라 누이가 많이 생각나셨나 봐요. 누이 생각이 나신다고 제게 이 손수건을 매어 주셨거든요."

리아는 손을 이리저리 바라보며 조심스럽게 웃었다.

"그나저나 마마, 오늘은 푹 주무실 수 있겠어요."

"그럴 수 있을까."

황후는 은후를 떠올렸다. 제나라로 돌아간다고 말했던 그의 음성이, 내내 머릿속 한구석에서 지워지지 않았다. 아픈 손가락 같은 그를 떠올릴 때마다 가슴이 저미었다.

그러나 그녀는 눈물을 애써 삼킬 수밖에 없었다. 떠나는 그의 앞에 나타나는 것이, 떠나는 그를 붙잡는 것이…… 더욱 그를 아프게 할 테니까.

"황후마마."

"……?"

불현듯 밖에서 들려오는 공 태감의 목소리에 황후가 문 쪽을 돌아보았다.

"무슨 일이십니까."

"지금 속히 궁정 연못으로 발걸음 하셔야 할 것 같사옵니다. 황제 폐하께서……."

공 태감은 더 이상 아무런 말이 없었다.

"궁정 연못에서 황제 폐하께 또다시 무슨 일이라도 생긴 것입니까?"

이윽고 황후가 벌떡 일어섰다. 불안해진 그녀의 머릿속에 온갖 좋지 않은 일들이 떠올랐다.

"가 보아야겠다."

이내 황후는 리아와 함께 최대한 빠른 걸음으로 궁정 연못으로 향했다.

* * *

'방금 전까지만 해도…… 분명 멀쩡하게 다녀가셨는데.'

황후는 아랫입술을 깨물었다. 갑작스러운 긴장감에 황후의 손에 식은땀이 배어났다.

이윽고 그녀가 궁정 연못에 다다랐을 즈음, 공 태감은 그녀의 뒤에서 조용히 속삭였다.

"황제 폐하께서 물고기들에게 너무 많은 보리를 뿌리고 계시옵니다."

"뭐라구요?"

황후가 연못으로 가까이 가던 발길을 멈추었다. 이내 그녀의 눈에, 입가에 미소를 띤 채 연못가에 서서 보리를 뿌리고 있는 황제의 모습이 들어왔다. 곧 공 태감은 조용히 고개를 숙이며 말을 이었다.

"라고, 황제 폐하께서 전하라 명하셨사옵니다."

밀려드는 허탈감에 멍하니 황제를 바라보고 있는 그녀의 입술이 살짝 벌어졌다.

그의 중독 사건으로 이미 너무도 큰 충격을 받은 상태라 조금만 건드려도 불안감은 배로 커졌다. 가슴이 철렁 내려앉고 다리까지 후들거렸는데.

'그런 내 마음을 모르고…….'

순간 울컥, 화가 난 황후가 빠른 걸음으로 황제에게 다가갔다. 리아가 그런 황후를 따라나서려 했지만 이내 공 태감이 조용히 리아를 붙잡았다.

이내 인기척을 느낀 황제가 몸을 돌려 물끄러미 앞을 바라보았다. 그런 그의 앞으로 황후가 점점 더 가까이 다가오고 있었다.

"폐하, 어떻게……."

황제의 얼굴이 가까워지자, 황후는 한껏 미간을 좁힌 채 더욱 빠르게 걸어갔다.

그리고 그런 그녀의 발걸음을 따라 바닥에 끌리던 치마 밑단이 엉켜 버렸다.

"……!"

이내 황후가 중심을 잃고 휘청거렸다. 그리고 앞으로 넘어지려던 찰나,

누군가가 재빠르게 그녀의 팔을 잡아당겨 품에 안았다. 그녀의 긴 머리카락이 바람결에 사르락, 휘날렸다.

익숙한 솔잎향. 서서히 감았던 두 눈을 뜬 황후의 눈동자 안으로, 누군가의 그윽한 눈매가 매혹적으로 빛났다.

"황후."

이내 황제가 피식 웃으며 그녀를 꽉 끌어안았다. 그리고 나지막이 말했다.

"내가 없는 데서는 넘어지지 마시오."

낮은 그의 음성에, 황후는 가슴이 불에 덴 것처럼 뜨거워졌다. 그다음엔 무슨 말을 할까.

그녀는 너무나 궁금했지만 얼굴이 점점 붉어져 집중을 할 수가 없었다.

그런 그녀의 마음을 아는지 모르는지, 이내 그가 작게 속삭였다.

"내가 잡아줄 수 없으니까."

"태감어른, 어째서 저를 붙잡으신 거예요."

하마터면 황후가 넘어질 뻔한 상황을 지켜본 리아는 볼멘소리로 옆에 있던 공 태감에게 말했다.

공 태감과 리아는 황제와 황후에게서 조금 떨어진 곳에서 그들을 지켜보고 있었다. 황제와 황후를 따라나선 환관들과 궁녀들 또한 줄지어 선 채 침묵을 유지하고 있었다.

"폐하께서 자리를 피하고 있으라 명하셨으니까."

공 태감은 짤막하게 대답했다. 그러자 리아는 더 이상 묻지 않은 채 어쩔 수 없이 입을 다물었다.

"헌데…… 태감어른."

불현듯 밀려든 불안감에 리아의 얼굴이 딱딱하게 굳었다. 묵묵히 자리를 지키고 있던 공 태감이 리아를 바라보았다.

"혹 황후마마의 눈에 대해 알고 계셨사옵니까?"

리아가 한참을 망설이다 이내 입술을 뗴었다. 문득 느낀 것이었지만 공 태감은 마치 모든 것이 익숙하다는 듯 두 사람을 지켜보고 있었기 때문이었다.

자신이 잘못 짚었다면 괜한 질문을 한 것이었기에, 리아는 속으로 가슴을 졸이며 공 태감의 대답을 기다렸다.

이윽고 공 태감이 조용히 답했다.

"눈이 보이시는 것 말이냐."

"......!"

리아가 소스라치게 놀란 표정으로 공 태감을 바라보았다. 그러나 공 태감은 담담하게 말했다.

"제운객주에서 황후마마를 모셔왔을 때부터, 알게 되었다."

"어째서 그런 엄청난 사실을 알고도 모른 척해 주셨단 말입니까."

불안함이 잔뜩 어린 리아의 눈썹에 힘이 들어갔다. 그런 리아의 속마음과 달리 공 태감은 다시 시선을 앞으로 돌리고는 차분하게 답했다.

"본디 황궁의 일거수일투족을 마주하게 되는 환관이 눈과 귀를 닫아야, 황실이 온전한 법이다. 나는 그렇게 평생 조용히 내 자리를 지키며 태감이 되었다. 지금의 황제 폐하께서는 그걸 몰라주셨을 뿐."

"예?"

"물론 지금은 알아주시니, 폐하께서 나를 믿고 황후마마를 모서오라 명하셨겠지."

공 태감이 한 폭의 그림과도 같은 황후와 황제의 모습을 흐뭇하게 바라보았다. 처음 황후의 눈이 보인다는 것을 알게 되었을 때, 그도 놀라기는 했다. 황제를 지켜본 결과 황제 또한 그것을 알고 있는 것 같았다.

그리고 그때 공 태감은 두 사람이 그것을 숨기는 데는 어떤 연유가 있을 거라 짐작했다. 그러나 그는 조용히 입을 다문 채 명에 따르고 있었다. 그것이 자신의 본분이었으니까.

공 태감의 말을 들은 리아는 고개를 숙이곤 안도의 한숨을 내쉬었다. 그리고 그녀도 옅은 미소와 함께 두 사람을 바라보았다. 황후와 황제를 지켜 줄 사람이, 이곳 삭막한 황궁에 한 명 더 있어 다행이라는 생각과 함께.

"내가 잡아 줄 수 없으니까."

감미로운 그의 한마디. 분노는 온데간데없고, 어느새 맥없이 그의 품 안으로 무너져 버렸다. 황후는 옅은 한숨을 내쉬며 긴 속눈썹을 아래로 내리깔았다. 넓은 그의 품이 너무도 포근하고 든든했다. 코끝에서 은은하게 느껴지는 그의 체취는, 불안했던 가슴을 진정시켜 주었다.

"알겠소?"

이내 황제가 씩 웃으며 그녀의 어깨를 붙잡았다. 그리고 코가 닿을 듯 말 듯한 거리에서 그녀의 눈동자를 가만히 응시하는 그였다.

너무도 가까운 그의 얼굴에 자칫 자신의 숨결이 닿을까, 황후는 서둘러 옆으로 고개를 돌렸다.

그리고 잠시 잊고 있었다는 듯, 황제를 밀어내며 그의 품 안에서 빠져나오려 애를 썼다.

"이거 놓으십시오. 저는 정말, 폐하께 또다시 무슨 일이라도 생긴 줄 알고……."

"쉿."

그러나 어림없었다. 황제는 한 손으로 그녀의 허리를 끌어안은 채 그녀의 입술에 검지 손가락을 대었다. 그리고 주위를 둘러보더니 매혹적인 입술을 떼는 그였다.

"가야 할 곳이 있는데……."

"가야 할 곳이라뇨."

"그대는 눈이 안 보이니, 내가 안고 가도록 하지."

"폐하!"

황제가 황후를 안아 들었다. 놀란 황후가 두 눈을 깜박이며 소리쳤다.

"조용히 하시오. 그러다 이목을 끌게 되면 부끄러워 할 사람은 내가 아닐 텐데."

이미 그의 행동에 환관들과 궁녀들은 저 멀리에서도 고개를 돌리고 있었다. 리아와 공 태감도 마찬가지였다.

이내 황제는 씩 웃으며 황후를 안아든 채 어디론가 향했다.

＊　　＊　　＊

배를 매어 두었던 굵은 밧줄들이 하나둘 풀어졌다. 이윽고 거대한 배가 포구를 벗어날 일만 남았다.

은후는 여전히 먼 바다를 향해 시선을 고정하고 있었다. 그리고 그 순간.

두두두두두—

거친 말발굽 소리가 포구 주위를 가득 메웠다.

히이이잉—!

이내 고삐를 세게 틀어쥔 사내에 의해, 말이 미끄러지듯 멈추어 섰다. 그리고 그를 따라 뒤에 온 몇 명의 사내들도 일제히 멈추어 섰다. 복색을 보니 황궁의 병사였다. 이윽고 그들의 중심에 있던 병사 한 명이 서둘러 배를 향해 목청껏 외쳤다.

"배를 멈추시오!"

병사는 배를 멈추라 연거푸 외치며 양팔을 흔들었다.

"배를 멈추란 말이오!"

"무슨 일이시오!"

그러자 배를 움직이는 사내 한 명이, 그를 발견하곤 외쳤다. 배에 타고 있던 사람들이 웅성거리기 시작하자, 바다에 시선을 고정하고 있던 은후도 뒤를 돌아보았다. 이내 황궁 병사는 가슴 안쪽에서 조서가 적힌 황금빛 두루마리를 꺼내 펼쳐 보이며 말했다.

"천나라 황제 폐하의 명이십니다. 지금 즉시, 제나라의 황태 자를 황궁으로 모셔오라는 명을 받았습니다."

천나라 황제 폐하의 명이라는 말에 은후는 사내가 있는 쪽으로 다가와 배 위에서 그를 내려다보았다. 그리고 미간을 좁힌 채 외쳤다.

"그것이 무슨 말이냐."

"혹 황태자마마십니까."

은후의 등장에, 황궁 병사는 그를 향해 물었다.

"그렇다. 내가 제나라의 황태자, 서은후다."

은후의 두 눈이 날카롭게 빛났다. 그의 말이 떨어지자마자, 우두머리 병사를 비롯한 다른 병사들이 가슴에 손을 얹고 고갤 숙여 예를 갖추었다.

"제나라의 황태자마마를 뵈옵니다."

"나는 지금 제나라로 떠나야 한다."

그러나 은후는 두 눈을 가늘게 뜨고는 매몰차게 뒤를 돌았다. 어두워진 그의 표정에는 단호함이 묻어 있었다.

황궁 병사는 잠시 당황한 얼굴이었지만 이내 침착하게 대답했다.

"허나 황제 폐하께서, 천나라와의 동맹을 깨고 싶지 않다면 지금 즉시 입궁하시라 전하라 하셨습니다."

"......!"

은후의 시간이 순간 멈추었다.

'그것을 어떻게…… 천나라 황제가 알고 있다는 말이지.'

이윽고 그는 어느새 자신의 옆으로 다가온 다은을 바라보았다. 다은은 불현듯 자신이 무심코 꺼낸 한마디를 떠올렸다. 화살에 맞은 은후가 황궁으로 갔을 때, 침상에 누운 그를 부둥켜안고 운 적이 있었다.

그까짓 동맹 따위를 위해서 천나라에 오지 않았다면 이런 일도 없었을 거라고, 오열했었다. 그런 명분 없이도 자신이 황제로 만들어 줄 수 있었다고 눈물을 쏟아내었다. 그때, 그 호위무사가 들었던 것일까. 다은이 러운을 떠올리곤 불안한 얼굴로 은후를 마주 보았다. 그러나 앞뒤 상황을 모르는 은후는 두 눈을 감고 거친 한숨을 내쉬었다. 어찌해야 할지, 그의 머리가 지끈거려 왔다.

천나라 황궁으로 가면……. 영원히 잊으려 했던 그 여인을, 다시 마주하게 될 텐데.

"황태자마마. 어서 소인들과 함께 황궁으로 가시지요."

이내 황궁 병사는 망설이는 은후의 앞에 못다 한 한마디를 건넸다. 러운이 덧붙여 전하라 했던 말을 떠올리며.

"황후마마께서도, 기다리십니다."

*　　　*　　　*

"문을 열거라."

황제가 황후를 안은 채 자신의 침전으로 들어서며 말했다. 뭔가 익숙한 상황이 점점 다가오자, 황후는 화들짝 놀란 얼굴로 그를 응시했다.

"기대하라고."

그는 눈웃음과 함께 엷게 입꼬리를 올렸다. 그러자 황후는 두 눈을 빠르게 깜박이며 그의 가슴 옷자락을 꽉 쥐었다.

"폐, 폐하. 아, 아직 긴장을 풀어서는 안 되는 때입니다."

비록 위험인물들은 모두 옥에 갇힌 신세가 되어 버렸지만…… 아직 긴장의 끈을 놓아서는 안 되었다. 백 재상이 남아 있었으니까.

그녀의 말에 황제가 쿡 웃었다. 말까지 더듬고. 역시 황후는 흐트러진 모습이 훨씬 나았다.

그러나 이내 황제는 아무렇지 않다는 듯 씩 웃으며 말했다.

"그러니 조용히 두 눈을 감고 있으시오. 그대의 두 눈이 보인다는 건 아직 비밀인데. 들키려고 그러시오?"

"허나……."

황제의 말에 황후는 입술을 앙다물 수밖에 없었다. 그의 말이 맞았다. 그러나 두 눈을 감고 있자니, 머릿속에는 이상한 상상이 피어나려 하고 있었다.

"다 왔소."

이윽고 황제가 자리에서 멈춰 섰다. 그리고 그녀를 자신에 침상 위에 누이는 그였다.

침상? 그제야 그의 품에서 떨어지게 된 황후의 얼굴이 돌처럼 굳었다. 그리고 그 돌은 보이지 않게 활활 타오르고 있었다.

"이제야 좀 안심이 되는군."

문이 닫히고, 그 공간 안에는 황제와 황후. 단둘만이 남아 있었다.

"폐하. 정신 차리십시오. 폐하와 저는 아직 해야 할 일이 남아 있지 않습니까."

황후가 몸을 일으키며 그를 바라보았다. 그러자 황제는 터져 나오는 웃음을 꾹 참으며 최대한 능청스럽게 답했다.

"물론. 허나 해야 할 일 중에서 아직까지 못한 것이 있어서."

그리고 침상 위에 한쪽 무릎을 굽히곤 그녀에게로 서서히 다가갔다. 황후는 자신도 모르게 가슴 옷섶을 여미고는 흔들리는 눈빛으로 마른침을 넘겼다.

이윽고 황제는 그녀를 침상 위에 눕히려는 듯 그녀의 앞으로 몸을 밀착시켰다. 침상을 짚은 황후의 손이 미세하게 떨렸다.

"황후."

황제의 눈매가 가늘어졌다. 황후를 지그시 바라보는 그의 눈빛은 그녀의 심장을 단숨에 사로잡았다. 조금이라도 이성의 끈을 놓았다가는, 쓰러지듯 침상 위에 누울 것만 같이 위태로웠다.

이윽고 황제가 그녀의 손등 위에 자신의 손을 올려 함께 침상을 짚었다.

그가 가까이 오는 것에 따라 뒤로 몸을 기울이던 황후는 더 이상 물러났다간, 중심을 잃고 말 것 같았다.

여리게 풀린 그의 매혹적인 눈빛에, 그녀의 심장이 터질 듯 빠르게 뛰었다.

이내 황제가 황후의 흰 목선으로 얼굴을 가까이 가져갔다. 그의 뜨겁고도 부드러운 숨결이, 그녀의 목선을 탐하듯 어루만졌다.

'이런……'

황후의 흰 목선을 뚫어져라 바라보던 황제가 문득 망설이듯 입술을 달싹였다.

그리고 그 순간,

"폐하. 그분이 당도하셨사옵니다."

문밖 환관의 목소리가 두 사람 사이에 흐르던 뜨거운 정적을 깨었다.

"왔군."

황제가 보이지 않는 한숨을 내쉬었다. 조금만 지체되었다면…… 정말로 참을 수 없을지도 몰랐다.

"……?"

황후가 영문을 모르겠다는 얼굴로 황제를 바라보았다.

이내 황제는 옅은 한숨과 함께 그녀를 끌어안으며 나직이 속삭였다.

"조금 유치하지만……"

여전히 남아 있는 두근거림과 식지 않은 열기가 그의 가슴 언저리에 감돌았다.

가만히 안고만 있어도 이리 좋은데. 가만히 안고만 있어도 이리 떨리는데.

이윽고 황제는 얼굴을 붉히며 낮게 말을 이었다.

"그대가 다른 사내를 보고 흔들리지 않았으면 해서."

"다른 사내라니요."

황후의 큰 눈망울이 그를 가만히 응시했다. 그는 그녀의 두 눈에 사로잡힌 듯 몸을 움직일 수가 없었다. 반쯤 벌어진 그녀의 입술과 살짝 찡그린 눈매가 너무나 매혹적이게 다가왔다. 왜 하필 이때……. 이제는 손님을 맞으러 가야 했다. 그것도 만만치 않은 손님이니 마음의 준비를 단단히 해 두고.

황제는 또다시 자신의 의도와는 상관없이 타오르기 시작하는 정염의 불꽃을 식히려, 힘겹게 마른침을 넘겼다. 그리고 최대한 침착하게 마음을 가다듬곤 옅은 미소를 지었다.

"곧 알게 될 것이오. 내가 부를 때까지 이곳에 있으시오."

"이곳에요?"

이곳은 황제의 침전. 황후는 고개를 들어 주위를 둘러보았다. 익숙하지 않은 듯 익숙한 공간. 다른 사내를 보고 흔들리지 말라는 말은 무슨 뜻이고, 또 이곳에서 왜 황제를 기다려야 하는 것일까. 그녀는 이해가 가질 않는다는 듯, 아랫입술을 살짝 앙다물었다.

"약조하시오. 왜냐하면……."

이내 황제가 황후의 가는 양어깨를 붙잡고는 잠시 뜸을 들였다.

그리고 그녀의 이마에 짧은 입맞춤을 하곤 싱긋 웃는 그였다.

"그대는 내 것이니까."

＊　　＊　　＊

"황제 폐하, 제나라의 황태자마마를 모셔왔사옵니다."

은후가 왔음을 알리는 환관의 목소리가 황제의 귀에 들려왔다. 줄곧 깊은 생각에 잠긴 채 제좌에 앉아 있던 황제가 천천히 고개를 들었다.

"문을 열거라."

황제의 낮은 한마디에, 서서히 문이 열렸다. 그리고 열린 문 사이로 은후가 걸어들어 왔다.

은후는 차가운 얼굴로 저벅저벅 황제의 앞으로 걸어갔다. 이윽고 그가 황제의 앞에 우뚝 섰다. 황제와 은후 사이로 흐르는 묘한 긴장감이 아슬아슬한 줄타기를 시작했다. 두 사람은 한동안 침묵으로 서로의 감정을 차분하게 억누르고 있었다. 이내 황제가 먼저 입술을 떼었다.

"오셨습니까. 제나라의, 황태자마마."

그러자 은후도 고개를 숙여 천나라 황제에 대한 예를 갖췄다.

"제나라의 황태자, 서은후. 천나라의 황제 폐하를 뵈옵니다."

형식적이고 건조한 인사가 오고 갔다. 은후는 휘를 향해 숙였던 고개를 들고 그와 두 눈을 마주쳤다. 이내 은후가 미간을 좁힌 채 말문을 열었다.

"어째서 떠나려던 저를, 붙잡으신 것입니까."

"허면, 그대는 어째서 다시 돌아온 것이지."

"......!"

갑작스러운 황제의 물음에 은후의 말문이 막혔다. 자신을 황궁으로 불러들여 놓고, 어째서 다시 돌아왔냐고?

"그건."

곧게 뻗은 그의 눈썹에 힘이 들어갔다. 은후의 표정을 뚫어져라 바라보던 황제가 쓴웃음을 지었다. 황제는 쥐고 있던 작은 병을 보이지 않게 만지작거렸다. 이내 그는 병을 꽉 쥐었다. 그리고 차마 하기 싫었던 말을 입 밖으로 꺼내었다.

"나와 황후의 목숨을 구해준 사람을, 어찌 그냥 보낼 수 있겠소."

"......."

황제가 작은 병을 은후의 앞에 내보였다. 인정하고 싶지는 않지만 서은후, 그는 황후를 구해주었고 자신 또한 살려냈다. 황제는 은후를 가만히 응시했다.

이내 은후가 최대한 담담하게 대답했다.

"무언가를 바라고 한 일이 아닙니다. 그것을 치하하려 저를 불러들이셨다면, 그러실 필요는 없사옵니다."

결국 더욱 아파질 사람은 자신이라는 것을 알면서도 황제를 살렸던 건. 자신이 조금만 더 아프면, 월은 하나도 아프지 않을 테니까.

보이지 않게 떨리는 입술이, 불현듯 북받친 감정을 애써 억누르려 하는 그의 심정을 대변했다.

그렇게 둘 다 살려냈지만, 정작 자신은······.

"저는 그저 조용히 제나라로 돌아가고 싶은 마음뿐이니, 이만 물러나도 되겠습니까."

죽어가는 것만 같았다. 서서히 메말라 가루가 되어 버려서, 바람결에 아스라이 사라질 것만 같았다. 정말 괜찮은 척, 아무렇지 않은 척 사라지려고 했는데 괜찮지도······ 아무렇지도 않았다. 마지막으로 딱 한 번만. 딱 한 번만 월을 보고 싶었다. 그리고 그 모습 하나만을 추억 속에, 간직하려 했다.

"무언가를 바라지 않았다. 허면, 황태자께서 천나라와의 동맹을 원한다는 사실은, 내가 잘못 들은 건가."

"······!"

은후의 두 눈이 커졌다. 그렇잖아도 그것을 천나라 황제가 어떻게 알고 있는 것인지 물을 참이었다. 그러나 이제 와 그것이 무슨 소용이 있을까. 은후는 다시금 담담하게 말을 이었다.

"애초에 제가 이곳에 왔던 연유는 그 때문이었습니다. 저는 제나라의 황태자. 앞으로 제좌를 계승받기 위해서는 천나라와의 동맹이 절대적으로 필요했지요. 허나―."

"……?"

황제가 한쪽 눈썹을 치켜 올렸다. 누군가를 떠올린 은후의 눈가가 어두워졌다.

"정작 그것을 바라고 한 일은, 아무것도 없습니다."

은후의 말에 황제가 재미있다는 듯 한쪽 입꼬리를 올렸다. 진지함과 진솔함이 동시에 묻어나는 눈빛. 어떤 면으로든 충분히 자신과 견줄 만한 사내였다. 만일 황후와 관련이 있는 사내가 아니었더라면…… 좋은 벗이 될 수 있었을까.

황제가 자리에서 일어섰다. 그리고 은후의 앞으로 천천히 다가갔다.

"그 연유가 어찌 되었든 천나라의 황실을 지켜준 공을, 절대로 그냥 지나칠 수는 없는 법. 그 공을 세운 황태자의 나라와는 충분히 동맹을 맺을 가치가 있지. 앞으로 서로를 믿고 의지해야 하는 관계가 되어야 할 테니까."

황제는 은후의 앞에 멈춰 섰다. 그리고 그와 두 눈을 똑바로 마주하며 말했다.

"천나라와 제나라와의 동맹 성사를 축하하는 연회를 열어야 하지 않겠소."

"……!"

갑자기 그리 관대해진 연유가 뭐지. 황제와 두 눈을 마주친 은후가 주먹을 꽉 쥐었다. 이윽고 그가 무언가를 말하려 입을

연 찰나,

"저는……!"

"사내 대 사내로서, 제안 하나 하지."

황제가 은후의 귓가로 그의 얼굴을 가까이 가져갔다. 그리고 낮게 속삭였다.

"황제가 되시오."

"……!"

"나와 동등해진 그때, 서로 증명해 보자고. 누가 더 월의 곁에 있을 자격이 충분한지."

황제의 말에 은후의 두 눈이 번쩍 뜨였다. 기억하고 있던 것인가. 자신이 그에게 월을 황궁으로 데려갈 자격이 없다 말했던 것을.

이내 서서히 그의 온몸에 뜨거운 피가 끓기 시작했다. 이긴다한들 아무것도 얻을 수 없는 싸움이라는 것을 잘 알면서도, 이것 하나만은 보여주고 싶었다. 그리고 그것을 월에게도 보여주려 했었는데.

자신은 결코…… 천나라의 황제, 그보다 못한 사내가 아니라는 것을. 아니, 어쩌면 그보다 뛰어난 제국의 황제가 될 수 있다는 것을. 그러나 은후는 옅게 피식 웃으며 대답했다.

"제 자격이 아무리 충분해져도, 황제 폐하 곁에 있는 황후마마의 마음을 얻을 수 있다고 믿을 만큼…… 저는 더 이상 순진하지 않지만."

황제를 바라보는 은후의 입술 사이로 뜨거운 피의 열기가 퍼졌다.

"폐하의 그 제안, 받아들이겠습니다. 도망치고 피하는 것은 이제 신물이 나니까."

*   *   *

"다른 사내라. 누구를 말하는 것이지."

황제의 침전 안에 놓인 탁자에 앉아 있던 황후가 나직이 중얼거렸다.

"설마."

스치듯이 떠오른 누군가의 얼굴에, 황후는 입술을 굳게 닫았다. 서은후, 그를 말한 것일까.

그와 함께 했던 나날들 중, 심장이 빠르게 뛰고, 얼굴이 붉어진 적이 없었다면 거짓말이었다. 그러나 그것은, 갑작스레 다가온 그의 행동에 여인으로서 반응해 버린, 스쳐 지나가는 감정일 뿐.

단 한 번도, 그에게 마음을 준 적은 없었다. 오히려, 그와 함께 할수록 황제의 모습만이 선명하게 떠오르고 그가 보고 싶어졌다. 은후에게…… 미안할 만큼.

문득 황후의 코끝이 시큰해졌다. 황제는 자신을 믿지 못했던 것일까. 불현듯 서운한 마음이 물밀 듯 밀려와 황후의 가슴에 스며들었다.

허나 이제 서은후는, 떠났다. 다신 돌아오지 않을 것 같은 얼굴을 하고서.

"무사히…… 돌아갔을까."

시선을 내린 황후의 눈 밑으로 짙은 속눈썹이 드리워졌다.

"황후마마. 황제 폐하께서 마마를 모시고 오라 명하셨사옵니다."

이윽고 밖에서 들려온 환관의 목소리가 황후의 깊은 생각을 깨웠다.

"다행히…… 폐하께서 날 잊지 않으셨나 보군."

먹먹해진 가슴 위에 손을 얹은 황후가 자리에서 일어섰다. 그리고 문으로 향하는 그녀였다.

* * *

"황제 폐하께서, 황태자마마를 이곳에 모셔다드리라 명하셨사옵니다."

환관을 따라 은후가 멈춰선 곳은 한 전각 앞이었다. 환관은 전각의 문을 열고 안으로 들어섰다. 전각 안에 나 있는 또 다른 문 앞에 선 환관이 문을 열며 말했다.

"여기서 잠시 쉬고 계십시오."

의아한 얼굴을 한 은후는 열린 문 사이로 발걸음을 옮겼다.

문이 닫히고 빈 공간에 혼자 남겨진 그가 주위를 둘러보았다.

"여긴……."

낯이 익은 공간. 은후는 멈칫했다. 곧 그의 눈에 그가 화살에 맞은 상처를 안고 누워 있었던 침상이 들어왔다.

"왜 하필 이곳인 거지. 천나라 황제."

은후는 팔짱을 끼며 침상에 걸터앉았다.

"나를 붙잡아 황궁에 데려다 놓기까지 한 것도 모자라, 대놓고 내 몸을 날려 월을 구했던 기억을 상기시키다니. 천나라 황제는, 나에 대한 일말의 긴장감도 없다는 건가."

아무리 그래도 자신은 월과 꽤 오랜 시간을 보냈고, 월에 대한 자신의 감정을 황제가 모르는 바는 아닐 터. 은후는 은근히 나빠지는 기분에, 자신도 모르게 어금니를 세게 물었다.

그는 휘와의 대화를 끝낸 뒤, 제나라로 사자를 보내 천나라 황제와의 동맹이 성사되었다는 사실을 전했다. 그리고 연회가 끝날 때까지만 머물다 가기로 한 것이었다. 다은에게도 이 사실을 알리기 위해 객주에 사람을 보내두었다.

"곧…… 원하지 않아도 마주치게 되겠지."

문득 생각난 월의 모습에, 그의 눈이 가늘게 여며졌다.

어떻게 견뎌내야 할까. 어떻게 아무렇지 않은 척 그녀를 대해야 할까.

이젠 어떻게든 마음을 단념하려 노력해야 했다. 어차피 그녀는 자신이 가질 수 있는 사람이 아니니까. 은후가 쓴웃음을 지었다. 그러다 그는 문득 드는 생각에 아랫입술을 문 채 미간에 힘을 주었다.

"천나라 황제. 그리 자신감이 넘친다면……. 제가 이곳 천나라 황궁에 있는 동안은 긴장감을 좀 주어도 되겠습니까."

그래야만, 더 이상 월을 아프게 하지 않을 테니까. 월을 좀 더 소중히 대해줄 테니까.

사랑하는 이의 사랑을 받을 수 있는 것이, 얼마나 행복하고 또 감사한 일인지…… 천나라 황제에게 여실히 깨닫게 해주고 싶었다.

침상에 걸터앉았던 그가 몸을 일으켰다. 은후는 창가로 다가가 어느새 어두워진 하늘을 가만히 올려다보았다. 시간은 빠르게 흘러가는데, 어째서 연정은 빠르게 잊히지 않는 것일까. 시간이 지나면 미련 또한 사라질 거라 생각했는데.

이윽고 그는 그가 이곳에 남은 진짜 연유를 가슴 속에 담아둔 채 두 눈을 감았다.

'지우려 할수록 그리워진다면 차라리 황궁에 있는 동안 보고 또 보고…… 자꾸 보면서, 다시 보아도 아무렇지 않아질 때까지 심장을 꽉 움켜쥐고 버텨내야겠습니다.'

은후의 머리카락이 바람결에 사르륵, 흩날렸다. 그는 뺨을 스치는 서늘한 바람을 가만히 느끼며, 마음을 진정시키려 그만의 옅은 숨소리에 집중했다.

"황태자마마."

그때, 문밖에서 이곳에 누군가가 왔음을 알리는 목소리가 울렸다.

"황후마마께서 드셨습니다."

은후는 '황후마마'라는 말에 두 눈을 번쩍 떴다. 그리고 문 쪽으로 시선을 돌리는 그였다.

"……?"

끼익—

문이 열렸다. 은후가 돌아본 그곳엔, 영영 볼 수 없을 줄만 알았던 그녀가 서 있었다.

"서은후……?"

황후도 곧 은후를 발견했다. 놀란 표정의 황후는 자신이 잘못 본 것은 아닌지, 두 눈을 깜박였다. 이내 문이 닫히고, 황후는 빠른 걸음으로 은후에게 다가갔다.

"제나라로 돌아가신 줄 알았습니다."

황후가 은후의 앞에 서며 말했다. 언제 보아도 죽어 있던 심장을 요동치게 만드는 그녀의 깊은 눈동자. 또다시 가슴이 미세하게 떨려오기 시작했다. 애써 굳게 억누른 은후의 입술이 가늘어졌다. 이내 은후는 억지로 미소를 지으며 답했다.

"아무래도 그냥 가긴 억울해서 말입니다."

휘어진 그의 두 눈에 보이지 않는 슬픔이 묻어났다.

"예?"

황후의 눈이 동그래졌다. 그러자 은후는 피식 웃으며 나긋한 말투로 조용히 답했다.

"방금 말한 것은 농입니다. 폐하께서 황후마마를 구해주신 공을 그냥 지나칠 수는 없다 하시어, 저를 이곳에 붙잡아두셨습니다."

"그랬군요."

황후는 가만히 은후의 말을 곱씹어 보았다. 그녀는 그제야 줄곧 의뭉스럽기만 했던 황제의 의도를 알아차렸다. 황제가 자신에게 이곳으로 오라 명했던 건 은후를 만나게 해주려던 뜻. 그리고 그 전에, 자신에게 했던 부끄러운 행동들은 그럼…….

─그대가 다른 사내를 보고 흔들리지 않았으면 해서.

황후는 불현듯 스쳐간 황제의 한마디를 떠올리곤 이제야 이해했다는 듯 픽 웃었다.

은후는 그런 황후의 표정을 보지 못한 듯 천천히 말을 이어나갔다.

"더불어 제나라와 동맹을 맺고자 하셨습니다. 실은─."

"……?"

"제가 이곳 천나라에 온 연유가, 천나라와의 동맹을 성사시키기 위해서였습니다."

"역시 잠시 객주를 맡으러 온 것이 다가 아니었군요."

"제운객주는 제 임시 거처였을 뿐이죠. 천나라 황제 폐하께서 내일 제나라와의 동맹을 대신들에게 반포하고 연회를 여신다 하여, 저는 그때까지만 잠시 머물 생각입니다."

은후는 그동안 그녀에게 하지 못했던 말들을 서서히 꺼내었다. 예전엔 자신과 월은 그저 제운객주의 임시 주인 서은후와, 의문 가득한 여인 백 월이었을 뿐이었다. 그러나 이젠 제나라의 황태자와 천나라의 황후. 더 이상 편하게 이야기를 나눌 수 없는 관계가 되었고, 서로에게 의지할 수도 없었다. 그것 또한 가혹한 운명이지만 이제는 정말로 받아들여야 했다. 정말로 잊을 수 없는…… 여생의 추억으로.

"고맙습니다."

황후가 은후의 손을 따뜻하게 잡았다. 그러자 은후는 그녀의 손등에 자신의 손을 올렸다. 그리고 그녀의 손을 떼어 가만히 내려놓는 그였다. 잠시나마 느낄 수 있었던 따뜻한 느낌. 그거면 충분했다. 다시 돌아온 것에 대한 핑계거리로는.

"어떤 것이 고마운 것입니까."

은후가 입가에 옅은 미소를 띠며 물었다.

"마마를 구해드린 것. 아니면, 곧바로 떠나지 않은 것 중에서 말입니다."

은후의 물음에, 황후가 잠시 머뭇거렸다. 그리고 맑게 웃으며 답하는 그녀였다.

"처음부터 끝까지…… 저를 놓지 않아준 것 말입니다."

어여쁘게 휘어진 두 눈이 예전에 처음 만났을 때 보았던 그녀의 미소를 떠오르게 했다. 그리고 언젠가 그때도 그녀는 이런 말을 했었다. 그 말을 이곳에서 다시 듣게 되다니.

—고마워요. 나를 놓지 않아줘서.

놓지 않는다……. 그 한마디에는, 너무도 많은 의미가 담겨 있다는 것을 알고 있을까. 은후는 어색한 웃음과 함께 고개를 저었다.

'기억하십니까. 그댈 다신 보지 않으려고, 그대를 구했다는 나의 말을.'

은후는 입술 안쪽을 거세게 깨물었다. 그리고 의미심장한 말을 남기며 그녀를 밀어내는 그였다.

"이젠 놓으려…… 황후마마를 구한 것이고, 놓으려…… 잠시 돌아온 것입니다."

"무슨 뜻이십니까."

"저는 제나라의 황제가 될 사람입니다. 황후마마께서는 천나라 황제 폐하의 여인. 이제는 진정 서로의 길에 온전히 서 있어야 할 때이지 않습니까."

"……."

"그동안 우린 너무 벗어나 있었습니다. 벗어난 서로의 길에서 달리고 또 달리다 그 중간 지점에서 만나게 된 것이겠지요."

처음 만난 순간부터 지금까지의 모든 일들이 두 사람의 머릿속을 다시금 주마등처럼 스쳐 지나갔다. 서서히 정리가 되어 가는 느낌이었다.

수묵화가 그려진 화선지에 물을 흩뿌려놓은 것처럼, 먹먹하고 불편했던 마음들이 은후와 황후의 가슴속에서 녹아가고 있었다.

은후는 이제, 황후를 향한 마음에 스스로 종지부를 찍었다. 그리고 자신이 황제에게 해독제를 준 것에 대해서도 끝까지 입을 열지 않았다.

"이젠 다시 돌아왔으니, 불분명했던 감정들 또한 제자리로 돌아가야 합니다. 황후마마께서는 제게 고마움 하나, 저는 황후마마에 대한 추억 하나. 이렇게 딱 두 가지만을 가지고서 말입니다."

차라리, 이렇게 한 번쯤 마음을 터놓고 정리를 하는 것이 나았을 것을. 어쩌면 천나라 황제도 내게 이것을 바랐던 것인가. 그래서 월을 만나게 했던 것이고. 은후가 쓴웃음을 지었다.

은후의 말을 가만히 듣고 있던 황후가 붉은 입술을 달싹였다. 어쩐지 텅 빈 것만 같던 마음이 그제야 꽉 채워지는 기분이었다. 먹먹했던 가슴이 그제야 뚫려 은후를 편하게 바라볼 수 있게 되었다.

'폐하의 진짜 의도는…… 제게 이리 정리를 할 시간을 마련해 주시려던 것이었습니까. 서은후는, 원하든 원하지 않든 영원히 저의 운명의 한 부분을 차지하게 될 테니까.'

두 사람이 처음 만났던 그때, 그들은 서로에 대해 아무것도 모르고 있었다. 그리고 그런 둘을 비추며 유유히 떠올라 있었던 달은, 오늘도 어느덧 높게 솟아 있었다. 그리고 서로에 대해 너무도 잘 알게 된 이 순간을, 그때처럼 유유히 비추고 있었다.

제3장

눈물의 기로(岐路)

"두 분이서 이야기꽃을 피우고 계시는 중입니다."

"이야기꽃이라."

애련정 위에서 달빛을 담고 흐르는 호수를 내려다보던 황제가 낮게 말했다.

"알겠다. 그만 가 보거라."

유독 고독감이 밀려드는 그런 밤이었다. 황후를 생각해, 그녀를 잠시 보내주었지만 이미 자신은 잊힌 것 같아 황제는 기분이 묘했다.

그는 문득 불어온 바람에 떨어진 벚꽃 잎 한 장을 손에 받았다. 벚꽃이 만발했던 봄은, 지나간 지 오래였다.

손바닥에 떨어진 이 벚꽃 잎 한 장은, 아마도 오래전 바람결에 흩날리다 애련정 천정 틈 사이에 붙게 된 것 같았다. 이미 다른 꽃잎들은 호숫가에 떨어져 저 멀리로 흘러가 버렸을 테니까.

황제는 손바닥에 담긴 한 장의 벚꽃 잎을 가만히 움켜쥐었다. 낮은 그의 음성이 고요한 애련정의 정적을 가르고 작게 울렸다.

"분홍빛은 사라지고…… 노랗게 물들다 못해 갈색 빛을 띠는 이 벚꽃 잎은 언젠가 썩어 없어지겠지만…… 누군가에 대한 미안함은, 속이 썩어 문드러지는 한이 있어도 썩지 않겠지. 나는 그대가 더 이상 가슴 속에서 앓지 않았으면 하니 잠시만. 아주 잠시만…… 참으려고."

황후가 말은 하지 않았지만, 아마도 그녀는 때때로 머릿속에서 은후를 생각할 것이었다. 자신을 돌봐주고, 구해준 사내에게 제대로 고마운 마음을 전할 새도 없이, 이별해 버렸으니…… 영영 미안한 마음만을 안고 살아갈 터.

그것이 마음에 걸렸을 뿐이었다. 해서, 둘의 시간을 마련해 주었지만 환관의 말을 들어보니 자신이 쓸데없는 일을 한 것은 아닌지. 그는 괜한 심술이 들어 입술을 굳게 다물었다. 살짝 후회가 밀려드는 것이 기분이 영 좋지 않았다. 이내 황제는 쥐고 있던 벚꽃 잎을 호숫가로 떨어뜨렸다.

그리고 그런 황제의 곁에 려운이 다가왔다. 무언가를 말하기 위해 연 려운의 입술 사이로 서늘한 공기가 새어 들어왔다. 이내 려운은, 입안에 자갈을 가득 문 것처럼 무거웠던 한마디를 입 밖에 내었다.

"폐하. 드릴 말씀이 있사옵니다."

*　　*　　*

—다은아. 넌 객주로 돌아가 있어라.
—마마!
—명이다.

다은의 두 눈에 핏발이 섰다. 붉어진 눈동자에는 이루 말할 수 없는 분노가 서려 있었다. 가뜩이나 붉었던 입술은 더욱 진한 핏빛으로 물들어 있었다.

—분명 제나라로 돌아간다고 했잖습니까.

초점 없는 눈빛으로 말을 타고 가던 다은이 고삐를 꽉 쥐었다. 금방이라도 터질 것 같은 분노를 누른 잇새 사이로 뜨거운 숨이 퍼져 나왔다.

—황후 때문입니까.

은후는 다은의 마지막 물음에 답을 하지 않은 채 가 버렸다. 그리고 그것은 다은을 끝내 나쁜 여인으로 만들어 버렸다.

핏줄이 불거진 다은의 눈동자와 손등은, 붉어지다 못해 노랗게 물들고 있었다. 지금의 그녀는 오로지 어떻게 은후를 되찾을 수 있을까, 그 생각뿐이었다.

"꺄악—!"

날카로운 비명 소리가 장내에 울려 퍼졌다. 저잣거리를 지나던 재연의 앞을 가로막은 채, 따귀를 날린 한 기생이 재미있다는 듯 말했다.

"아주 오랜만이구나. 재연아. 다 죽어가는 걸 거둬 살려주었더니…… 감히 도망치려 해? 홍 재상님이 널 사가지만 않았어도 넌 이미 다리를 잘렸을 것이다."

"저를 살려준 대가로, 기생으로 만드셨지 않습니까."

재연이 두 눈을 부릅뜨고 호영각의 행수, 화련을 바라보았다. 재연은 국영을 만나기 위해 그가 있을지도 모르는 도성 외곽으로 가고 있던 중이었다. 그러다 다른 기생들과 함께 저자를 거닐던 화련과 마주쳤다.

화련은 연지가 곱게 발린 입술을 움직이며 한쪽 눈썹을 치켜올렸다.

"그건 정당한 거래였다. 은혜를 갚으려면, 몸으로라도 때워야지. 주제도 모르고 네가 빗속에서 죽으려 마음먹었을 때, 내 너를 예뻐한답시고 호영각 내 객주 행수 자리까지 주었다. 네 그 얼굴 한 번 보러 오는 자들이 수두룩해 죽일 수는 없었으니까."

화련은 재연의 얼굴을 한 손으로 잡아 이리저리 돌려보며 붉은 입꼬리를 올렸다.

"헌데, 달밤 나들이한답시고 나가더니…… 영영 돌아오지 않을 작정이었나 보지?"

재연은 화련의 손을 탁, 쳐내며 두 눈을 날카롭게 떴다. 그녀의 말대로 영영 돌아오지 않을 생각이었다. 최대한 멀리 도망쳐 도무지 생각나지 않는 어린 시절의 기억을 찾고, 자신에게도 있었을 가족을 찾고 싶었다.

그러나 곧 호영각 사병들에게 쫓기게 되었고, 죽을힘을 다해 달리던 중…… 구원자처럼 나타난 자가 홍 재상이었다.

지금은 그자마저도, 이빨 빠진 호랑이에 불과한 늙은이가 되어 버렸지만…… 자신은 반드시, 여기서 무너지지 않을 것이었다. 화련이 밀쳐진 손이 얼얼하다는 듯 아랫입술을 앙다물었다. 재연은 그런 화련의 앞으로 바짝 다가가 거친 숨을 내쉬며 말했다.

"내가 황후가 되어도…… 네가 그리 두 눈 똑바로 뜨고 날 바라볼 수 있는지 두고 볼 것이다."

'황후?'

재연의 입가에서 흘러나온 황후라는 말에, 말을 타고 그 옆을 지나던 다은의 눈이 번쩍 뜨였다.

"잠시 멈추거라."

다은은 재연의 앞에 행렬을 멈춰 세웠다. 그리고 말에서 내렸다.

재연의 말을 들은 화련은 코웃음을 치며 답했다.

"네가 미친 게냐. 아니면 술이라도 처먹은 것이냐. 어디서 감히 되도 않는 말을 지껄이는 것이냐! 혹 나는 누가 네 말을 들었을까 겁이 나는구나."

"내 아버님은 천나라의 재상. 나는 그분의 여식이거늘 하찮은 기생 따위가 감히 나를 능멸해?"

재연은 노기를 가득 품은 두 눈으로 화련을 노려보며 소리쳤다. 그러나 화련은 수그러드는 기색조차 없이 요염하게 입술을 움직였다.

"내 너의 말이 무서운 줄 안다면 너를 다시 만났을 때 네게 따귀를 날리지 않았겠지. 아마 허리를 굽혔을걸."

"무슨 뜻이지?"

"헌데 내가 술을 따르다 지체 높으신 분들께 들은 이야기로는…… 흥 재상님이 무척이나 곤란한 상황에 계시다던데? 그러니 네가 수족도 없이 혼자 저잣거리를 돌아다니는 것이 아닐까."

'내가 반역자의 여식이 되었다는 것을…… 알고 있어?'

화련의 비웃음에 재연의 어깨가 부들부들 떨렸다. 그녀의 말대로 화련은 술자리에서 온갖 이야기들을 들을 수밖에 없었다. 그것을 너무나도 잘 아는 재연은 더 이상 반박할 수가 없었다.

"방금 황후라 하였느냐."

그리고 그런 재연의 곁에 한 여인이 다가오며 물었다. 수족처럼 보이는 사람들도 줄지어 여인의 뒤를 따랐다.

"……?"

재연이 소리가 난 쪽을 돌아보았다. 이윽고 그녀의 눈에 도무지 흉내 낼 수 없는 기품과 위엄을 가진 여인이 도도한 발걸음으로 자신에게 다가오고 있는 것이 보였다. 온갖 화려한 치장을 한 다은의 가지각색 장신구들이, 그녀의 발걸음에 따라 요란하게 흔들렸다.

재연의 앞에 멈추어선 다은은 허리를 꼿꼿이 편 채 화련을 가소롭다는 듯 힐끗 바라보았다. 그리고 재연에게 시선을 돌려 되묻는 그녀였다.

"네가 황후가 될 것이라고?"

"누구신지요."

재연의 입술이 미세하게 떨렸다. 갑자기 억눌린 기에 재연은 어깨가 저려오듯 아픈 것 같았다.

재연의 물음에, 다은은 일부러 화련에게 시선을 고정한 채 대답했다.

"나는 제나라의 황후가 될, 윤다은이라 한다."

"제나라의…… 황후?"

재연의 눈동자가 빠르게 흔들렸다. 제나라의 황후가 될 여인이 갑자기 자신에게 관심을 가진 연유가 무엇일까. 재연이 멍하니 다은을 바라보던 사이, 다은은 화련을 향해 나긋한 목소리로 말했다.

"이 아이는 내가 데려갈 것이니, 너는 그만 네 갈 길을 갔으면

하는데."

그러자 화련은 입매를 비틀며 옅은 실소를 지었다.

"하. 제나라의 황후가 될 여인이 어찌 여기서……."

"말 조심하거라."

불현듯 다은의 옆에 있던 두 명의 사내가 칼자루에 손을 얹고 앞으로 나서려 했다. 그러나 다은은 그런 사내들을 저지하곤 말을 이었다.

"네가 믿든 믿지 않든, 그건 네 자유지만……. 내 말을 거역하게 되면, 후에 대가를 톡톡히 치르게 될 것이다."

"……혹 제가 무례를 저질렀다면 용서하십시오. 가자, 애들아."

다은의 싸늘한 한마디에, 거역할 수 없는 두려움을 느낀 화련은 입술을 앙다문 채 고개를 숙였다. 그리고 재연을 노려본 채 가던 길을 걸어가는 그녀였다.

화련이 떠나고, 다은은 다시 재연에게로 시선을 돌리곤 물었다.

"자. 그럼, 제대로 된 이야기를 해 볼까."

*　　　*　　　*

"너는 누구지?"

제운객주로 돌아온 다은이 두 눈을 가늘게 뜨며 물었다.

"저는 홍재연이라고 합니다."

재연은 찻잔을 모아 쥐고 주위를 둘러보며 불안한 눈빛으로 답했다.

"홍재연이라. 듣자 하니, 네가 이곳 천나라 재상의 여식이라던데. 사실이냐?"

"친딸은 아니지만…… 양녀이옵니다."

"그래. 헌데 네가 황후가 되겠다니. 천나라의 황후는 이미 있지 않느냐."

다은이 고개를 비스듬히 기울이며 재연을 찬찬히 뜯어보았다. 무슨 자신감으로 그리 말을 하는 아이인지, 꽤 재미있게 느껴졌다.

"저는 천나라 황제 폐하의 첫 연인을 닮았습니다."

재연은 홍 재상이 했던 말을 떠올리며 두 눈에 힘을 주었다. 그러나 다은은 기대했던 것보다는 실망스러운 대답이라는 듯 되물었다.

"그래서 그게 뭐 어쨌다는 것이냐."

"폐하께서는 저를 처음 보았을 때부터, 제게 흔들리셨습니다."

이내 재연에 대답에 다은이 옅은 한숨을 내쉬었다. 그리고 매서운 눈빛으로 재연에게 일침을 가했다.

"어리석구나. 그래서, 네가 천나라 황제를 유혹이라도 하겠다는 것이냐. 천나라의 황후가 있는 한, 네가 아무리 날뛰어도 넌 황후가 될 수 없다."

"……알고 있습니다. 해서……."

재연은 다은에게 천나라의 황후를 없애고 싶다 말하고 싶었다. 허나 자신의 위험한 생각을 아무에게나 섣불리 밝힐 수는 없는 법. 재연이 말끝을 흐린 채 뜸을 들이던 사이, 다은이 먹잇감을 발견한 매처럼 두 눈을 반짝였다. 다은은 차를 한 모금 음미하고는 탁상에 내려놓으며 말을 이었다.

"헌데 황제 폐하께서 널 보셨다면 궁에 간 적은 있나 보구나."

다은의 물음에 재연은 고개를 끄덕이며 진지한 눈빛으로 답했다.

"저는 천나라 황실 소속의 신녀였습니다. 아까 들으셨는지는 모르겠지만…… 재상이었던 제 아버님이 지금은 옥에 갇혀계십니다. 해서, 저도 황궁에서 쫓겨나게 되었습니다."

"그래? 허면 네가 황궁에 있던 동안 있었던 일들에 대해, 내게 해줄 얘기가 꽤 있을 것 같은데."

다은이 회심의 미소를 지었다. 우연적으로 만난 것치고는, 꽤 재미있는 물건을 발견했기 때문이었다. 아무래도 꽤 유용한 아이가 될 것 같은 기분이었다. 그러나 재연은 다은에게 약간의 경계심을 드러내며 물었다.

"헌데 제게 이리 관심을 가지시는 연유가 무엇입니까."

재연은 한 모금도 입에 대지 않은 찻잔을 더욱 세게 모아 쥐었다. 뜨거운 찻물의 온기는 아직 가시지 않았다. 손 안에 퍼지는 따뜻함이 온몸의 긴장감을 조금은 녹여주고 있었다.

"당돌하구나. 그래, 좋아."

다은이 의미심장한 미소를 지으며 붉은 입술을 달싹였다. 무언가를 말할 듯 말 듯 일정한 간격으로 떨어지는 입술에 재연의 시선이 고정되었다. 다은은 제 손에 피를 묻히지 않고 조용히 천나라 황후에게 경고를 해줄 수 있을 것 같았다. 이내 다은이 천천히 먼저 운을 띠웠다.

"아마 너의 계획은 천나라 황후만 없어진다면…… 일이 한 수 쉬워지겠지."

"……!"

순간 정곡을 찔린 재연은 갑자기 엄습해 오는 불안감에 목 뒤와 등에 식은땀이 나는 것 같았다. 이윽고 다은이 자신이 재연을 이리로 데려온 목적을 말했다.

"내가 돕고 싶구나."

재연의 두 눈이 한없이 커졌다. 의문으로 가득한 이 여인이 갑자기 자신을 왜 돕겠다고 하는 것일까. 재연은 두 눈을 빠르게 깜박이며 아랫입술을 물었다.

"어째서 저를……."

"단, 너는 나에 대해선 아무것도 모르는 것이다. 알려고도 하지 말고."

재연이 다은에 대해 무언가를 물으려 하자, 다은은 검지 손가락을 자신의 입술에 가져다대며 미소를 지었다. 그녀의 미소에는 알 수 없는 사악한 기운이 느껴졌다.

이내 다은이 마주보고 앉아 있던 재연 쪽으로 얼굴을 가까이 가져갔다. 그리고 재연에게만 들릴 만한 목소리로 담담하게 속삭이는 그녀였다.

"나는 내일, 연회를 위해 황궁으로 갈 것이다. 그때, 내 시녀로 황궁에 들거라. 그리고 조용히 빠져나가 황후전으로 가거라. 단, 이 일은 무덤까지 가져가야 할 것이다."

*   *   *

"황제 폐하께 고마워해야 하는 걸까······. 그분에게 작별인사를 할 수 있게 되어서."

은후와 헤어지고 연주전으로 돌아가던 황후가 나직이 말했다. 그러자 황후를 부축하며 나란히 걷던 리아가 희미하게 웃으며 말했다.

"제나라 황태자마마께서는 황후마마께 무척 소중한 분이시잖아요."

"소중한 분?"

리아의 말에, 황후가 되물었다. 리아는 전에 황후가 궁 밖에서 있었던 일들에 대해 이야기해 준 것을 떠올리며 말했다.

"황후마마께 이야기를 들으며 저는 그렇게 느꼈어요. 마마를 돌봐주고, 도와주고······ 그리고 목숨까지 구해주신 분이 아닙니까. 그러니 그분은 마마께 무척 소중한 분이시지요."

"그래. 소중한 분이지. 그런 분을 그냥 떠나보내려 했으니…… 내가 참 바보 같구나."

황후가 작게 탄식했다. 은후는 아픈 손가락이 아니라, 소중한 사람이었는데. 절대 잊어서는 안 되는 소중한 사람. 황후가 회상에 잠겨 말없이 걷던 동안, 리아는 문득 생각난 일을 전했다.

"저어, 황후마마. 이제 생각난 것인데요. 공 태감님께서…… 마마의 눈이 보이신다는 것을 알고 계십니다."

"알고 있어."

"예?"

"제운객주로 나를 데리러 오셨을 때 알게 되셨겠지. 허나 그분은 황제 폐하께서 보낸 분이니까…… 믿었어."

"공 태감님도 그리 말씀하셨어요. 하지만 황제 폐하께서 믿으셨던 천 우 마마도 결국은……."

리아가 두 눈을 꾹 감았다 뜨곤 말끝을 흐렸다.

"그래. 믿음이란 참 무서워. 허나 공 태감님은 나와 눈이 마주치게 되었을 때, 모른 척해주셨으니까. 그리고 아무것도 묻지 않으셨어. 헌데 천 우 마마는……."

"천우 마마는……."

황후가 불현듯 발걸음을 멈추었다. 그리고 그녀는 문득 천 우가 자신에게 다가온 의도를 비롯해, 자신에게 했던 모든 말들이, 거짓이었다는 것을 다시금 상기했다.

헌데, 전에 향을 데려온 것도 의도적이었다면…….

그 모습을 천 영이 보았으니, 천 우도 자신의 눈이 보인다는 것을 알고 있을 것이었다. 그녀는 조용히 입술을 깨물었다.

"마마?"

"옥으로 가자, 리아야."

"갑자기 옥은 왜요? 밤이 너무 늦었습니다, 마마. 오늘은 이만 침수에 드시고 내일 날이 밝으면 가시는 것이…….."

"안 돼. 어서 가자."

이윽고 그녀는 옥안 천 우를 찾아가기 위해 발걸음을 옮겼다. 황후의 뒤에 줄지어 서 있던 궁녀들도 천천히 그 뒤를 따랐다.

*　　*　　*

"황후마마! 이 누추한 곳엔 어인 일이십니까."

갑작스러운 황후의 등장에, 옥의 입구를 지키던 병사들의 허리가 경직되었다.

초점 없는 눈빛을 유지한 채 허공을 바라보며 병사의 앞에 선 황후는 낮은 목소리로 말했다.

"천 우 마마께서 계신 곳으로 안내해 주게."

"예? 그분은 대역죄인이라…….."

병사는 천 우라는 말을 듣고 옆에 서 있던 다른 병사의 눈치를 보며 머뭇거렸다. 그러자 황후는 두 눈을 가늘게 뜬 채 차갑게 말했다.

"황후인 내가 만나지 못할 사람도 있는 것이냐."

병사는 순간, 눈먼 황후가 자신을 바라보고 있는 것은 아닌지 착각이 들 정도로 오한을 느꼈다.

"예? 아, 아니옵니다. 그럴 리가요. 다만 고귀하신 황후마마께서 대역죄인을 만나려 하시니 소인이…… 어찌 되었든 이, 이쪽으로……."

병사는 열쇠꾸러미를 쥐고는 마른침을 꿀꺽 삼켰다.

"나머지는 밖에서 기다리거라."

황후는 그녀의 뒤를 따르던 궁녀들을 둔 채, 리아와 함께 천천히 옥 안으로 들어섰다.

어두컴컴했던 옥 안은 리아가 들고 있던 등에 의해 밝아졌다. 습습한 옥 안을 자박자박 걷던 황후는 왠지 모르게 밀려드는 아픔에 가만히 치맛자락을 쥐었다. 핏줄을 옥 안에 가둔 황제 폐하의 마음. 그리고 형제를 죽이려 했던 천 우와 천 영의 마음이 이 어두운 공간에서 한꺼번에 밀려드는 것 같았다.

"언젠가…… 아버님도, 이곳에서 마주하게 되겠지."

황후가 나직이 말했다. 그녀의 한마디에 리아가 두려움과 슬픔이 교차하는 눈빛으로 황후를 바라보았다. 무표정한 황후의 얼굴 안에는 찢어지는 슬픔이 담겨 있었다.

"여기입니다. 황후마마. 감히 말씀드리오나…… 이런 곳에는 오래계시지 않으셨으면 하옵니다."

병사가 발걸음을 멈추고 황후에게 고개를 숙였다. 황후는 말 없이 고개를 끄덕였다. 이내 병사가 걸어왔던 방향으로 저벅저 벅 멀어지고, 고요한 정적이 옥 안을 가득 메웠다. 한참을 걸어 가장 어둡고도 구석진 곳에 자리한 곳. 그곳에, 천 우와 천 영이 있었다. 황후는 그제야 초점 없던 동공을 제자리로 돌려, 그들을 가만히 응시했다. 리아의 등불에 의해 어둠속에 익숙해져 있었 던 천 영이 두 눈을 찌푸리며 빛이 들어온 곳을 응시했다.

"황후……마마?"

그의 시선이 닿은 곳에 세로로 길게 쳐져 있는 나무기둥 사이 로 황후가 보였다. 그리고 황후라는 말에, 벽에 기대어 앉아 있 던 천 우가 조용히 감고 있던 눈을 떴다.

"처음부터, 알고 계셨습니까."

황후는 그 어떤 다른 말은 꺼내지 않은 채, 오로지 한 가지만 을 물었다. 천 영은 황후가 자신을 바라보고 말하는 것이 아닌, 천 우를 바라보고 말하고 있다는 것을 알아차렸다. 그리고 조용 히 둘의 대화를 지켜보았다.

"무엇을 말입니까."

천 우는 옅게 웃으며 다시 두 눈을 감았다. 그도 황후가 자신 을 찾아왔다는 것을 직감적으로 알아차린 것이었다.

"제 두 눈 말입니다."

"그것이 이제 와 무슨 소용이 있겠습니까."

"어째서 지금까지 모른 척하신 것입니까."

"⋯⋯."

천우는 아무 말도 하지 않았다. 글쎄, 왜였을까. 한마디만 하면, 모든 것이 뻥하고 터져버릴 만큼 재미있는 사건이 되었을 텐데. 어째서, 자신은 그 한마디를 하지 못했을까. 천우는 피식 웃으며 말을 이었다.

"황후마마의 그 두 눈에 엄청난 비밀이라도 있나 보군요. 누구라도 알아선 안 될 만한."

"⋯⋯!"

"헌데 아실지 모르겠지만⋯⋯. 그저 말할 기회가 없었을 뿐입니다."

그의 입가에 걸린 알 수 없는 미소가 어쩐지 너무도 쓰라려 보였다.

"말할 기회는 얼마든지 있었습니다. 마음이 바뀐 연유가 무엇입니까? 황제 폐하를 궁지에 몰아넣으면서까지 악한 마음을 품으셨던 당신께서."

연화에 대한 이야기를 하며, 호기심에 황후를 건드려 볼까 했던 첫 만남. 휘에 대한 이야기를 하며 황후의 마음을 읽어내려 했던 저자에서의 밤. 그리고 자신이 황제가 되면⋯⋯ 황후를 비로 두려 했던 이날까지.

'휘가 사랑하는 황후, 당신에게까지 상처를 주고⋯⋯ 눈에 대한 것을 빌미로 이용해 볼까 생각도 해보았지만.'

천우는 옅은 숨을 내뱉었다. 그리고 눈을 뜨고는 황후와 두 눈을 마주하며 말했다. 온전히 마주하게 된 서로의 두 눈 속 눈동자가, 보이지 않게 흔들리고 있었다.

"그저 지켜보려 한 것뿐입니다."

"……!"

"황후마마께서 앞으로 어찌할지, 어떤 생각을 가지고 있는지…… 지켜보는 것이 꽤 재미있었으니까."

황후의 두 눈이 보이는 것은 자신만이 알고 있는 일. 황후는 아무것도 하지 못한 채 죽어가야만 했던 자신의 어머니와는 다른 여인이었다.

스스로 비밀을 지키려 애쓰면서 자신의 삶과, 운명과, 그리고 사랑을 개척해 나가려 하는 황후의 그 모습을…… 시간이 지나면 지날수록…… 어쩐지 지켜주고 싶어졌다.

머릿속에선 어떻게든 황후마저 계획에 끌어들여 이용해볼까 외치고 있었지만, 끝까지 망설이게 된 것을 보면, 가슴 한구석에서는 지켜주고 싶다는 마음이 더 컸던 탓일까.

"단지 그것뿐이란 말입니까."

황후가 천 우와 두 눈을 마주하며 말했다. 천 우는 끝까지 하지 않았던 말을, 가슴 깊숙이 잠가두면서 답했다.

"허면 더 무엇이 있겠습니까."

천 우의 대답에 실망한 기색이 역력한 황후가 힘겹게 두 눈을 감았다 떴다. 그리고 나무기둥을 붙잡고 떨어지지 않던 입술을 떼는 그녀였다.

"이 말을, 전하러 온 것입니다."

황후는 나무기둥을 꽉 쥐었다. 자신과 천 우 사이를 매정하게 가로막은 이 나무기둥은, 마치 서로에게 영영 닿을 수 없게 된 황제와 천 우의 사이를 의미하는 것 같았다. 그녀는 마른침을 넘기며 천우에게 더욱 가까이 다가갔다. 그리고 말했다.

"마마의 온갖 거짓된 말들과 파렴치한 행동들 그 사이에…… 저를 위한 배려라는 것이 있었던 것이라면,"

천 우가 황후를 가만히 올려다보았다. 그녀가 무슨 말을 할지, 어렴풋이 느껴졌기 때문이었다.

"고마웠다구요."

천 우의 입가에 쓴웃음이 묻어났다. 황후는 그런 천 우의 표정을 놓치지 않은 채, 그녀가 진정으로 하려고 했던 말을 꺼내었다.

"그리고 저는 어떻게든 비밀을 지켜주신 것에 대한 고마움을 빌미 삼아, 당신이 아주 나쁜 사람은 아니라는 것을…… 황제 폐하께도 알려드리려 했습니다. 두 분 마마를 손에서 떠나보내고 싶지 않은 그분의 가슴이, 아직도…… 찢어지고 있으니까요."

황후의 마지막 한마디가, 천 우의 가슴에 깊숙이 박혀 들어갔다.

* * *

달빛 하나 새어들지 않는 짙은 어둠 속. 황후가 돌아가고 난 뒤 스며들기 시작한 공허함만이 옥 안에 감돌았다. 말없이 벽에 기대어 있던 천 우가 두 눈을 감은 채 조용히 말했다.

"마음 약한 녀석. 지푸라기라도 잡고 싶은 건, 적어도 천 휘, 네가 아니라 나여야지."

천 우는 가늘게 떨리는 어깨에 애써 힘을 주었다. 그리고 그것을 지켜본 천 영은 고개를 숙인 채 보이지 않게 흐느끼고 있었다. 그러나 영은 그와는 반대로 차갑게 말했다.

"이제야…… 비참함을 느끼나 보지."

천 영의 물음에 천 우가 두 눈을 떴다. 그리고 아주 잠시, 뜸을 들이곤 대답했다.

"그럴 리가."

천 영은 그럴 줄 알았다는 듯, 거친 숨을 내쉬었다. 천 영은 가만히 천정을 올려다보았다. 아무것도 보이지 않는데도 더욱 선명하게 떠오르는 두 사람의 얼굴이, 그동안 담아만 두었던 영의 속마음을 들춰내었다. 영은 애써 두 눈을 감은 채, 말했다.

"나는. 죽음이 두려운 것이 아니라…… 미워하는 마음을 가진 채, 그렇게 사라지게 될까 봐. 이렇게 이대로 원망만을 가진 채…… 서로의 존재를 잊으려 애를 쓰게 될까 봐. 그래서 나는 너무 비참해졌는데."

최대한 담담하려 했는데. 최대한 아무렇지 않으려 했는데…… 한마디, 한마디를 내뱉을 때마다 목이 메어왔다.

천 영의 말에, 알 수 없는 쓰라림을 느낀 천 우가 피식 웃었다. 정말 죽을 때가 다 된 것일까. 그렇게도 서로 꽁꽁 숨기던 마음이, 술술 입 밖으로 나오는 것을 보니.

천 우가 차갑게 입매를 비틀었다.

"천 영. 네 말대로 상처 주는 거, 못 할 짓이지."

천 영이 고개를 들었다. 천 영이 반대편 벽에 앉아 있던 천 우를 한없이 응시했다. 그리고 쏘아붙이듯 말했다.

"누구보다 잘 알잖아. 알면서, 그래도 결국은! 나도 형님만큼이나 상처받았고, 죽을 만큼 고통스러웠어. 그래서 복수하고 싶었고! 천나라까지 왔는데…….""

"……"

"처음부터 그건 천 휘 형님 탓이 아니었잖아."

영의 눈가에 맺힌 투명한 이슬들이 방울방울 떨어졌다. 그의 메마른 볼이 따끔거렸다. 마지막으로 운 적이 언제였는지 그는 잘 기억이 나지 않았다.

아무리 슬퍼도 눈물 한 방울 나지 않았던 건, 천 우도, 천 휘도 아닌 영이었다. 가장 어릴 때 상처를 안았던 탓이었을까. 운다는 건…… 자신이 아프다는 걸 인정하는 셈이 되니까.

너무도 오랜만에 영의 눈물을 마주하게 된 천 우의 가슴이 너무도 저려왔다. 알고 있었다. 자신들이 이렇게 된 건, 근본적으로 천 휘의 잘못이 아니라는 것을.

천 우가 다시금 피식 웃었다. 무언가를 말하기 전, 숨을 깊게 들이쉰 그의 갈비뼈 사이로, 아릿한 고통이 밀려들어왔다.

이윽고 천 우가 마른 입술을 뗐다. 거칠어진 그의 입술에는, 슬픔이 아닌…… 엷은 미소가 담겨 있었다.

"천 영. 나도 천나라에 와서 말이다."

"……."

"아우의 여인을 지켜보는 것이 재미있었다. 아우의 사랑을 지켜보는 것이…… 즐거웠다."

천 영의 시선이 천 우의 얼굴에 닿았다. 겉으로는 웃고 있으면서도, 어쩐지 웃고 있지 않는 것 같은 그의 얼굴. 이내 천 우는 실소를 지으며 덧붙였다.

"헌데 웃기지 않느냐. 나는 그것이 더욱 화가 났다. 어머니 일에 대한 증오는 언제나 가슴 속에 있었지만, 결정적으로 휘가 없어졌으면 좋겠다고 생각한 건…… 그 녀석이 행복해진 것 같았으니까. 얼음장 같던 녀석이 점점 웃고 있으니까."

*　　*　　*

려운의 말을 전해들은 황제는 그대로, 밤을 지새웠다. 황후를 잠시 잃었을 때만큼이나 그의 얼굴은 어두워졌고, 밤새 동안의 고민으로 수척해져 있었다.

"폐하. 조회 시간이옵니다."

그리고 그런 그의 기나긴 침묵을 깬 것은, 벌써 아침이 왔음을 알리는 환관의 목소리였다.

"아, 그래."

황제는 자리에서 일어났다. 굳은 허리에서 찌릿한 통증이 전해져 왔다. 그러나 황제는 그것을 잊고 이 사실을 어찌 황후에게 말해 주어야 할지 계속 고민에 잠겨 있었다.

그는 정신을 일깨우기 위해 두 눈을 감았다 뜨곤 마른침을 넘겼다. 그러다 이내 황제는 무언가 생각이 났다는 듯 밖에 있던 공 태감을 향해 물었다.

"제나라 황태자에게는 전해두었겠지."

"예, 폐하."

그러자 차분한 공 태감의 목소리가 곧바로 들려왔다. 황제는 고개를 끄덕이고는 조당으로 향하기 위해 문 쪽으로 다가섰다.

*   *   *

황금빛 용포가 황제의 발걸음에 따라 펄럭였다. 사르락 사르락 스치는 비단자락이 유달리 무겁게 느껴지는 발걸음이었다.

이윽고 황제가 제좌에 앉았다. 조당에 모인 대신들은 황제의 등장에 하나같이 머리를 조아리며 예를 표했다. 제좌에 앉은 황제는 대신들을 물끄러미 바라보았다.

"텅텅 비었군."

곳곳에 눈에 띄는 빈자리들이 그의 눈에 들어왔다. 주요 상서

들이 없는 조회는 그 누구도 먼저 입을 열지 않아 더욱 고요했다.

"뭐, 시끄러운 자들이 없으니 내 말을 전하기엔 더할 나위 없이 편하군."

"폐하. 주요 상서들이 파직당하였으니 속히 새로 등용을 하셔야 함을 아뢰옵니다."

그러자 가만히 고개를 숙이고 있던 공부상서가 고개를 들고 황제를 향해 고했다.

"당연히 그럴 것이오. 다만."

황제는 덩그러니 맨 앞에 서 있는 백 재상을 차갑게 응시했다. 백 재상은 갑작스럽게 느껴지는 황제의 차가운 시선에, 온몸이 얼어붙은 것처럼 경직된 것 같았다. 등골을 타고 흐르는 냉기가 어쩐지 예사롭지 않았다.

어째서 황제가 갑자기 자신에게 눈을 돌리고 있는 것인지, 백 재상은 안절부절못하며 황제의 시선을 애써 피하려 했다.

황제는 이내 백 재상을 뚫어져라 쳐다보며 덧붙였다.

"아직 정리되지 않은 자들이 좀 있어서 말이지."

밤새 생각을 했는데도 정리되지 않는 황후의 관한 사건은, 중요한 자리에서도 그의 머릿속을 어지럽게 했다. 그리고 그 중심 인물이 아직 이곳 조당에 남아 있는 한, 새로운 상서들의 등용은 조금 미루어야 할 것 같았다. 재상의 자리 또한, 곧 모두 비워질 테니까.

이윽고 황제는 지금만큼은 다른 생각을 하지 않으려, 제좌의 팔걸이를 꽉 쥐었다. 오늘이 되면 제나라와의 동맹을 선포하고 연회를 열겠다고, 간밤에 제나라 황태자에게 말해 두었으니.

"일단은 먼저 그대들에게 제나라의 황태자를 소개하겠소."

"제나라의 황태자……?"

황제의 말에 대신들이 웅성거리기 시작했다. 제나라의 황태자가 천나라에 왔다는 소식은 금시초문이기 때문이었다.

"문을 열거라."

이내 황제의 명이 떨어지자, 조당의 문이 열리고 누군가 안으로 들어섰다. 은후는 조당 안으로 한 발자국씩 내딛으며 황제의 앞으로 다가섰다. 곧 은후가 자신의 앞에 멈추어 서자, 황제는 기나긴 설명은 생략한 채 요지만을 전했다.

"제나라의 황태자께서, 우리 천나라에 아주 큰 공을 세웠소."

"예?"

영문을 모르는 대신들의 눈이 휘둥그레졌다. 황제는 담담한 얼굴로 말을 이었다.

"내가 중독되었을 때 내게 해독제를 준 사람이 바로, 여기 제나라의 황태자이시오."

그는 일부러 황후마저 위험에 빠졌던 상황에 대해서는 입을 다물었다. 혼란스러운 환국의 상황에서 황후의 목숨이 위험했던 일까지 들추는 것은 좋지 않은 일이라는 생각이 들었기 때문이었다. 황제는 이미 그것에 대해 은후에게 자신의 뜻을 밝힌 바였다. 은후는 크게 개의치 않았다. 어차피, 그건 어디까지나……
황후를 위한 일이었으니까.

웅성거림이 가득했던 조당에 순간, 침묵이 몰려들었다. 대신
들은 입을 다문 채 일제히 은후를 바라보았다. 은후는 갑작스럽
게 자신에게로 몰리는 시선에, 일부러 다른 곳을 바라보려 애를
썼다.

황제는 그런 은후의 표정을 읽고는, 오늘 조회의 목적을 전했
다.

"해서, 나는 나의 목숨을 구해준 제나라의 황태자에게, 동맹을
맺길 권유했소. 본디 동맹은 형제의 우애를 가지고 맺어져야 하
는 법. 나도 그 보답을 위해, 제나라와 동맹을 맺고 제나라를 기
꺼이 도와줄 의향이 있는데. 그대들의 생각은 어떠시오?"

그러자 대신들은 황제와 은후를 번갈아 바라보았다. 역적들
을 비롯한 반대세력들을 모두 쳐낸 황제에게 그 누가 반기를 들
수 있단 말인가. 더구나 일국의 황제의 목숨을 구한 공을 세웠다
면…….

"폐하. 제나라는 천나라 못지않게 부강한 국력을 자랑하는 나
라이옵니다. 그런 제나라와 동맹을 맺고 서로 상부상조를 한다
면 제 생각에는 그리 나쁘지 않은 처사인 것 같사옵니다."

형부상서가 어수선한 분위기를 바로잡듯 자신의 생각을 전했
다. 그러자 곁에 있던 대신들이 점차 수긍하듯 고개를 끄덕이기
시작했다.

황제가 회심의 미소를 지었다. 그리고 그런 그의 입가에, 그 누구도 보지 못할 저릿한 슬픔이 스쳐 지나갔다. 이젠 황후의 사건에 대한 진상을 밝히기에 앞서, 아주 잠시 동안 미루어왔던 그 일을 어서 끝내야 할 것 같았다. 황제는 제좌에서 일어나 대신들을 향해 말했다.

"그럼 오늘은 그것을 축하하는 의미로, 성대한 연회를 열 것이오. 그리고 그 연회는 반역자들을 처형하는 뜻 깊은…… 날도 될 것이오."

*   *   *

─황후마마. 향에게…… 이것을 전해주십시오.

유독 눈을 빨리 뜨게 된 아침. 황후는 탁자에 앉아 지난 밤, 천영이 자신에게 전해주었던 가락지를 뚫어져라 바라보았다.

가락지라. 그녀는 가락지를 손에 꼭 쥐었다. 그리고 그때, 잠시 잊고 있던 기억이 그녀의 머릿속을 스쳐지나갔다.

"그러고 보니…… 그때 그 사내는 어찌되었을까."

어릴 적, 가락지를 사려다 만나게 된 사내가 문득 떠오른 황후는, 미간을 좁힌 채 그의 얼굴을 떠올려 보려 애썼다.

그러나 도무지 떠오르지 않는 희미한 얼굴만이 머릿속에 맴돌 뿐이었다.

그녀는 그의 얼굴을 떠올리길 포기한 채, 노란빛이 나는 가락지를 유심히 들여다보았다. 노란빛 가락지는 본 적이 거의 없었다.

헌데 향은 노란색이 유난히 잘 어울렸다. 그런 향에게 이 가락지를 전해달라니. 향이 그분과 무슨 관계가 있는 것일까. 황후가 골똘한 생각에 잠길 즈음, 리아가 황후에게 다가와 급한 숨을 고르며 말했다.

"마마! 방금 도희에게 들었는데요. 황제 폐하께 해독제를 구해준 분이…… 제나라 황태자마마시래요."

"뭐?"

리아의 말을 들은 황후가 두 눈을 크게 떴다.

"그리고 오늘부로 제나라와 천나라가 동맹을 맺게 되었대요. 그것을 축하하는 연회가 오늘 열린다네요!"

봇물처럼 쏟아지는 리아의 말에, 멍해진 황후는 두 눈을 깜박였다.

"어찌되었든 지금 연회 준비가 한창이니, 마마께서도 어서 치장을 하셔야겠어요."

＊　　　＊　　　＊

다은의 가마가 거대한 천나라 황궁의 문 앞에 멈추었다. 다은은 한껏 치장한 모습으로 천천히 가마에서 내렸다. 연회에 참석

하라는 은후의 연통이 닿았으니, 다은은 기꺼이 참석해 줄 생각이었다.

"준비는 되었느냐."

조신한 걸음으로 황궁의 입구에 들어서던 다은이 그녀의 옆을 따라 걷던 재연을 향해 말했다. 재연은 다은의 시녀인 것처럼 행색과 머리를 바꾼 뒤였다. 이내 재연이 만족스러운 미소를 지으며 조용히 답했다.

"예."

"연회장까지만 같이 들어가 주겠다. 그리고 그 이후로는 네 의지에 따라 행동하거라."

다은은 조용히 당부한 채 황궁 안으로 들어서기 시작했다. 재연은 최대한 고개를 숙이고 다은의 다른 시녀들 중 가장 맨 뒤에 서서 걸었다. 눈에 띄게 행동하지만 않으면, 조용히 섞여 있을 수 있을 것 같았다.

드넓은 황궁 안을 걷던 다은의 앞에 려운이 나타났다.

"당신은……."

려운을 알아본 다은이 말끝을 흐렸다. 그러자 려운은 엷은 미소와 함께 말했다.

"연회장까지 안내해드리겠습니다."

은후가 화살에 맞았을 적, 은후를 데리고 환궁하던 호위무사. 다은은 붉은 입술을 굳게 다물고 려운의 뒤를 따랐다.

갑작스러운 려운의 등장에 재연은 흠칫 놀라며 고개를 더욱 깊이 숙였다. 그리고 최대한 조심스럽게 움직이며 려운의 눈에 띄지 않기 위해 조용히 걸었다. 그러다 려운과 다은의 무리들이 한 전각의 모퉁이를 돌 때, 재빨리 대열에서 이탈한 그녀였다. 재연은 곧 경계심 어린 눈빛으로 주위를 둘러보았다. 연회 때문 인지 언뜻언뜻 보이는 궁녀들 외에는 꽤 고요했다. 이내 재연이 의미심장한 미소를 지었다. 그리고 신녀 생활을 하면서 익혀 두 었던 외진 곳을 통해, 천부궁 안 연주전으로 향했다.

다은이 황궁의 이곳저곳을 가로질러 다다른 곳은, 입이 떡 벌 어질 만큼의 거대하고도 성대한 연회가 열린 연회장이었다.

휘황찬란한 색들이 두 눈을 교란시키고 은은한 풍악이 울려 퍼지는 연회 장소에는, 먼저 와 있던 황제와 은후가 있었다.

이내 은후를 발견한 다은은 치맛자락을 움켜쥔 채 빠른 걸음 으로 그를 향해 다가갔다. 다은을 은후의 앞에 데려다준 려운은 황제에게 고개를 숙이고는 곁에 다가가 다시 제자리를 지켰다.

"왔구나."

은후가 다은을 맞이하며 말했다. 다은은 보이지 않는 입술 안 쪽을 세게 깨문 채 가만히 서 있었다. 그러다 먼저 천나라 황제 의 앞에 다가가 고개를 숙이곤 예를 갖추었다.

"저를 이리 귀한 곳에 초대해 주셔서 황은이 망극하옵니다."

그러자 황제는 옅게 웃으며 나직이 답했다.

"제나라 황태자의 정혼자께서 천나라에 머물고 계시는데 어찌 초대를 안 할 수 있겠습니까. 전의 불미스러운 일 때문에 마음고생도 심히 하셨을 테고."

황제의 말뜻을 알고 있는 다은은 대답 대신 미소를 지으며 다시금 고개를 숙였다.

"그럼, 어서 연회를 즐기시지요."

황제는 고개를 끄덕이고는 은후의 옆자리를 권했다. 그러자 다은은 조용히 은후의 옆자리에 앉았다. 그녀는 주위를 둘러보다 재연이 눈에 띄지 않자, 재미있다는 듯 보이지 않게 웃었다. 그리고 조심스럽게 술잔을 입에 가져다 대며 생각했다.

'연회가 재미있어지겠군.'

다은이 오기 전까지, 그 어떤 말도 꺼내지 않은 채 가만히 술만 들이켜던 황제는 다시금 마지막 잔을 입에 댄 뒤, 가만히 술잔을 내려놓았다.

그리고 끝내 망설였던 한마디를, 그제야 입 밖에 내는 그였다.

"공 태감. 죄인들을 이 앞으로 데려오거라."

황제의 곁에 서있던 공 태감이 어두운 표정으로 고개를 끄덕였다. 보이지 않게 떨리는 그의 주름살이, 어쩐지 너무도 구슬퍼 보였다.

이윽고 영영 흐를 것 같지 않았던 시간이 흘러, 황제의 앞에 성큼 다가왔다.

"아니!"

풍류를 즐기고 있던 대신들이 모두 자리에서 벌떡 일어섰다.

엉망인 몰골의 천 우와 천 영이, 군데군데 포박당한 채, 병사들에 의해 황제의 앞에 서게 된 것이었다.

털썩―

병사들에 의해 무릎을 꿇고 앉게 된 두 사람이 힘없이 고개를 숙이고 있었다. 은후 역시 놀란 얼굴로 황제와 천 우, 그리고 천 영을 번갈아 바라보았다. 다은은 이 상황이 무슨 상황인지는 몰라도, 황후의 상황과 더불어 무척이나 구미가 당기는 상황이라는 것을 직감했다.

"망나니를 들여보내라."

황제의 차가운 명이 연회장에 있는 모든 자들의 귀에 박혔다. 반역의 끝은 죽음이라는 것을 너무나도 잘 아는 대신들은, 천 우와 천 영을 보고 두 눈을 감을 수밖에 없었다. 허나 왜 하필 지금…… 그들은 밀려드는 씁쓸함에 다 같이 술잔을 내려놓고 침묵을 유지했다.

*   *   *

치장을 마친 황후는 면경을 덮으며 옅은 한숨을 내쉬었다. 해독제마저, 은후가 준 것이었다니.

연회장의 상황을 모르는 그녀는, 은후에 대한 미안함과 고마움이 교차한 감정을 어찌해야 할지 몰라 입술만을 달싹이고 있었다.

언제, 어떻게 해독제를 주었는지 물어보고 싶은 것도 많았고 또…… 이미 화살에 맞은 상처로 고통 받고 있던 그를 향해, 황제가 중독되었다며 화를 내고 돌아온 자신에게 화도 났다.

황후가 말없이 두 눈을 내리깔았다.

"황후마마. 제나라 황태자마마께서 보낸 시녀가 황후마마를 뵙고자 하옵니다."

문득 누군가가 왔음을 알리는 궁녀의 목소리에 황후는 얼굴을 들어 문 쪽을 바라보았다.

'황태자마마께서 보냈다고?'

마침 은후를 생각하는 중이었는데, 그가 시녀를 보내다니. 따로 할 말이 있으셨던 걸까. 황후는 고개를 갸웃하곤 대답했다.

"문을 열어 주거라."

이윽고 문이 열리고, 누군가가 안으로 들어섰다. 그동안 황후는 연회에 가기 전, 마지막으로 한 번 더 겉모습을 확인하려 면경을 열었다.

그러던 중, 그녀는 불현듯 누군가의 그림자가 등 뒤로 드리워졌음을 느꼈다. 그리고 그때, 누군가 단도를 쥔 손을 들어 올려 날카로운 한마디를 던졌다.

"황후마마. 제발 제 눈앞에서 사라져 주십시오."

탁ㅡ!

그러나 황후는 재빨리 몸을 돌려, 그런 재연의 팔을 붙잡았다. 당황한 재연이 거세게 흔들리는 눈빛으로 황후를 바라보았다.

"홍재연."

황후가 싸늘한 눈빛으로 재연을 노려보았다. 너무도 또렷한 황후의 시선이 재연의 동공 한가운데로 박혔다.

"어, 어떻게……."

분명 황후는 눈이……. 문득 재연은, 전에 자신이 했던 의심이 사실이었다는 것을 깨달았다. 분명 황후는, 자신이 황제와 입맞춤을 하고 있을 때 자신과 두 눈을 마주쳤었다.

그땐 우연이라 생각했는데…… 눈이 보였다니.

재연은 덜덜 떨리는 입술을 앙다물었다. 황후에게 잡힌 팔이 서서히 얼얼해져 갔다.

이내 황후는 재연의 팔을 꽉 쥐며, 차분하고도 날카롭게 붉은 입술을 달싹였다.

이어진 황후의 한마디에, 재연의 등골이 서늘해졌다.

"내가 말했던가. 나는 이제 더 이상 눈먼 황후가 아니라고."

"황후마마……?"

황후의 새 신을 가져온 리아가 그만 신을 바닥에 툭 떨어뜨렸다. 단도를 쥐고 있는 재연과 그녀의 손목을 붙잡은 채 가까스로 막아낸 황후의 모습.

하얀 얼굴로 서 있던 리아를 발견한 황후는 재연을 노려보며 명했다.

"리아. 너는 황제 폐하께 어서 이 사실을 알리거라."

"허나 황후마마께서 위험하십니다!"

"내 걱정은 말고."

황후는 단호한 말투로 답했다. 그러자 리아는 덜덜 떨리는 입술로 그 자리에서 황제가 있는 곳을 향해 달려갔다.

툭—

재연은 무의식적으로 쥐고 있던 단도를 손에서 놓았다.

"어째서……."

재연이 바싹 타들어 가는 입술을 달싹이며 말을 잇지 못했다. 가늘어진 황후의 두 눈이 재연의 불안한 눈동자를 응시했다.

"아직도, 미련을 버리지 못한 것이냐."

"……!"

밀려든 파도의 흔적을 남기고 사라지는 슬픔이, 재연의 눈동자 위로 아주 잠시 비추어졌다.

"황후마마께서도 미련을 버리지 못하고 돌아오신 것 아닙니까."

재연의 독기 어린 눈빛이 황후를 싸늘하게 마주했다. 황후는 그런 재연의 눈빛을 가소롭다는 듯 바라보며 답했다.

"어리석은 것."

"꺄악—!"

황후는 잡았던 재연의 팔을 거칠게 놓았다. 재연은 외마디 비명과 함께 힘없이 바닥에 내동댕이쳐졌다.

"어찌하여 너는 자꾸만 내 곁을 맴도는 것이지."

이내 황후가 재연이 쥐고 있었던 단도를 집어 들었다. 그리고 천천히 재연의 곁으로 다가갔다.

"그리고 이젠 나를 죽이려 들다니."

황후의 치맛자락이 쓸리는 소리가 유독 크게 들려왔다. 사르락거리는 소리는 점점 더 커지다가, 재연의 앞에서 멈추었다.

"너는 제나라 황태자마마께서 보낸 시녀도 아닐뿐더러, 이곳 천나라 황궁 소속의 신녀. 또한 홍 재상의 여식이 아니더냐. 헌데 너는……."

창백하게 질린 재연의 얼굴을, 황후는 차갑게 내려다보았다. 문득 불어온 찬바람이 재연의 상기된 뺨을 베었다.

"검을 다룰 줄도 모르면서, 함부로 쓰려 했어."

황후는 날이 선 단도의 끝으로 재연의 목을 겨누었다. 조금만 더 가까이 가면 단도는, 재연의 목을 그대로 관통할 것이었다.

그동안 느껴졌던 황후의 차가움과는 다른, 무언의 두려움이 재연의 심장을 쥐고 목을 비틀었다. 황후는 예전에 알던 비련의 여인이 아니었다.

자신을 저지하던 날렵한 몸놀림과 민첩함은 하루아침에 이루어질 수 없었다. 또한 날카로운 검에도 당황하지 않은 채…… 그 검을, 자신에게 겨누고 있었다.

"연유가 무엇이냐."

차갑게 묻는 황후의 붉은 입술이 유달리 붉어 보였다. 재연을 바라보는 황후의 검은 눈썹이 유달리 검어 보였다.

온몸을 내리누르는 황후의 위엄과 기세에 재연은 고개를 들 수조차 없었다. 식은땀이 등줄기를 가르고 이마에 맺혀 서늘함마저 들도록 만들었다.

더 이상 황후를 이겨낼 수 없다는 좌절감이 재연의 심장을 갈기갈기 찢어버렸다.

'이 여인은, 대체 어떤 여인일까…….'

보이지 않게 떨리는 재연의 어깨가 으스러질 듯 위태로웠다. 황후 앞에 무릎 꿇은 자신의 모습이 너무도 비참해 보였다.

'나는 어찌해도…… 이리 고결해 보일 수 없는데.'

재연의 진실한 감정이 담긴 눈물이, 물방울을 이루며 떨어졌다.

'나는……. 왜, 이 여인처럼 될 수 없을까.'

온몸을 삼켜버린 진한 서러움이, 결국 재연의 가슴 깊은 곳에 가둬두었던 상처를 끄집어내었다.

"저는……."

바닥에 손을 짚은 재연의 손가락이 벌겋게 물들었다. 생사의 갈림길인데도 어쩐지 살고자 하는 의지가 들지 않았다.

가슴을 파고드는 서러움이 느껴진 순간.

황후를 죽이려 했던 악한 마음이 부질없음을 깨달은 재연은 두 눈을 감았다. 눈동자에 스며든 눈물이 금방이라도 떨어질 듯 흔들렸다.

"황후마마처럼…… 사랑받고 싶었습니다."

악한 마음이 지나간 빈 자리를 표현할 수 없는 슬픔이 가득 메웠다. 재연의 표독스러움이, 한 줌의 재가 되어 황후의 앞에 고개를 떨구도록 만들었다.

"지긋지긋한 삶의 나락의 끝. 버틸 수가 없었습니다."

"그게 무슨 말이냐. 너는 홍 재상의……."

재연의 목을 겨눈 황후의 칼끝이 미세하게 떨렸다. 단도를 쥐고 있던 손목이 황후는 어쩐지 아릿하게 느껴졌다.

"황후마마 당신은, 아무리 울고 있다 한들…… 그 눈물을 보아 주시는 분이 있잖습니까."

재연이 쓸쓸한 미소를 지었다. 재연은 황제와 함께 하던 황후의 모습을 떠올리며 나직이 말했다.

"눈을 뜨고 보니 눈물이 아닌, 웃음을 팔아야 했던 저와는 사뭇 다른 삶이겠지요."

"웃음을 팔아야 했다니?"

설마. 황후는 문득 스쳐 지나간 어두운 생각에 재연을 뚫어져라 바라보았다. 어여쁜 얼굴. 웃음을 팔아야 한다……. 허나 이 아인 홍 재상의 여식이라고 했는데.

"죽이십시오."

갑자기 재연이 손을 뻗어 황후의 팔목을 잡았다. 그리고 칼끝을 자신의 목으로 가져갔다. 황후가 힘을 주고 있지 않았다면, 재연은 그대로 목에 검이 박혔을지도 몰랐다.

짝—!

날카로운 마찰음이 허공을 가르고 퍼졌다. 그 바람에 재연은
황후의 팔목을 놓아버리고 말았다. 어느새 단도는 재연의 목에
서 멀어졌다. 재연은 붉어진 뺨 위에 손을 얹으며 황후를 올려다
보았다.

흔들리는 재연의 눈빛을 내려다보며, 황후는 미간에 힘을 주
었다.

"누구 마음대로 죽겠다는 것이냐."

재연이 이를 악물었다. 방금 전 아슬하게 닿아버린 날에, 재연
의 목에서 붉은 피가 배어 나왔다. 핏물은, 그녀의 목선을 타고
쓰라림과 함께 흘러내렸다.

황후는 여전히 재연에게서 시선을 떼지 않았다. 이내 그녀의
차갑고도 떨리는 한마디가 연주전을 울렸다.

"황제 폐하의 마음을 교란시킨 죄. 나의 마음을 다치게 한 죄.
그리고 내가 없는 동안 황후 자리에 앉으려 하던 것도 모자라,
나를 죽이려고까지 한 죄. 또한 너는 내가 지은 옷도 네가 지은
옷이라며 빼돌렸었지. 그 죗값을 하나하나 치루기 전엔, 절대로
쉽게 죽을 수 없을 것이다."

황후의 입가에서 새어나온 싸늘한 냉기가 재연을 감쌌다. 황
후는 단도를 꽉 쥐었다. 황후의 말에, 재연은 실소를 지었다. 이
윽고 재연은 비틀거리며 몸을 일으켰다.

"가장 낮은 곳에서 가장 높은 곳을 바라보려다 목이 꺾일 것
만 같았습니다. 그것이 제 운명이라 아무리 탓해도 바뀔 수 없다

는 것을 알면서도…… 그 운명을 바꾸고 싶었습니다."

아무리 기억해 내려고 해도 기억나지 않는 가족의 얼굴과……
앞으로도 달라질 것 없는 구질구질한 삶. 고귀하신 황후마마께
서는…… 모르시겠지요.

입가가 찢어지는 것 같은 통증이 재연의 입술로 몰려들었다.
억지로 짓고 있는 미소가, 재연은 너무도 역겹게 느껴졌다.

재연이 황후를 바라보았다. 반쯤 넋이 나간 재연의 눈동자에
는 그 무엇도 채울 수 없는 크기의 공허함이 담겨 있었다.

재연이 아프게 웃었다. 그리고 가슴을 쥐어뜯듯, 움켜쥐며 말
했다.

"아득하게나마, 누군가를 열렬히 연모했던 것 같은데. 가슴속
에서 누군가를 무척 그리워하는 것 같은데…… 누군지 얼굴조
차…… 기억이 나질 않습니다."

심장이 떨어져 나갈 것 같은 아픔이 재연의 볼을 타고 흘러내
렸다. 이윽고 황후는 재연의 얼굴에서, 눈이 멀었던 지난날 자신
을 발견했다.

*　　*　　*

"망나니를 들여보내라."

황궁 안에 불어온 바람에 연회장을 두르던 등들이 흔들렸다.
두 눈을 감은 대신들은 아무도 웅성거리지 않았다. 그들은 입술

조차 떼지 않은 채 한동안 얼어붙었다.

'대체 무슨 생각이지, 천나라 황제.'

이 상황을 지켜보던 은후는 미간을 좁힌 채 황제를 향해 시선을 고정했다. 그리고 물었다.

"이런 좋은 날에, 그것도 내 앞에서. 갑자기 참수형을 집행하는 연유가 무엇입니까."

그러자 황제가 천천히 고개를 돌려 은후를 바라보았다. 황제의 두 눈에는 초점이 없는 것만 같았다. 담담하려 해도 자꾸만 무너지는 이 순간. 그래도 강해져야 하는 것이, 황제였다.

이윽고 황제의 낮은 음성이 들렸다.

"이런 것이 황제임을 보여주기 위해서요."

"……!"

놀라 마른 입술을 벌린 은후를, 황제는 동요하지 않은 채 응시했다. 그리고 덧붙였다.

"제나라 황태자께서 황제가 되면, 이보다 더한 것을 겪어야 할 날이 올 것이오. 그리고 그때가 되면, 내 말뜻을 뼈저리게…… 이해할 수 있겠지."

앞에 무릎을 꿇고 앉아 있는 두 사내는 어쩐지 황제와 무척 닮아 있었다.

"설마……."

그리고 그 순간. 은후는 온몸에 소름이 돋았다. 설마. 형제를 이 자리에서, 참수하려 한단 말인가.

'만일 저 자리에 내가 있었다면……'

덜덜 떨리는 손을 꽉 쥔 채 입을 다물고 있던 백 재상은 머리가 어지러워져, 금방이라도 쓰러질 것만 같았다. 그의 관자놀이를 타고 흘러내린 땀방울이 턱 아래 고였다. 왜 이리도 불안한 것일까. 자신은 분명 그 진흙탕 싸움에 끼어들지 않고 빠져나왔는데도.

이윽고 황제의 명에, 미리 불러들여 놓았던 망나니 한 명이 거대한 칼을 쥔 채 나타났다. 그는 둔탁한 발소리를 내며 저벅저벅 두 형제에게로 다가갔다. 망나니가 쥔 넓은 칼날이 햇살에 비춰 반짝였다.

"사약은…… 고통스러울 테니까."

애써 감정을 억누르는 황제의 얼굴에 어두운 그림자가 드리워졌다.

"그리고, 좋은 날 가는 것이…… 더 좋겠지."

황제가 천 우를 바라보았다. 그리고 그의 음성에 고개를 든 천 우와 두 눈을 마주쳤다.

"고맙구나."

천 우가 씩 웃으며 말했다. 나직이 울려 퍼지는 그의 한마디에, 황제의 가슴이 무너져 내렸다. 수백 개의 돌덩이들이 가슴을 꽉 메운 것처럼, 숨을 쉴 수조차 없이 아팠다. 아무렇지 않은 척 차가운 표정을 일관했던 그의 얼굴은 너무도 힘을 준 탓에 마비가 온 것처럼 저려왔다.

"더 할 말은, 없는 건가."

이내 황제가 조용히 물었다. 쓸쓸한 바람이 천 우와 천 영의 뺨을 어루만졌다. 가만히 휘날리는 천 영의 머리카락에 가려진 눈 아래, 마지막 눈물방울이 맺혔다. 천 우는 조용히 두 눈을 감았다. 간밤에 천 영에게 했던 그 한마디가, 유일하게 하고 싶었던 말의 전부였다.

　　—못난 이기심. 못난 질투. 못난…… 애증. 이제 와 하는
　　말이지만 나는 그것에 가려, 휘를 진정한 형제로 받아들이
　　지 못했다. 헌데 시간이 지날수록, 나는 그런 내가 참으로
　　어리석다는 생각이 들기 시작하더구나. 해서, 그것을 부정
　　하려 더더욱 휘에게 칼을 겨누었던 것인데. 결국…… 후회
　　하고 말았다.
　　—어째서지.
　　—휘는…… 나를 진정한 형제로 생각했던 것 같으니까.

짧았다면 짧았을. 길었다면 길었을 그 시간 동안. 형제로서 하는 말이 맞느냐는 휘의 물음에 목이 메었던 건. 그래도 형제니까. 라는 휘의 말에 가슴이 저렸던 건. 후회의 증거가 아닐까.

그리고 이곳에서 지금 그 말을 다시 한다면…… 저 어린 녀석이, 실수를 번복하겠지. 배다른 형제를 너무도 믿은 실수. 감은 두 눈 사이를 비집고 흘러나오려는 눈물을, 그는 절대로 윤허하

지 않았다. 힘을 주고 또 힘을 준 채 버텨냈다.

천 영은 그런 천 우를 슬픈 눈으로 바라보았다. 처음엔 천 휘를 원망했고, 그 다음엔 어머니를 원망했다. 그리고 그 다음엔 천 우를, 끝으로…… 천 영, 자신을 원망했다. 어린 생각에만 머무른 채, 진정 하고 싶었던 말은 하지 못했던…… 나약한 존재였으니까. 천 영은 마지막으로 향의 얼굴을 떠올리며 두 눈을 감았다.

황제의 곁에 서 있던 려운이 칼자루를 꽉 쥐었다. 말없이 흔들리는 려운의 눈동자 위로 애써 참아내려 했던 슬픔이 번졌다.

영영 오지 않길 바랐던 오늘. 자신의 눈앞에서 펼쳐진 삼형제의 비극은 예상했던 것보다 잔인했다. 황후에 관한 이야기를 너무 섣불리 전한 탓이었나. 황제는 위험인물들을 서둘러 하나씩 쳐내 가고 있었다.

"할 말이 없다 이건가."

침묵을 유지했던 황제가 마른 입술을 뗐다. 붉은 기가 그의 눈가를 물들였다. 눈물이 터질 것만 같은데, 터뜨릴 수가 없었다.

단 한 번도. 바란 적 없었다. 이 날이 오기를, 단 한 번도. 마치 기다렸다는 듯 다가와 버린 이 날이, 황제는 너무도 원망스러웠다.

풀 수 없는 매듭처럼 얽혀버린 잔인한 형제의 연은, 결국 죽음으로 끊을 수밖에 없는 국면에…… 치달았다.

툭—

때 아닌 빗방울이 천 영의 볼을 적셨다.

투둑—

굵은 빗방울이 천 우의 어깨를 적시기 시작했다.

'비…….'

가만히 비를 맞는 천 우의 입가에 미소가 묻어났다. 모든 것이 서서히 씻겨 내려가는 느낌이었다. 천 우는 그제야 마지막 눈물 방울을, 빗줄기 사이로 떨어뜨렸다. 빗방울에 가려, 그의 눈물은 그 누구도 볼 수 없었다.

"그럼."

여리게 떨어지는 빗방울이 황제의 가슴을 두드렸다. 젖어버린 천 우와 영의 어깨가, 그의 눈에 들어왔다. 황제는 주먹을 꽉 쥐었다. 흐트러질 수는 없었다. 그는 다시금 마음을 가다듬었다. 목구멍을 얽은 가래가 자꾸만 끓어서 끝내 하려던 한마디를, 내뱉지 못하게 했다.

이윽고 그는 세상에서 가장 슬픈 한마디를 입 밖에 내고 말았다.

"저들의 목을 베어라."

망나니가 천 우와 천 영의 주위에서 원을 그리며 춤을 추기 시작했다.

두 형제가 삶의 끝자락에 섰다. 숨을 쉬고 있는 이 순간이 이젠 정말로 마지막이겠지. 천 우가 쓴웃음을 뱉었다. 어째서인지 두려움은 느껴지지 않았다. 서늘한 칼날이 순식간에 목에 박혀 들어온다 해도, 두렵지가 않았다. 이윽고 천 우의 앞에 멈춰 선 망나니가 칼을 들어올렸다.

'미안하다. 천 휘.'

천 우는 황제와 두 눈을 마주했다. 그 한마디를 하지 못해서, 우린 여기까지 온 것이겠지. 담담한 그의 눈동자 뒤로 이제껏 볼 수 없었던 감정이 드러났다.

언제나 웃고만 있던 그의 눈이, 아주 잠시 울고 있었다. 그런 천 우의 두 눈을 마주친 황제는 순간 멈칫했다.

"야합!"

망나니가 칼을 머리끝까지 들어올렸다. 이내 칼날이 허공을 가르며 떨어지려던 순간.

"폐하! 황제 폐하!"

다급한 누군가의 목소리가 엄청난 긴장감을 깼다. 땀을 잔뜩 흘린 채 숨을 헐떡이고 있는 리아였다. 리아가 황제의 곁으로 달려가려 하자, 황제의 곁을 지키고 있던 환관들이 그 앞을 가로막았다.

"어허!"

"황후마마께서…… 황후마마께서……."

그러나 리아는 환관들에게 가로막힌 상태로 외쳤다.

"황후?"

황제가 황급히 고개를 돌렸다. 황후에게 무슨 일이라도 생긴 것은 아닌지, 그의 불안한 심장이 빠르게 뛰기 시작했다.

"어서 말해 보거라."

황제가 환관들을 향해 리아를 놓아주라는 듯 손짓하며 물었다. 리아는 황제의 곁으로 다가와 고개를 숙인 뒤, 다급히 말을 이었다.

"지금 재연이란 신녀가, 연주전에 잠입해 황후마마를 시해하려 하고 있사옵니다."

"……!"

황제가 벌떡 일어났다. 은후 역시 순간 몸을 일으킬 뻔했다. 은후는 두 눈을 빠르게 깜박이며 황제를 바라보았다.

'조용히 처리하기로 한 것은 실패인 것 같은데. 과연…… 황후는 죽었을까.'

다은이 술잔을 한 모금 넘기곤 보이지 않게 웃었다. 술의 향이 피의 비릿함과 함께 좋은 맛을 만들어내는 느낌이었다.

황제는 다시금 주먹을 꽉 쥐었다 놓았다.

"재연을 사로잡을 때까지 모든 궁문을 폐쇄할 것이니, 이 시각 이후로 그 누구도 이 자리를 떠나지 말거라. 섣불리 움직였다간, 목숨을 부지하지 못할 것이다."

이내 황제는 려운을 향해 명했다.

"려운. 지금 즉시 금군들을 모아 천부궁과 연주전 적재적소에 배치하거라."

려운이 고개를 숙이며 발 빠르게 움직였다. 황제는 이마를 짚고는 하얗게 물든 머릿속을 진정시키려 애썼다. 그리고 공 태감을 바라보며 말했다.

"공 태감은 나를 따라 연주전으로 가야겠다."

"허나, 폐하."

그러나 공 태감이 머뭇거렸다. 공 태감은 조심스럽게 다른 곳을 향해 시선을 돌렸다. 공 태감을 따라 시선을 돌린 황제의 두 눈엔, 참수하길 멈춘 망나니가 서 있었다. 그리고 그 옆에는 고개를 숙인 채 무릎을 꿇고 앉아 있는 천 우와 천 영이 있었다.

"……저들은."

황제가 힘겹게 마른침을 삼켰다. 그는 흔들리는 두 눈을 감았다. 그리고 무거운 한마디와 함께 연주전을 향해 몸을 돌리는 그였다.

"다시 옥에 가두거라."

"알겠사옵니다."

황제의 명에 공 태감은 즉시 다른 환관들을 향해 눈짓했다. 그러자 환관들은 천 우와 천 영을 지키고 있던 병사들에게 다가갔다.

"황제 폐하."

황제가 다급히 연주전으로 향하려던 찰나, 은후가 자리에서 일어섰다.

'아.'

은후의 목소리에 황제는 발걸음을 멈추었다. 은후는 황제의 곁으로 다가가 그를 뚫어져라 바라보았다. 힘이 들어간 그의 눈썹이 황제를 차갑게 응시하고 있었다.

"정말 미안하게 되었소. 위급한 상황이라, 오늘 연회는 이만 하는 것이 좋을 것 같소. 황후에 관한 일이니 제나라 황태자께서 이해해 주셨으면 하오."

"저도 함께 가겠습니다."

황후가 위험하다. 은후는 단호한 목소리로 말했다. 은후의 말에 잠자코 술잔을 들이켜던 다은이 멈칫했다. 다은은 조금씩 떨리는 손을 애써 숨긴 채 가만히 술잔을 내려놓았다. 그리고 이 자리에 앉아, 일이 어떻게 돌아가는지 조용히 지켜보기로 한 그녀였다.

황제는 갈등할 수조차 없었다. 그는 황급히 발걸음을 떼며 대답했다.

"시간이 없소."

*   *   *

황후는 잠시 시간이 멈춘 것처럼 아무런 생각도 들지 않았다. 누군가를 그리워하는데, 생각이 나지 않는다고 했다. 누군가를 연모해 왔던 마음이 남아 있는 것 같은데, 그의 기억이 나지 않는다고 했다. 재연의 눈물에, 황후는 단도를 거두고 그녀를 바라보았다. 그리고 단도를 천천히 바닥에 떨어뜨렸다. 그녀의 붉은 입술이 가늘게 떨려왔다.

"어찌되었든 무엇으로도, 네 죄는 용서받을 수는 없지만……."

황후가 재연에게 한 발자국 가까이 다가가 손을 뻗었다. 그리고 그 순간.

벌컥―!

"황후!"

멀리서 연주전의 문이 벌컥 열렸다. 이윽고 병사들과 사수들이 우르르 안으로 들어오며 대열을 갖추었다.

그 가운데로 황제가 들어왔다. 황제의 곁에 선 은후는 불안한 얼굴로 황후와 재연을 번갈아 바라보았다.

"폐하……?"

황후가 재연에게서 시선을 돌려 황제를 바라보았다.

"후……."

무사한 황후의 모습에, 황제는 철렁 내려앉았던 가슴을 움켜쥐었다. 은후 또한 땀으로 젖은 손을 보이지 않게 쥐었다.

그러나 그 때.

"이왕 죽게 될 몸. 제 마지막 원은 풀고 가야겠습니다."

재연이 황후의 뒤에서 한 팔로 황후를 감싼 채, 단도를 황후의 목 가까이에 가져다 대며 말했다. 황제가 서 있는 문과 황후가 있는 곳의 거리는 꽤 되었다. 검을 빼어 들고 재연에게 달려가기에는 위험했다.

"황후마마!"

리아가 하얗게 질린 얼굴로 외쳤다. 재연은 모두의 시선이 다른 곳을 향해 있던 그때, 재빨리 바닥에 있던 단도를 집어 든 것이었다.

황후가 아랫입술을 물었다. 끝까지, 미련을 버리지 못하다니.

"내게 활을 주거라."

이내 황제의 낮은 목소리가 연주전 안 가득한 긴장감을 갈랐다. 곁에 서 있던 사수가 흠칫 놀라 황제를 바라보자, 황제는 그에게로 다가가 활을 내어놓으라는 눈빛을 보냈다.

그러자 사수는 황제에게 활을 내어주었다. 황제는 활을 물끄러미 바라보았다. 활을 쏠 만큼 먼 거리는 아니었기에 자칫 활시위를 잘못 당겼다간, 황후가 위험할 수도 있었다.

"네가 나를 죽인다고 해서, 원을 풀 수 있을 것 같으냐."

황후가 조용히 말했다. 단도를 쥔 재연의 손끝이 떨리고 있었다.

"미워. 이상하게도…… 나는 황후, 당신이 너무도 미워."

손끝과 함께 떨리는 재연의 목소리가 황후의 귓가를 울렸다. 재연의 볼을 타고 뜨거운 눈물이 흘러내렸다.

"내 계획이 실패한 것보다…… 어째서 나는…… 황제의 곁에 있는 당신이 너무도 원망스러운 것일까."

이내 황제가 받아든 활의 시위를 당겼다. 그런 황제의 모습을 본 재연의 심장이 순간,

쿵— 내려앉았다.

누군가 자신을 향해 활시위를 당기는 모습이, 재연에 두 눈에 아주 흐릿한 잔상으로 보이기 시작했다. 자박자박 걸어오는 누군가가, 자신을 궁지에 몰고 있었다. 한 걸음, 한 걸음 뒷걸음질 칠 때마다 몰려드는 죽음에 대한 두려움이 그녀를 집어삼키려던 그때.

재연을 향해 한 치의 망설임도 없이 날아온 화살이, 황후를 감싸고 있던 재연의 팔에 박혔다.

"컥……."

털썩—

재연이 황후를 놓은 채 바닥에 쓰러졌다. 단도를 떨어뜨린 재연의 팔이 피로 물들기 시작했다. 재연에게서 벗어난 황후가 가만히 그녀를 내려다보았다. 어차피, 그녀는 자신을 죽일 수 없을 것이었다. 이런 일을 대비한 방어술마저 익혀 두었었다. 그러나 어쩐지 재연이 말한 마지막 한마디가, 계속 머릿속을 맴돌아 행동을 취할 수가 없었다. 그러던 사이 화살이 재연의 팔에 박혔다.

이윽고 병사들이 달려와 황후의 주위를 감싸고 재연을 포박했다. 황제가 가만히 활을 떨어뜨렸다. 그리고 빠른 걸음으로 황후를 향해 다가왔다.

"황후."

황제가 그녀를 으스러지도록 끌어안았다. 넋이 나간 황후의 얼굴을 물끄러미 바라보던 황제는 낮은 목소리로 물었다.

"다친 곳은 없소."

황후는 고개를 끄덕였다. 은후는 황제의 스스럼없는 결단력에 입을 다물지 못했다. 그는 뒤에서 황후와 황후의 모습을 바라보고 있을 뿐이었다.

"홍 재연."

황제가 싸늘한 눈빛으로 포박당한 채 비틀거리며 서 있는 재연을 바라보았다. 재연은 입을 굳게 다물었다.

그가 자신을 너무도 차갑게 바라보고 있었다. 재연은 말없이 고개를 떨궜다. 화살이 박힌 팔에서 피가 흘러내렸다.

* * *

"누가 시킨 일이더냐."

의자에 앉은 채로 묶여 있는 재연의 앞으로 황제가 다가와 물었다. 차가운 그의 입김이 재연의 뼛속까지 녹아들었다.

재연은 환관에 의해 화살을 뽑은 채 천을 감아 지혈을 하고 있었다. 황제의 물음에 재연의 바짝 마른 입술이 천천히 움직였다.

"저 혼자 한 일입니다."

"듣자 하니, 너는 신관에서 쫓겨났다 하던데. 누가 너를 궁 안에 들였단 말이냐."

황제는 재연이 어찌 황후에게 갈 수 있었는지 그녀를 담당하는 신관에 기별을 넣었던 것이었다. 그러나 이미 재연은 신관에서 쫓겨난 뒤였다.

"그건……."

날카로운 황제의 물음에 재연이 잠시 멈칫했다.

"어서 말하거라."

황제의 무거운 목소리가 재연을 다그쳤다. 다은과 한 약조를 떠올린 재연은 입술을 꾹 다물었다.

"어서 말하지 못하겠느냐."

황제가 곁에 서 있던 병사의 칼집에서 검을 빼어들었다. 그리고 재연의 목에 칼날을 대었다.

"차라리 죽이십시오. 저는 대역죄인의 여식. 어차피 전 죽은 목숨이 아닙니까."

재연이 단호하게 말했다. 가늘게 떨리는 입술이 더욱 말라 갈라졌다. 재연의 말에 황제가 낮게 말했다.

"너는 홍 재상의 여식이지만, 홍 재상이 시킨 대로 움직였던 것뿐이라 믿었다."

"……!"

재연의 동공이 빠르게 흔들렸다. 재연은 숙였던 고개를 천천히 들어 황제를 바라보았다. 큰 눈망울이, 연화의 두 눈과 겹쳐졌다. 황제는 두 눈을 감았다 매섭게 떴다.

"헌데, 내가 호랑이 새끼를 놓아주었구나."

그가 검의 날을 더욱 더 재연의 목에 가까이 가져갔다. 그러다 이미 핏자국이 남아 있는 것을 발견한 그였다. 황제는 아릿하게 다가오는 핏자국의 잔상에 순간 동요했다. 허나 이 아인…… 절대로 연화가 아니었다. 절대로.

"황후전엔 어찌 들어갈 수 있었느냐."

황제가 다시 물었다. 그러나 재연은 입을 열지 않았다.

"……."

황제는 또다시 물었다. 재연은 여전히 묵묵부답이었다.

"어째서 황후를 죽이려 하였느냐."

"……."

문득 황제는 황후가 목숨을 잃을 뻔했던 그날을 떠올렸다. 남겨진 단서는 화살뿐. 너무도 순식간에 일어난 일이라 황후에게 화살을 쏜 자를 놓쳐버리고 말았다.

순간, 황제는 두 눈을 번뜩였다. 그의 검은 눈동자가 재연을 노려보았다.

"혹. 전에 저잣거리에서 황후를 죽이려 했던 것도, 네 짓이냐."

"……!"

재연의 눈동자에 당혹감이 스쳐지나갔다. 이내 황제는 어금니를 거세게 물었다.

"네가 사주한 것이냐 물었다!"

재연이 바들바들 떨리는 입술을 깨물었다. 갑자기 몰려든 거센 폭풍에 휘감겨 이성을 잃은 듯 폭주한 황제의 목소리가, 적막한 공간을 울렸다.

"나는 이번 일을, 그냥 넘어가지 않을 것이다. 네가 진실을 토해낼 때까지 견뎌낼 수 없는 고통을 줄 것이다."

'이런……'

문득, 황제의 곁에 서 있던 려운이 멈칫했다. 재연의 행색을 유심히 살펴보던 그는 가만히 기억을 더듬었다.

아까 다은을 호위하여 연회 장소로 데려갔을 때, 그녀의 수족들이 입고 있던 옷과 비슷한 옷을 재연이 입고 있었다. 정말로 누군가 재연이 입궁할 수 있도록 도운 것이라면…….

"폐하."

려운이 어두운 얼굴로 황제의 귓가로 가까이 다가갔다.

＊　　　＊　　　＊

재연을 생포했다는 소식이 전해지자, 연회 장소에 남아 있던 대신들은 그제야 자리를 뜰 수 있었다. 어수선한 분위기 속 대신들은 이게 무슨 상황이냐며 혀를 끌끌 차곤 퇴궐했다.

은후는 황후가 연주전에서 안정을 취하는 모습을 본 뒤에서야 저벅저벅 다은이 있는 곳으로 되돌아왔다.

"오셨습니까."

모두들 떠나간 빈 연회 장소에서 마지막 술잔을 입에 머금던 다은이 은후를 올려다보았다. 그리고 조용히 탁상에 술잔을 내려놓았다.

은후가 말없이 다은의 옆에 앉았다. 그리고 술병을 들어 자신의 앞에 있던 잔에 한가득 따르는 그였다.

은후는 한 번에 술을 목구멍으로 넘겼다.

"……?"

다은이 은후를 물끄러미 바라보았다. 은후는 그런 다은의 시선은 아랑곳하지 않은 채, 다시금 잔에 술을 따랐다. 거침없이 채워지는 술을, 그는 또다시 입에 털어 넣었다.

"저와 함께, 가주셔야겠습니다."

불현듯 은후의 앞에 낯선 그림자가 드리워졌다. 은후가 천천히 고개를 들었다. 낯선 그림자의 주인은 려운이었다. 그리고 려운은 자신이 아닌, 다은을 향해 말하고 있었다.

"무슨 일이십니까."

다은이 미간을 좁힌 채 려운을 올려다보았다. 영문을 모르는 은후는 다은을 뚫어져라 바라보았다. 다은의 붉은 입술이 잠시 스쳐간 악한 눈빛과 함께 검게 물들었다.

"윤다은……."

"예, 마마. 무슨 할 말이라도 있으신 것입니까."

다은이 두 눈을 가늘게 뜬 채 붉은 입술을 달싹였다. 다은은 무표정한 얼굴로 천천히 자리에서 일어섰다. 갑자기 려운이 자신을 찾는 연유는 모르겠지만, 어떤 초대이든 응해주는 것이 맞겠지.

"가시지요."

다은이 려운의 곁으로 다가갔다. 그러자 다은의 곁을 지키던 그녀의 수족들이 함께 발길을 떼기 시작했다. 그들을 놓치지 않고 유심히 바라보던 려운은 아랫입술을 문 채 두 눈을 빛냈다.

*　　*　　*

"황후마마. 괜찮으세요? 그 신녀가 어째서 황후마마를 시해하려는 마음을 먹은 것인지……."

리아가 침상 위에 누워 있는 황후의 이마에 젖은 수건을 올려 주며 말했다.

"내가 누워 있을 상황이 아닌데."

황후는 몸을 일으키려 움직였다. 그러자 리아는 고개를 저으며 그녀를 막았다.

"안 됩니다. 마마. 황제 폐하께서 황후마마가 절대 안정을 취하실 수 있도록 보필하라 명하셨어요. 또 지금 문밖에 금군들이 쫙 서 있어요."

"좀 놀라긴 했지만 이젠 괜찮아."

황후는 다시금 몸을 일으키며 젖은 수건을 이마에서 떼어내었다. 그리고 침상에서 내려와 방 안을 거니는 그녀였다.

"황후마마!"

그러자 화들짝 놀란 리아는 황후의 곁으로 다가와 입술을 앙다물었다.

"그 아이. 곧 죽게 되겠지."

황후가 나직이 말했다. 황제의 첫 연인을 닮았다던 아이. 그런 아이를 향해, 한 치의 망설임도 없이 화살을 쏜 황제. 황후는 그 순간을 떠올리며 생각에 잠겼다.

"그 아이. 누군가가 사무치도록 그립다고 했어."

"예……?"

"헌데, 기억이 나지 않는대."

황후의 낮은 목소리에는, 원인 모를 슬픔이 묻어 있었다. 리아는 멍하니 황후를 바라보았다.

"참. 마마……."

그러다 문득 뭔가가 생각난 리아가 황후를 바라보며 머뭇거렸다.

"왜 그래?"

리아는 잠시 손을 만지작거리더니, 이내 말을 이었다.

"아까 마마의 신을 가지고 오던 중에 들었는데요……. 경황이 없어 말씀을 못 드린 것도 있고, 마마께서 충격을 받으실까 봐 말씀을……."

"어서 말해 봐."

황후가 답답하다는 듯 리아를 뚫어져라 바라보았다.

"오늘, 천 우 마마와 천 영 마마께서 참수를 당하실 예정이었대요."

"뭐?"

황후가 두 눈을 깜박였다. 황후는 놀란 가슴을 가다듬고 되물었다.

"그래서, 두 분은 어찌 되셨니?"

"황제 폐하께서, 형의 집행을 미루셨대요."

"하……."

불현듯 그녀의 입가에서 안도의 한숨이 흘러나왔다. 죽음을 맞이해야 하는 것이 그들의 운명임을 알면서도, 그녀는 그 운명을 모른 척하고 싶었다. 황제 또한 그 운명을 모른 척, 넘어가 주기를 바랐지만……. 어찌 되었든 그들은 황제를 죽이려 했고, 천나라를 손에 쥘 생각을 가지고 있었다. 황후는 이 상황을 어떻게 받아들여야 할지 고민하며 말없이 창밖을 바라보았다.

"내 아버지도 언젠가는……."

황후가 백 재상을 가만히 떠올렸다. 자신의 두 눈을 멀게 하고 허수아비 황후로 만들었다.

헌데 어째서였을까. 황제를 지켜보면서, 그리고 옥 안에 갇힌 천 우와 천 영을 바라보면서…… 쉽사리 아버지를 불러들일 수가…… 없었다. 죽이고 싶을 만큼 미운 그를 불러들여 모든 사건의 진상을 밝혀내고 싶다는 마음이 굴뚝같은데도, 그것을 위해 모든 것을 버리고 떠났는데도…… 망설여지는 이 비참함은 무엇일까.

황제를 다시 만난 그날. 점쟁이를 만나기 위해 안간힘을 썼지만 만날 수 없었다. 자신을 믿으라는 황제를 믿어보려 애쓴 채,

결국 제운객주로 향했지만 점쟁이의 행방은 알 수 없었다.

그리고 궁에 돌아온 직후. 점쟁이의 행방이 생각나 그를 잡아들이기 위해 공 태감을 부른 그녀였다. 그러나 그녀는 이미 그를 잡아들여 문초를 하고 있다는 공 태감의 대답을 들었다. 황제는 점쟁이를 만나야 한다는 자신의 청을 잊지 않고 있었던 것이었다.

오늘 연회가 끝나면, 그 점쟁이를 만나러 갈 생각이었는데. 어쩐지 그 발걸음이, 무거울 것만 같았다. 허나 황후는 두 눈에 힘을 주었다. 그리고 백 재상의 얼굴을 머릿속에서 지워버린 채 차갑게 말했다.

"두 번 살게 된 목숨. 눈이 멀게 되었던 원한이라도 풀어야, 그 가치가 있지 않을까."

"마마……."

리아가 슬픈 눈빛으로 황후가 눈이 멀어 있던 그날을 떠올렸다. 찬바람만이 감돌던 냉궁. 그 안에서 죽어가던 마른 가지는, 어느덧 꽃을 피우려 하고 있었다. 황후는 어느새 해가 기우는 창밖에 시선을 고정하며 덧붙였다.

"이젠 정말로, 내 일만 남았으니까. 더 이상 미룰 수 없어."

*　　*　　*

"오셨소."

"……!"

눈앞에 펼쳐진 잔혹한 광경에, 다은의 손에 땀이 배어났다. 짧은 시간 동안 온갖 고문을 당해 흉측해진 재연의 몰골에 순간 멈칫한 다은은, 이내 차분한 얼굴로 황제를 향해 고개를 숙였다.

"저를 이곳으로 부르신 연유가 무엇입니까."

다은을 따라 들어온 은후가 발걸음을 멈추었다. 황제는 다은을 위아래로 찬찬히 훑어보았다. 그리고 두 눈을 날카롭게 빛내며 물었다.

"이 아이를 아시오?"

황제의 눈은 재연을 가리키고 있었다. 재연을 바라본 다은은 최대한 아무렇지 않은 척, 담담하게 답했다.

"그럴 리가요."

잠시 기절해 있던 재연은 진득한 핏물이 엉긴 눈을 힘겹게 떴다. 그녀의 앞에는 언제 왔는지 모를 다은이 서있었다. 재연은 흠칫 놀랐지만, 여전히 모른 척 입을 다물었다.

다은은 그런 재연의 행동에 보이지 않게 만족스러운 미소를 지었다.

"들여보내라."

그러던 중, 황제의 낮은 목소리가 다은의 귓가에 박혔다. 들여보내다니. 누굴……? 다은이 뒤를 돌아보자, 그녀의 앞에는 그녀를 따르던 시녀 두 명이 환관들에게 붙잡힌 채 등장했다. 다은이 의아한 얼굴로 두 눈에 힘을 주자, 황제가 조용히 말했다.

"이들의 행색과 저 아이의 행색이 어쩐지 비슷한 것 같은데."

"……!"

다은이 가만히 마른침을 넘겼다. 이내 다은은 침착해지려 치맛자락을 꽉 쥐었다.

"그건……."

그녀가 황제를 바라보며 다시금 담담하게 답하려던 찰나, 황제가 그녀의 말을 끊었다.

"황후의 말로는, 저 아인 제나라의 황태자가 보냈다 하던데."

"……!"

은후가 흔들리는 눈빛으로 다은을 바라보았다. 다은은 순간 고갤 돌려 은후와 두 눈을 마주했다.

'저 바보 같은 계집이…… 감히 황태자마마를 들먹여?'

다은은 황급히 고개를 저었다. 그리고 황제를 향해 애써 미소를 지으며 말했다.

"무슨 말씀이신지요."

"허면, 황후가 거짓말을 했다는 말이오?"

황제가 매섭게 소리쳤다. 은후는 잠시 넋이 나간 듯 멍하니 다은을 바라보았다. 그는 온몸에 감각이 없어진 것만 같았다.

"설마라고 생각했다."

자신이 보낸 적 없는 아이였다. 재연을 응시했던 은후가 다은에게로 시선을 돌리며 말했다. 그러자 다은은 고개를 저으며 끝까지 흐트러지지 않으려 했다.

"저 아이가 거짓말을 한 것일 수도 있지 않습니까."

스윽—

"……!"

다은의 말에, 황제는 줄곧 쥐고 있던 검을 은후의 목에 겨누었다. 은후는 반짝이는 날을 물끄러미 바라보았다. 그리고 시선을 옮겨 황제와 두 눈을 마주했다. 지금 이 순간. 긴장감조차 느껴지지 않는 건, 아마도 황제의 생각을 읽어버렸기 때문이었을까.

"저 아이가 거짓말을 했든 하지 않았든. 황후는 그리 들었고, 나는 저 아일 황후전으로 보냈다 하는 여기 황태자마마를 죽일 수밖에 없소."

"그분은 제나라의 황태자마마이십니다. 어찌 감히 제나라의 황태자를 천나라에서, 그것도 방금 동맹을 맺은……."

"그 고귀하신 황태자마마께서 천나라의 황후를 시해하려 했다면, 이야기가 달라지지."

황제가 검을 더욱 은후의 목 안쪽으로 가까이 가져갔다. 기울어진 검의 날이 은후의 목선 사이에서 날카롭게 빛났다.

슬픈 눈빛의 은후가 다은을 바라보았다.

"마, 마마……."

순간 다은의 이성이 흐트러졌다. 은후가 죽을지도 모른다는 생각에 거대한 두려움이 몰려든 다은은 황제를 바라보며 소리쳤다.

"어찌 제대로 된 진상조차 밝히지 않고 이리 무례한 일을 벌이시는 것입니까!"

"나는 황후가 걸린 일에 대해서는…… 인내심이 그리 많지 않
아."

황제가 매서운 눈빛으로 짧게 덧붙였다. 제나라 황태자의 정
혼자를 떠보는 것은 별로 좋은 일이 아니었지만, 사건의 진상을
밝히기 위해서는 조금이라도 의심이 든다면 어쩔 수 없었다.

려운의 말을 듣고 보니 정황상 다은이 재연과 연관되어있다
는 느낌이 물씬 나고 있었다. 동맹의 성사를 축하하는 나라의 행
사인 오늘 연회에 초대된 외부인은 다은 밖에 없었다. 그 외에는
천나라 고관대작들을 비롯한 각부 대신들만이 자리를 채웠다.

"어쩔 수 없군."

이윽고 황제가 검을 들어올렸다.

"안 됩니다!"

다은이 털썩 주저앉았다. 지금의 천나라 황제는 정말로, 은후
를 죽일 것만 같았다. 다은은 고개를 숙인 채 낮게 말했다.

"제가 데리고 들어왔습니다. 제가, 저 아이와 함께 황궁으로
온 것입니다……."

가는 다은의 목소리가 은후의 가슴을 비틀었다.

그제야 황제는 은후에게서 검을 거두었다. 다은을 내려다본
은후의 두 눈이 붉게 물들었다.

'어째서 너마저…… 이토록 나의 가슴을 갈기갈기 찢는 것이
냐. 다은아…….'

은후는 발이 묶인 것처럼 그 자리에서 움직일 수가 없었다. 황제는 충격이 가득한 은후를 조용히 바라보았다. 그리고 다은을 응시하며 말했다.

"그대 또한 황후를 시해하려는 재연의 목적을 도왔다는 뜻이군."

재연이 쓴웃음을 지었다. 무엇이, 저 고귀한 여인을 무릎 꿇게 만들었을까. 자신이 끝까지 입을 열지 않았던 것들이 헛수고가 되어버리자, 재연은 다은을 비웃듯 두 눈을 감았다.

"허면, 나는 그대를 살려둘 수 없어."

황제의 분노 어린 두 눈이 다은을 향해 검게 물들고 있었다. 그의 눈 밑에 드리운 그림자는, 누구든지 황후를 죽이려 한 자들이라면 한 치의 용서도 없으리라는 의지를 내비치고 있었다.

다은이 놀란 눈으로 고개를 들었다. 그래도 자신은 제나라 황태자의 정혼자였다. 곧 제나라의 황후가 될 몸이었다. 헌데 어찌…….

"어찌 저를 죽이시겠단 말씀이십니까. 저는 곧 제나라의 황후가 될 사람입니다."

다은은 떨리는 목소리로 황제를 향해 목소리를 내었다.

"황후를 죽이려 했다면, 그가 누구든 상관없어."

황제는 가슴 속에서부터 끓어오르던 분노가, 핏줄을 타고 온몸으로 퍼지는 것만 같았다. 폭주로 젖어버린 그의 온몸이 불덩이처럼 활활 타오르고 있었다. 황후를 두 번이나 잃을 뻔했다.

황후를 지켜냈다고 생각하면…… 또다시 누군가 그녀의 목숨을 위협했고, 그것을 지켜내면 또다시…….

순간 황제가 심상치 않음을 감지한 려운이 황제를 물끄러미 바라보았다. 려운은 여차하면 황제를 저지해야한다는 생각에 조용히 칼자루를 쥐었다.

"여봐라. 저 여인의 목에……."

이내 황제가 입술을 뗐다.

"안 돼."

그리고 그때.

은후가 무릎을 꿇은 다은을 등진 채 섰다. 그녀를 보호하려는 넓은 등이, 어린 다은의 몸을 가렸다.

"……!"

다은이 자신을 드리운 은후의 그림자에 그의 멍하니 그의 뒷모습을 바라보았다.

"한 번만. 노여움을 거두십시오. 딱 한 번만……."

은후가 황제를 향해 말했다. 떨리는 그의 목소리가 황제의 이성을 일깨웠다. 황제는 두 눈을 감았다 떴다. 일그러졌던 그의 미간이 서서히 펴졌다.

은후는 조용히 다은을 돌아보았다. 그리고 말했다.

"이 아인, 제가 사랑하는…… 아이입니다."

"……!"

다은의 두 눈이 커졌다. 탁했던 동공이, 맑아져 습기를 머금었다. 보이지 않게 떨리는 은후의 뒷모습이, 다은의 심장을 거칠게 쑤셨다.

"제가 황제 폐하의 사랑하는 여인을 살렸으니…….."

"서은후."

황제가 낮게 은후의 이름을 읊조렸다. 한 번도 황후를 살린 일에 대해 그 어떠한 보상이나 대가를 요구한 적이 없었던 사내였다.

헌데, 그는 지금.

"제 여인도 살려주십시오."

그 대가를 요구하고 있었다.

*　　　*　　　*

"미안하다. 너를 이리 만들어버려서…….."

은후가 기절한 다은을 안아 든 채, 그가 머물던 전각 안으로 들어섰다. 천나라 황제가 검을 거둔 순간. 다은은 불현듯 정신을 잃었다. 그리고 은후는 말없이 그녀를 안아든 것이었다.

언제나 강한 아이라고만 생각했다. 그리고 언제나 밝은 아이라고만 생각했다. 그런 아이가, 가슴 속에 어둠을 품고 있었다.

"한없이 순수했던 너에게…… 내가 몹쓸 짓을 한 것이냐."

은후가 두 눈을 감았다. 아픔은 그때 거기서, 끝이라고 생각했는데. 황후를 가슴 속에서 떠나보내려던 배 위에서, 끝이라고 생각했는데……. 이제야 돌아보게 된 다은의 짓무른 상처가 또다시 그를 아프게 하고 있었다.

은후가 다은을 침상 위에 조심스럽게 내려놓았다. 은후는 다은의 가슴 위로 이불을 덮어주었다. 그리고 방 안을 밝혔던 불들을 모두 끄는 그였다.

이내 은후는 다은이 잠든 침상 곁에 털썩 앉았다. 그리고 어둠 속에 표정을 숨긴 채, 멍하니 앞을 응시했다. 자신이 누워 있을 때, 다은은 한 발자국도 움직이지 않고 있었다. 그저 자신의 곁에 언제나…… 있었다.

은후가 고개를 돌려 다은을 물끄러미 바라보았다. 그녀를 향한 분노와 미안함이 서로 뒤엉켜 그를 괴롭혔다.

"네 어리석은 행동, 나는 너무도 화가 나는데……. 화가 나서 미칠 것만 같은데……."

서서히 은후의 목이 메어왔다.

다은에게 어째서 재연을 도와준 것이냐 물을 수가 없었다. 어째서 황후를 위험에 빠뜨린 것이냐 다그칠 수가 없었다.

"네가 나 때문에 그리했다는 걸, 아니까."

천나라 황제가 죽어 가는 것을 모른 척하고 싶었던 마음. 자신도 있었으니까.

다은의 여린 뺨이 젖어 있었다. 그에게만 보이는 아픔과 한이 두 볼을 적시고 있었다. 너무도 두려웠을 그 순간. 이 아이는 오로지 자신만을 바라보고 있었다. 식은땀과 눈물이 범벅된 얼굴로, 두려움이 가득한 두 눈으로 자신만을 바라보고 있었다.

"네게 울지 말라 하였는데."

이내 그의 시선이 다은의 손등에 머물렀다. 그가 천천히 손을 뻗었다. 따뜻한 은후의 손이, 다은의 손등에 닿았다.

"나는 항상 너를⋯⋯."

그는 말을 끝맺지 않은 채 다은에게서 손을 거두었다. 그러던 순간, 다은의 손이 그의 손을 쥐었다.

"⋯⋯!"

은후가 다은을 바라보았다. 다은은 여전히 눈을 감고 있었다. 은후는 자신의 손을 잡고 있는 다은의 손을 물끄러미 응시했다. 그리고 고요했던 정적 속에서.

"⋯⋯그 말, 사실인 것입니까."

다은의 낮은 음성이 나직이 울렸다.

"무슨 말을 뜻하는 것이냐."

은후는 그녀의 말이 무슨 뜻인지, 알면서도 되물었다. 다은은 여전히 두 눈을 감고 있었다. 두 눈을 감은 채, 조용히 입술만을 뗐다.

"저를, 사랑한다는⋯⋯ 말."

다은의 입술이 가늘게 떨렸다. 너무도 가슴 벅차서, 입에 담기조차 버거웠던 그의 한마디. 어쩌면 거짓말이라는 것을 알면서도, 다시 한 번 묻고 싶었던 한마디.

은후는 아무런 대답도 하지 않았다. 자신의 손을 꼭 붙들고 있는 다은의 손. 다신 놓지 말아 달라고 애원하듯 꼭 붙잡고 있는 작은 손. 이 손을 영원히 놓지 않을 수 있을지, 사실 자신이 없었다. 다은은 그저 어리기만 한 여인 같았기에, 돌아볼 용기가 나지 않았다.

은후는 조용히 다은의 손을 쥐었다. 이내 그의 낮은 목소리가, 다은의 심장을 서서히 움켜쥐었다.

"다은아."

무거운 그의 음성. 어쩐지, 그가 움켜쥔 그녀의 심장이 따끔거리기 시작했다.

"나는 너를 잃고 싶지 않았다."

다은의 눈가에 눈물이 스며들었다. 조금이라도 움직이면 눈물방울이 떨어질 것 같아서, 다은은 아무것도 할 수가 없었다.

은후는 그런 다은의 눈동자를 보지 못한 채, 다은의 심장에 말뚝을 박았다.

"너는, 내가 절대로 잃고 싶지 않은…… 내 핏줄과도 같은 아이니까."

다은이 힘겹게 쥐고 있던 은후의 손을 놓았다. 다시는 뽑을 수 없는 거대한 말뚝이 끝내 그녀의 가슴에 박히고 말았다. 다은의 입가에서 그에겐 들리지 않을 신음이 흘러나왔다. 애써 참았던 눈물이 그녀의 눈동자를 벗어났다. 날이 저물지 않았더라면 너무나도 창피했을 텐데. 참으로 다행스럽게도, 지금 이곳에는 칠흑 같은 어둠이 깔려 있었다.

"이만 쉬거라."

은후가 조용히 자리에서 일어났다. 그리고 뒤돌아보지 않은 채, 문을 향해 성큼성큼 걸어 나갔다. 문을 나서는 그의 귓가로 다은의 감정 없는 한마디가 들려왔다.

"저를 용서해 달라 빌지는 않겠습니다."

다은이 그제야 두 눈을 떴다. 붉게 충혈된 눈동자에는 은후와 함께했던 제나라에서의 시간들이 스쳐 지나가고 있었다. 그리고…… 미련조차 남길 수 없도록, 연기가 되어 흩어지고 있었다. 은후가 우뚝 발걸음을 멈춰 세웠다. 다은이 어두운 천장을 바라보며 목이 메이는 목소리로 말했다.

"왜 저는, 안 되는 것입니까."

천장을 가득 메웠던 어둠이 다은의 얼굴 위로 내려앉았다. 그리고 그녀에게 남아 있던 한 방울의 감정까지, 걷어가 버렸다.

"당신을 위해 메마르고 찢겨도…… 왜 나는, 당신의 마음을 얻을 수 없는 것입니까."

이내 다은의 두 눈에서 눈물이 폭포수처럼 쏟아져 내렸다. 온몸을 감싸는 서러움이 큰 눈망울에서 주체할 수 없이 흘러내렸다. 너무도 서러워서 주르륵 끊임없이 흘러내리는 눈물을 닦을 새도 없었다.

"더 이상 저를 보아 달라 구걸하지 않겠습니다. 그러니…… 두 번 다시 저를 막지 마세요. 제가 죽든 말든! 두 번 다시 돌아보지 마세요."

"……!"

이윽고 다은이 가슴에 품고 있던 은장도를 꺼내들었다. 그리고 망설임 없이 은장도를 자신의 목 한가운데로 꽂으려 두 팔을 들어올렸다.

"윤다은!"

탁—!

은후가 다은이 쥐고 있던 칼자루를 가까스로 붙들었다.

날카로운 칼끝이 다은의 목 정중앙에 닿을 듯 말 듯한 순간이었다.

다은의 손을 감싸 쥔 은후의 팔이 부들부들 떨렸다.

"이거 놓으십시오. 제겐 이제 아무것도 없습니다."

다은은 누운 상태로 온 힘을 다해 칼끝을 움직이려 애를 썼다. 그리고 그때, 은후가 자신의 한 손을 다은의 목으로 가져갔다.

푹—

은후가 한 손을 떼어낸 동시에, 힘을 주고 있던 다은에 의해 은장도가 다은의 목을 감싼 은후의 손등을 파고 들어갔다.

"……!"

피로 물들어 가는 은후의 손등을 마주한 다은은, 넋이 나간 듯 은장도를 손에서 놓았다. 은후가 지혈을 위해 다은의 목을 감쌌던 손을 떼고, 반대편 손으로 찔린 부위를 세게 눌렀다.

다은은 벌떡 일어나 은후의 손을 확인하려 했다. 많은 양의 피가 뚝뚝 떨어져 흰 이불을 붉게 적셨다.

어찌할 줄 모르는 다은의 손은 바들바들 떨리고만 있을 뿐, 은후의 손등에는 차마 닿지 못했다.

이윽고 은후는 이를 악물고 손등에서 은장도를 뽑았다. 그리고 그것을 멀리 던진 채, 피가 흥건한 손으로 다은을 감싸 안는 그였다.

"……다은아."

갈 곳을 잃은 다은의 눈동자가 초점 없이 흔들렸다.

'어째서, 당신을 미워할 수조차 없게 만드시는 겁니까.'

이 또한 언젠가 사라져버릴 일시적인 꿈이 아닐까. 분노와 서러움, 그리고 불신으로 가득 찬 다은은 은후를 밀어내며 소리쳤다.

"두 번 다시 저를 막지 말라 하지 않았습니까! 제가 어찌 되든 상관치 말라 하지 않았습니까!"

그녀의 고통 섞인 아우성이 은후의 가슴을 거세게 두드렸다. 그러나 그는 다은을 끝까지 놓지 않았다. 다은을 끌어안은 은후의 낮은 목소리가, 그녀의 귓가를 울렸다.

"그만하거라."

"저를 내버려두시란 말입니다."

"그만……."

"……."

"그만하거라. 다은아."

자신을 감싸 안은 은후의 품이 너무도 따뜻해서, 다은은 뜨거운 눈물을 쏟아낼 수밖에 없었다. 분노로 뒤엉켜 눈가에 번지기만 했던 눈물이, 그제야 볼을 타고 흘러내렸다.

"마마께서는 참으로 이기적이십니다. 마마께서는 더 이상 제게 아무것도 명하시면 안 되지요. 그러면 아니 되는 겁니다. 마마께서는 단 한 가지도…… 제 말을 들어주지 않으시곤, 그러시면 안 되는 것입니다……."

다은이 은후의 어깨를 적시며 흐느꼈다.

은후가 말없이 다은을 더욱 세게 끌어안았다. 손등이 타들어가는 듯한 고통이 밀려들었지만, 그의 머릿속에서 요동치는 갈등에 대한 대답을 더 이상 미룰 수 없을 것 같았다. 이내 은후가 말문을 열었다.

"너는 내 핏줄과도 같은 아이라 하지 않았느냐. 그러니 내게!"

"……?"

"시간이 필요해."

불현듯 가슴을 파고든 은후의 한마디에, 다은이 흐느낌을 멈추었다. 지금 이 순간. 서로의 숨소리 외에는 아무것도 들리지 않았다.

그의 손등에서 핏물이 흘러내려 침상의 이불에 닿았다. 이윽고 은후가 조용히 말을 이었다.

"조금만. 조금만 기다려주겠느냐. 내가…… 너를 받아들일 수 있을 때까지."

은후는 두 눈을 감았다.

'손등의 핏물처럼, 백 월이란 여인이…… 나에게서 온전히 씻겨 내려갈 때까지.'

가질 수 없는 사람에 대한 미련. 그 미련을 지우기까지는 얼마만큼의 시간이 필요할지 몰랐다. 하지만—

"그 때가 되어, 지나간 사랑을 잊기 위해 내가 너를 원해도 괜찮다면."

다은의 눈이 커졌다.

'아…….'

그녀의 입가에서 자신도 모를 외마디가 흘러나왔다. 분명 뿌리쳐야 하는데. 어서 서은후를 놓아야 하는데.

"너를…… 돌아보려 노력할게."

메말라버렸다고 굳게 믿었던 가슴이, 미련스럽게도 다시 뛰기 시작했다. 가슴을 울리는 그의 한마디가, 그녀를 녹아내리게 만들었다.

제4장

연화

"폐하."

천기전 안으로 들어선 공 태감이 황제의 앞에 다가와 머리를 조아렸다. 공 태감의 등장에 황제는 생각을 거두고 그를 바라보며 물었다. 어두운 음영이 그의 두 눈 아래로 짙게 져있었다.

"황후는 어찌되었느냐."

그러자 공 태감은 조용히 대답했다.

"연주전에서 안정을 취하고 계시옵니다."

"……알겠다."

황제가 짤막하게 대답했다.

한순간에 너무도 많은 일들이 지나가 버렸다. 황후가 황궁에 돌아온 그날 후로 모든 일들이, 차차 해결될 거라 믿었는데. 어째서일까. 손을 뻗으면 뻗을수록, 모든 일들이 꼬여가는 것만 같았다.

황제가 침묵에 잠겨 있던 사이, 공 태감이 말을 꺼냈다.

"재연은 어찌할까요."

공 태감의 말에, 황제는 굳게 닫혀 있던 입술을 떼었다.

"……천 우, 천 영과 함께 처형할 것이다."

"알겠사옵니다."

황제의 대답을 들은 공 태감은 머리를 조아린 뒤, 천천히 자리에서 물러났다.

혼자 남겨진 황제는 닫힌 문을 가만히 응시했다. 저 문너머에는…… 또 어떤 일이 도사리고 있을까. 그 다음 문 너머에는, 천기전 문 너머에는…… 또 천자궁 문 너머에는 어떤 일이 자신을 기다리고 있을까. 황제는 아무것도 생각지 않으려, 두 눈을 세게 감았다 떴다. 이내 그는 한 손으로 이마를 짚고는 숨을 깊게 들이쉬었다. 그러다 자신이 앉아있던 탁자 귀퉁이에 놓여있는 함을 발견한 그였다. 황제는 평소 황후의 나비 머리꽂이를 넣어두었던 그 함으로 손을 뻗었다.

나비의 날개 한쪽이 떨어진 머리꽂이는, 자신이 지켜주지 못했던 황후의 모습 같아서, 더욱 가슴이 아팠다.

"그래도 황후는, 나의 곁에 남아 있어서…… 다행이군."

황제가 쓸쓸하게 웃었다. 입술은 웃고 있었지만, 그의 눈에는 안개가 스며들고 있었다. 천 우도, 천 영도, 연화도…… 자신의 곁을 하나둘 떠나고 있었다. 겨우겨우 황후를 지켜냈는데. 한 사람을 붙잡으면, 다른 이들이 스스럼없이 자신의 곁을 떠나고 있었다.

그는 마음껏 울 수도, 소리를 지를 수도 없었다. 찢어진 황후의 날개는…… 자신이 치유해줄 수 있는데. 새 날개가 돋아날 수 있도록 그렇게 마음껏…… 안아줄 것인데. 헌데, 자신에게 연화는 아무것도 남기지 않은 채 떠나가 버렸다. 어린 시절, 자신이 선물했던 가락지조차도 남기지 않은 채 사라져버렸다. 자신의 감정의 공간은 황후로 이미 메워졌기에, 연화를 향한 마음은 이제 남아 있지 않았다. 다만……,

황제의 목이 서서히 잠기기 시작했다.

"연화 너를 기억할 만한 것이, 아무것도 내게 남아 있지 않다는 게…… 나는 참으로 가슴이 아파. 너를 닮은 아이마저도 내 손으로 죽여 사라지게 만든다는 것이…… 너무도, 가슴이 아파."

그 아이가 황후를 죽이려 하지만 않았다면 좋았을 것을. 연화를 닮은 그 아이가, 자신 앞에 나타나지만 않았다면 좋았을 것을. 황제는 나비 머리꽂이를 꼭 쥐었다.

"네가 아니라는 것을 아는데. 너와 꼭 닮은 네 얼굴을 보면서도 나는…… 황후를 위해 화살을 쏠 수밖에 없었다."

이내 그가 쥐었던 손을 폈다. 그는 손바닥 위에 놓인 황후의 나비 머리꽂이를 보고 또 보았다. 황후를 떠올리기만 하여도 미친 듯이 뛰는 심장은, 더 이상 연화에게 거짓말을 하지 말라고 질책하듯 멈추지 않았다.

기억할 것이 남아 있지 않아서 가슴 아픈 것이 아니라, 자신만 행복해서. 자신만 다른 사랑을 찾아 웃고 있는 것 같아서……. 연화, 너를 이젠 완전히 잊은 것 같아서 미안하다고 말하는 것만 같았다.

황제는 한참을 바라보던 머리꽂이를 다시 함에 넣었다. 그리고 함의 뚜껑을 닫아 탁상 한쪽에 올려두려던 순간 드륵, 하는 소리가 함 안을 울렸다.

뭔가 들어 있는 것 같은 소리였다. 나비 머리꽂이가 움직인 소리라 하기에는 한층 가벼웠다.

황제는 다시 함을 자신의 앞으로 가져와 뚜껑을 열었다. 함 안에는 나비 머리꽂이밖에 없었다. 그가 의아한 얼굴로 뚜껑을 닫으려던 찰나, 그는 문득 함 안에 나누어진 조그만 공간에도 작은 뚜껑이 있다는 것을 깨달았다.

조금만 주의를 기울여도 보였을 것을, 나비 머리꽂이만을 바라보고 있다가 뒤늦게 보게 된 것이었다. 그는 작은 뚜껑을 열었다. 그리고 그 안에는 분홍빛을 띠는 쌍가락지가 들어있었다.

"가락지……?"

곰곰이 생각해 보니, 예전에 재연이 궁정 연못가에서 떨어뜨린 가락지였다. 재연에게 전해준다 했던 것을, 아직도 가지고 있었던 것이었다. 그때는 자세히 보지 않고 그냥 넣어두었던 것. 황제는 재연의 가락지를 이리저리 돌려 보았다. 오래되어 군데

군데 금이 가고 가장자리 부분이 미세하게 깨져 있었다. 얼마나 소중히 여기었으면…… 버릴 법도 한 낡은 가락지를 이리 오랫동안 끼고 있었을까.

황제는 이 가락지가 자신에게 소중한 가락지라 말했던 재연을 말을 떠올렸다. 그리고 가만히 가락지를 바라보던 그가 멈칫했다.

"헌데……."

문득, 그의 머릿속에 잠겨 있었던 기억이 안개 속에서 피어오르기 시작했다. 이내 어린 시절의 그의 모습과, 그가 손에 꼭 쥐고 있는 가락지의 모습이 안개를 가르고 서서히 드러나기 시작했다.

"……비슷하군."

영롱한 분홍빛을 띠는 쌍가락지. 연화에게도 이와 비슷한 것을 선물했었다. 어떤 여인과 입씨름을 벌여가며 겨우 겨우, 손안에 쥔 가락지. 그 모양새와 색이 너무도 어여뻐 놓치고 싶지 않았던 가락지였다. 그리고 그 가락지와 이 가락지는……. 황제는 다시 한 번 가락지를 유심히 들여다보았다.

'어찌하여 이걸 이제야…… 깨달은 것이지?'

색, 모양, 두께, 그리고 쌍가락지인 것까지…… 같았다.

"……!"

황제의 두 눈에서 빛이 사라졌다. 가락지를 바라보는 그의 눈동자가 거세게 흔들렸다. 설마. 황제가 벌떡 일어섰다. 그는 가락지를 꽉 쥐었다. 그럴 리가 없었다. 우연히 같은 것일 수도 있었고, 재연이 자기 것이라 거짓말을 한 것 일수도 있었다.

재연은 그저 연화와 비슷한 나이 대의 여인이었고…… 그저 연화와 같은 가락지를 가지고 있는…… 그저 연화를 닮은 얼굴을 한…… 여인이었다.

툭―

황제의 눈에서 말없는 눈물이 한 방울 툭, 떨어졌다. 얼어붙은 그의 뺨을 타고 눈물방울이 흘러내렸다.

"죽었다고 했잖아. 이 세상에 없다고 하였잖아……."

연화는 분명 죽었다.

허나, 시신을 찾을 수 없었다. 연화의 여린 몸은 그 어디에서도 찾을 수 없었다. 어디서 차갑게 식어간 것인지조차 알 수 없었다.

이윽고 황제의 외마디 비명이 천기전을 울렸다.

"으아아아아!"

황제의 비명에 놀란 환관들이 안으로 들어서려던 순간, 황제는 가락지를 꽉 쥔 채 천기전 문을 벌컥 열었다.

"당장…… 옥으로 가자."

＊　　＊　　＊

옥에 갇힌 재연이 멍하니 벽에 기대어 있었다. 재연은 두 팔로 무릎을 모으고 그 위에 얼굴을 묻으며, 나직이 중얼거렸다.

"그건 대체 뭐였을까."

그녀는 황제가 자신을 향해 활시위를 당기던 순간, 스쳐 지나간 잔상에 대해 끝없이 생각하고 또 생각했다. 황제의 손에 죽을지도 모른다는 두려움보다, 그 순간 보였던 잔상이 소름끼치도록 두려웠다. 그러자 재연은 무의식적으로 손가락의 가락지를 찾아 꼭 쥐려 했다. 그러나 손가락은 텅 비어 있었다. 그러고 보니 아직 황제에게서 돌려받지 못했다. 너무도 오래 지니고 있었기에, 소중해진 물건. 허나 소중한 것이라 하기엔…… 그 의미조차 기억나지 않는 물건. 자신에게는 아무것도 남아 있지 않는데. 그 가락지라도 목숨 걸고, 찾을 것을.

언제나 제 곁에 있었던 것은 그 낡은 분홍빛 쌍가락지뿐이었던 것일지도 몰랐다. 더러웠던 인생. 결국 이리도 추하고 더럽게 마무리 짓게 되는구나.

재연이 허탈한 웃음을 지었다. 그리고 더욱 깊숙이, 상처로 가득한 얼굴을 묻었다. 불현듯 어둠 속에 묻은 그녀의 두 눈이 뿌옇게 흐려지기 시작했다. 재연은 너무도 서러워서, 자신의 삶이 너무도 불쌍해서 견딜 수가 없었다. 아무리 나쁜 마음을 품었다고는 하나 그래도, 진심이었는데.

황제, 그를 향한 마음만큼은 거짓이 없었는데.

"내가 죽으면…… 다시 볼 수 없겠지?"

더 이상 나오지 않을 것 같았던 눈물이, 죽을 때가 다되어서 그런 것일까. 자꾸만 흘러내리고 있었다. 봇물이 터지듯 방울방울 떨어지는 눈물이 차가운 옥의 바닥을 적셨다. 짧은 삶이었지만 여인으로서의 두근거림을 느꼈던 그 시간만큼은 너무도 그리워질 텐데.

"황제, 당신을 다시 볼 수 없겠지……."

그리고 그때.

─……하. 폐……하. 황제 폐하…….

순간 재연은 무의식의 기억 속에서, 자신의 입가에서 흘러나온 목소리를 들었다. 이내 재연에게 머리가 깨질 듯한 아픔이 밀려들기 시작했다. 서서히 아주 깊숙이 숨겨져 있던 무언가가 그녀의 머릿속에 드러나기 시작했다. 재연이 두 눈을 감고 미간을 좁혔다. 그리고 선명히 스쳐 가는 기억에, 두 눈을 번쩍 뜨는 그녀였다.

─폐하……. 저를 살려……주세요.

"……재연."

그리고 그 순간. 낮은 목소리와 함께 붉은 빛이 재연이 가둬진 옥 안으로 비추어졌다. 재연은 천천히 고개를 들어 목소리의 주인을 바라보았다.

"……황제 폐하?"

"네가……."

황제가 재연의 곁으로 천천히 다가갔다. 비틀거리는 그의 온몸이, 넋을 잃은 것처럼 흔들렸다.

"네가……."

황제는 말을 잇지 못했다. 입술 사이로 번지는 뜨거운 숨이 온몸을 불태우는 것처럼 고통스러웠다. 아무 말도 할 수 없는 이 순간이, 너무나도 괴로웠다.

횃불에 의해 어둠 속, 희미했던 재연의 모습이 보였다. 붉은 핏자국이 군데군데 물들어 있는 옷이 황제의 가슴을 찢었다. 그녀의 어깨 위를 비추는 서늘한 달빛이, 재연을 한없이 춥게 만들고 있는 것만 같았다.

"네가……."

아닐 거라 믿었던 재연의 얼굴이, 연화와 겹쳐졌다. 너무도 또렷이 겹쳐져, 황제는 자신이 꿈을 꾸고 있는 것은 아닐까 허탈함에 주저앉을 뻔했다.

손에 쥔 가락지가 네 것이냐고 물을 새도 없었다. 어째서 네가 연화냐고 물을 새도 없었다.

황제는 그녀를 보자마자 눈물을 떨어뜨리고 말았다.

"연화였단 말이냐. 정녕…… 연화였단 말이냐……."

툭―

황제의 곁에 있던 려운이 손에 들고 있던 검을 떨어뜨렸다. 무표정이었던 그의 얼굴에 믿을 수 없다는 비명이 드리워졌다. 려운은 혼란스러워 하는 황제의 곁으로 더욱 가까이 다가섰다. 그리고 떨리는 목소리로 물었다.

"폐하. 무슨 말을…… 하시는 것입니까."

"어째서…… 나를 기억하지 못했던 것이냐. 어째서…… 네가, 나를 기억하지 못하고 있느냐 말이냐."

황제는 떨리는 손을 꽉 쥔 채 끝없이 되물었다. 그리고 그는 재연에게 분홍빛 가락지를 내밀었다. 그것을 발견한 려운의 심장이, 무너졌다.

―폐하……. 어디 계십니까. 제발…… 제발 저를 살려주세요. 제발…….

분홍빛 가락지와 황제를 마주한 재연은, 자신에게 겨누어진 화살을 다시금 떠올렸다. 그리고 그 순간, 머릿속을 가로지르는 섬뜩했던 기억이 그 실체를 온전히 드러내었다.

"하……."

자신을 향해 겨누어진 화살. 뒤에는 절벽이 있었다. 절벽 아래로 거대한 돌밭과 끝없는 강물이 이어져 있었다. 도망칠 곳은 없었다. 날카롭고도 거대한 화살의 촉이 그녀의 심장을 노리고 있었다. 식은땀이 온몸을 적시고 그녀는 한 걸음, 한 걸음씩 물러섰다.

그러다, 마지막 발걸음에서는 더 이상…… 바닥을 딛는다는 느낌이 없었다.

그리고 그대로…… 끝없이 추락해 온몸이 부서진 기억이, 재연의 머릿속에 담겼다.

벗겨진 꽃신 한 짝과, 손가락에 끼고 있던 분홍빛 가락지. 그것만이 절벽 아래, 유일하게 남아 있던 것이었다.

높다란 절벽 위에서 아주 희미하게 보이는 누군가의 얼굴이, 그녀의 기억의 끝자락에 멈추었다. 그리고 그가 누군지를 깨달은 연화의 목에 보이지 않는 거품이 끌어 오르기 시작했다.

"하아…… 하아……."

연화가 가쁜 숨을 내쉬었다. 심장을 옥죄는 공포와 두려움이 그녀를 나락으로 몰아넣었다. 연화의 두 눈에서 빛이 사라졌다. 절벽에서 떨어진 뒤 다시 눈을 떴을 때.

자신은 낯선 방 안에 있었다. 온 몸이 부서져 움직일 수조차 없었지만 자신은 숨을 쉬고 있었다. 하지만, 아무것도 기억이 나지 않았다. 그 어떤 것도 기억이 나지 않았다.

그리고 나타난 한 여인. 화려한 옷차림과 두꺼운 분칠을 한 여인이었다. 이곳이 도성 최고의 기방, 호영각이라던 화련은 아비에게 맞아 죽어가던 자신을 사서 이곳으로 데려온 것이라 했다.

어린 시절의 기억이 나지 않았던 것이 아니라…… 호영각에 오기 이전까지의 기억이 나지 않았던 것이었다. 그리고 그 연유가, 절벽에서 떨어졌기 때문이었다니.

"아아……. 아아악……!"

연화의 비명이 옥 안에 가득 울려 퍼졌다. 두 눈을 감고, 두 귀를 막은 연화는 온몸을 바들바들 떨었다. 연화는 더욱 선명해지는 기억을 떠올리며 몸부림쳤다. 여태껏 잃고 있었던 기억들이 그녀의 처절했던 삶을 갈기갈기 찢었다. 표독스럽고, 더러웠던 홍재연으로서의 짧았던 삶을 들추어내며 연화를 더욱 고통스럽게 만들었다. 이윽고 연화는 서서히 황제와 두 눈을 마주쳤다. 자신의 앞에 서 있는 늠름한 사내가, 어린 시절을 함께 했던. 자신의 사랑을 함께했던…… 황제. 천 휘라니.

"절벽 아래서 두 눈을 감는 그 순간까지도 저는……."

연화가 비틀거리며 일어섰다. 황제와 두 눈을 마주한 연화의 두 눈에, 담을 수조차 없는 눈물들이 터져 흘러내렸다.

"폐하……. 황제 폐하를…… 불렀습니다."

그녀는 황제의 곁에 한 걸음. 한 걸음씩 다가갔다.

너무도 아까워 다가갈 수조차 없던 그. 연화였던 그때도, 손을 뻗어 뺨을 어루만지기조차 어려웠던 당신. 그런 당신을 가지려 했던 벌을 받아, 죽음을 맞이해야만 했던 것일까. 연화가 황제와 그녀를 가로막은 나무 기둥들 가까이에 섰다. 너무도 가까이에서, 연화를 마주한 황제는 입술을 뗄 수가 없었다.

"살려달라고…… 저를 구해달라고……. 제가 죽어가던 순간에, 폐하께서 보이시질 않아 너무도 두려웠습니다. 폐하를 영영 보지 못할까 두려웠습니다."

연화의 방울진 눈물들이 끝없이 아래로 떨어졌다. 숨이 막혀 숨을 제대로 쉴 수조차 없었다.

"미안해……. 미안하다 연화야……."

황제는 이미 타들어 재가 되어버린 연화를 향한 심장을, 보이지 않으려 애를 썼다. 거대한 죄책감만이 자리한 죽은 벗나무의 무덤에서 그는 할 수 있는 것이 아무것도 없었다.

려운은 믿을 수가 없었다. 재연을 처음 본 순간. 너무도 닮은 얼굴이었다. 그 아이가 자신이 연화라고 말한다면, 연화라 믿을 만큼 너무도 닮은 얼굴이었다. 허나 연화가 자신을 알아보지 못할 리가 없다고 믿었다. 홍 재상을 저리 잘 따를 리가 없다고 믿었다.

'헌데…… 기억을…… 잃었다고?'

려운이 속으로 자신의 가슴을 쥐어뜯었다.

'절벽에서…… 떨어졌다고……?'

려운은 처음으로 자신의 다리에 힘이 풀리는 것을 느꼈다. 그는 비틀거리지 않기 위해 가까스로 버텨내었다.

"……문을 열거라."

황제의 명이 내려졌다. 연화를 가둔 옥의 문이 열리고 황제가 천천히, 안으로 들어섰다.

그가 연화를 끌어안았다. 뼛속까지 파고드는 미안함과 죄책감이 그를 휘감았다. 그리고 그것은 그가 점점 더 연화를 세게 끌어안도록 만들었다. 떨리는 황제의 목소리가, 연화의 가슴에 젖어들었다.

"수없이 너와 얼굴을 마주했는데도, 너를 알아보지 못해서 미안하다."

"……."

"너와 다시 만나 입을 맞추었어도, 너를 알아보지 못해서 미안하다."

황제가 두 눈을 감았다. 감은 두 눈 아래. 그의 투명한 뺨을 타고 아픔이 흘렀다.

"그리고 이미…… 새로운 벚나무를 심어버려서, 미안하다."

*　　　*　　　*

"네가……."

황후는 가던 걸음을 멈추었다. 어두컴컴했던 옥 안 멀리서 보이는 불빛과, 낮익은 목소리에 그녀는 걸음을 멈출 수밖에 없었다.

그리고 들려오는 익숙한 목소리.

"연화였단 말이냐. 정녕…… 연화였단 말이냐……."

"……!"

황후는 그 자리에서 발이 묶인 듯, 움직일 수가 없었다. 점쟁이를 만나기 위해 늦은 밤, 찾은 옥. 그리고 어쩌면 몰랐으면 좋았을 사실을, 직접 들어버렸다.

"마마······?"

리아가 불안한 눈빛으로 황후를 바라보았다.

"연화라면······."

황제의 첫사랑. 그 여인이 재연이었다고.

'여태껏 나를 힘들게 했던 여인이······ 연화란 여인이었다고.'

황후는 자신이 잘못 들은 것은 아닐까, 애써 얼굴을 펴곤 앞으로 걸어가려 했다. 헌데, 어쩐지 용기가 나지 않았다. 조금만 더 걸어가면, 저기로 걸어가면 더 가슴 아픈 사연을 들어버리게 될까 봐 갈 수가 없었다.

"저 안에, 있을 여인은······ 재연."

황후가 조용히 말했다.

"그리고 그 여인이, 연화."

황후의 놀란 가슴이 쿵쿵 뛰었다. 그저 닮은 얼굴이, 아니었다는 말인가. 황후의 눈동자가 회색빛으로 물들었다. 그리고 그녀는 재연이 자신에게 했던 말을 떠올렸다.

─아득하게나마, 누군가를 열렬히 연모했던 것 같은데. 가슴속에서 누군가를 무척 그리워하는 것 같은데······ 누군지 얼굴조차······ 기억이 나질 않습니다.

─미워. 이상하게도······ 나는 황후, 당신이 너무도 미워.

─내 계획이 실패한 것보다······ 어째서 나는······ 황제의

곁에 있는 당신이 너무도 원망스러운 것일까.

그 모든 말들이, 모두 황제 폐하를 향한 그 여인의 비명이었다
니. 황후가 멍하니 황제와, 재연과, 자신의 모습을 그렸다. 운명
의 끈에 얽힌 채 마주보고 있는 세 사람의 모습. 재연인 줄 알았
던 여인은, 죽은 줄로만 알았던 황제의 첫 연인.

"리아. 다음에 다시 와야겠다."

황후는 문득 동떨어져 버린 자신의 처지에, 발길을 돌렸다.

그리고 누군가의 목소리가,

그런 그녀의 발길을 붙잡았다.

"그리고 이미…… 새로운 벚나무를 심어버려서, 미안하다."

황후가 뒤를 돌아보았다. 황제의 목소리. 오로지 그만의 목소
리.

"폐하……."

새로운 벚나무.

그 순간 황후는 알 수 없는 저림을 느꼈다. 그의 또렷한 목소
리가 그녀의 머릿속에서 떠나질 않았다. 이곳에서도 들리는 황
제의 마음. 황후는 불현듯 밀려든 속상한 마음과 아주 잠시나마,
흔들렸던 미련한 가슴을 쓸어내렸다.

"……폐하께도, 잠시 시간이 필요하겠지요."

황후는 다시 발걸음을 돌려, 뒤를 돌아섰다. 그리고 조용히
그곳을 빠져나오는 그녀였다.

그리고 그것을 발견한 공 태감이 황후의 뒷모습을 보고 당황한 얼굴을 했다. 어쩌면, 상처받으셨을지도 모르는 일. 공 태감은 말없이 고개를 숙였다.

*　　*　　*

황제는 애련정으로 향했다. 너무도 빠른 그의 걸음에, 그를 뒤쫓아 오던 환관들과 궁녀들의 숨이 가빠졌다. 려운은 그런 황제를 말없이 따랐다. 황제는 아무런 말도 하지 않았다. 그리고 애련정으로 올라가는 계단을 밟았다. 그 뒤로부터는 려운 외에 아무도, 애련정으로 올라서지 않았다. 공 태감은 애련정 계단 아래에 조용히 멈추어 섰다.

"하아……."

황제가 애련정의 난간을 붙잡았다. 심장이 너무 무거워서, 저 호수 아래로 몸이 기우는 것만 같았다. 그는 쉬어지지 않는 숨을 억지로 내쉬며 호수를 내려다보았다. 가슴이 너무 무거워 붙잡지 않으면 저 아래로 몸을 던질 것만 같았다. 연화를 옥에 가두고, 다음날이면 한 줌의 재로 보내야 한다는 사실이, 그의 숨을 비틀어 쥐고 있었다. 애련정 난간을 붙잡은 그의 팔에 힘이 들어갔다.

"으아아아아!"

저 멀리, 보이지 않는 지평선의 끝을 향해 그가 소리를 내질렀다. 고요히 흐르는 호숫가의 물소리가 너무도 원망스러웠다. 바람결에 몸을 맡기고 춤을 추는 나뭇잎들이, 너무도 원망스러웠다.

려운이 눈물을 떨어뜨렸다. 무사로서, 눈물은 금기였다. 영원히 목숨 바쳐 지켜야할 주군의 앞에서, 눈물을 보이는 것은 불충이었다. 그럼에도 주체할 수 없는 눈물이 려운의 발아래로 떨어졌다. 조용히 지켜보기만 하는 것이 너무도 힘들었다. 더는 조용히 지켜볼 수가 없었다. 끝까지 지켜준다고 약속했는데. 두 번 다시 너를 혼자 보내지 않겠다고 약속했는데.

"이제 어찌해야 한단 말이냐. 연화를 그리 만든 그자를 당장 죽여도, 죽여 없애 버려도 나는 숨을 쉴 수가 없을 것 같다⋯⋯."

고개를 숙인 황제의 뺨을 타고, 눈물이 방울방울 호수로 떨어졌다. 환관들과 궁녀들은 모두들 황제의 흐느낌을 들었다. 연화를 처음 잃었을 때의 그의 모습이었다. 그리고 지금의 황후를 만나 얻었던 그가, 조금이라도 다시 따뜻해지는 것 같았는데. 그들은 이곳 황궁이 다시 냉궁이 되는 것은 아닌지 우려하며 말없이 고개를 떨구고 있을 뿐이었다.

"⋯⋯폐하."

황제의 곁으로 려운이 다가왔다. 항상 황제의 뒤에 서있던 그가, 황제와 나란히 섰다. 지금 이 순간만큼은, 호위무사가 아닌 벗이 되었다. 려운은 황제와 함께 끓어오르는 분노를 애써 참아내었다.

그리고 황제는, 려운에게서 들었던 너무도 고통스러운 사실을 입 밖에 내었다.

"그리고 그자가…… 황후의 눈을 멀게 만든 장본인이었다니."

황후가 조금만, 아주 조금만 덜 아플 수 있도록 최대한 조심히 말해주려 했던 사실이었다. 이 모든 것의 시작이 그자의 짓이었다는 것을, 만천하에 알리기 전 아주 조금의 시간을 가졌던 것이었다.

천 우와 천 영을 끊어내는 것을 시작으로, 황후의 눈에 관한 모든 것들을 끌어내려 했었다. 그리고 다시 황궁의 봄이 찾아오길, 기다리려 했었는데. 연화를 다시 만났다. 그리고 연화를 죽이려 했던 이는 가장 가까운 곳에 있던 자였다.

"려운아."

황제가 조용히 려운을 불렀다.

"예. 폐하."

려운이 나직이 대답했다. 그는 차오르는 눈물을 누르고 또 눌렀다.

"……저는 폐하의 뜻에 따르겠습니다. 그러니 폐하."

"……?"

"연화의 죄를 가벼이 여기지 마십시오."

"……!"

나무로 이루어진 난간에, 눈물방울이 툭 떨어졌다. 려운이 황제의 앞에서 눈물을 보이고 말았다. 려운은 재빨리 눈물을 닦아내려다, 이내 멈추었다.

지금은 벗이니까. 오랜 벗, 천 휘와 홍려운이니까. 아주 잠시만 흔들려도 되지 않을까. 그는 황제와 같이 두 손으로 난간을 쥐었다. 그 역시도 저 아래로 몸을 맡기고 싶을 만큼 고통스러웠다. 그동안 황제의 곁을 지키며 버텨온 시간들이 무색할 만큼 이성을 잃은 순간이었다.

"대신 연화를 죽음으로 몰아넣은 그자의 죄 또한 가벼이 여기지 말아주십시오."

"……."

"그리고 감히 청하건대…… 감히…… 청하건대…… 그자를 제 손으로 죽일 수 있도록 해주십시오."

려운의 눈이 붉어졌다. 언젠가 그자에게 말한 적이 있었다. 자신의 손으로, 당신을 죽이겠다고. 그 새빨간 세치 혀를 잘라주겠다고.

황제가 려운을 바라보았다. 려운이 세 황제 중에서 자신을 선택했던 그날.

─천나라의 황제 폐하를 모십니다.

알고 있었다. 누구보다 뛰어나고 올곧은 려운이, 아무런 연유없이 자신을 선택하지 않았을 거라는 걸. 황제가 된 자신의 곁에, 영원히 머물렀을지 모를 연화를 누구보다 지키고 싶었던 것은, 려운이라는 걸. 그런 려운이 연화의 죄를 가벼이 여기지 말라 하고 있었다. 황제는 려운에게서 시선을 돌렸다. 그리고 저 멀리 어둠을 안은 산을 바라보며, 말했다.

"려운아. 혼자 연화에게…… 가 보아도 좋다."

"……!"

이윽고 황제는 려운을 혼자 둔 채, 애련정을 내려왔다. 저벅, 저벅 한 걸음씩 옮기는 그의 발걸음은 진흙 위를 걷는 것 같았다. 려운은 애련정을 내려가는 황제를 처음으로, 따라나설 수가 없었다. 황제의 마지막 말에, 머릿속의 피가 흐르지 않는 것만 같았다.

황제가 애련정에서 내려와 천기전으로 향하기 위한 발을 내디뎠다. 그리고 그때, 공 태감이 황제의 곁으로 다가와 말했다.

"저…… 폐하. 폐하께서 옥에 계시던 시각, 황후마마가 다녀가셨사옵니다."

황후라는 한마디에, 황제가 우뚝 멈추어 섰다. 그리고 공 태감을 돌아보며 되물었다.

"정말이냐."

그러자 공 태감은 공손히 고개를 끄덕이며 말을 이었다.

"예. 허나, 아무 기척 없이 발길을 돌리셨사옵니다."

* * *

침수에 들기 위한 준비를 마친 황후는 말없이 침상에 앉아 있었다. 새벽에라도 점쟁이를 만나러 갈 생각을 하니, 잠은 오지 않았다. 또한 재연이 연화라는 사실이…… 원하지 않았지만 신경이 쓰였다.

자신을 죽이려 했던 여인이, 연화. 그리고 그녀는 재연이었다. 아니, 재연이 연화였다. 황후는 이불자락을 가만히 움켜쥐었다.

어찌 설명해야 명확히 그녀에 대해 말할 수 있을까. 모든 연은…… 너무도 가까이서 얽혀 돌아가고 있었다.

너무도 슬프게 얽힌 인연. 풀어낼 수 없는 엉킨 실타래처럼 얽혀버린 슬픈 운명.

"황후마마. 황제 폐하께서 드셨사옵니다."

그때, 늦은 시각. 누군가 연주전에 왔음을 알리는 목소리가 들려왔다. 황제라는 말에, 황후는 자리에서 일어나며 대답했다.

"폐하……? 어서 문을 열어드리거라."

황후의 명에 문이 열리자마자, 황제는 빠른 걸음으로 안으로 들어섰다. 그리고 황후의 앞에 다가와 그녀의 양 어깨를 붙잡으며 말했다.

"황후. 혹 옥에서 내가 하는 말을 들었다면……."

"괜찮습니다. 폐하."

갑작스러운 그의 행동에 잠시 당황했지만, 이내 그의 말뜻을 알아들은 황후가 희미하게 웃었다.

"이해하고 있습니다. 그리고 기다리고 있습니다. 폐하께서, 괜

찾아지실 때까지. 폐하의 혼란스러운 마음이…… 정리되실 때까
지."

"황후……."

황제가 그녀의 어깨에 얼굴을 묻었다. 은은한 그녀의 향기가
그의 불안했던 가슴을 서서히 진정시켰다. 모든 눈물자국을 지
우고, 최대한 담담한 목소리로 그녀에게 달려왔는데. 어째서인
지 떨고 있었다.

또다시 황후가 상처받을까. 또다시 황후가 울지는 않을까. 오
해가 상처를 낳고, 상처가 이별을 낳았던 그날을 그는 잊지 않았
다.

마음이 너무도 약해진 것 같았다. 스스로 강인한 황제라고,
그 어떤 것에도 무너지지 않는 냉혈의 황제라고 자부해 왔는데.
이 여인에게 자꾸 기대게 되었다. 연화를 마주한 가슴은 썩어 들
어가고 있는데, 황후를 보자마자 그 고통을 느낄 수가 없었다.

"기억을 잃었다고 했소. 죽음을 피해 절벽으로 떨어졌다 했
소. 나는……. 그 아이에게, 너무나 미안해. 너무도 미안해서 견
딜 수가 없어."

황후가 그를 감싸 안았다. 상처를 마주하는 일. 궁을 떠나 있
던 시간, 그녀가 견디려 몸부림쳤던 일이었다. 그리고 이제는,
그를 얼어붙게 만들었던 상처가 시간을 돌아 다시 그에게로 왔
다.

"폐하."

황후는 천천히 그를 안았던 팔을 풀었다. 그리고 그와 두 눈을 마주했다. 그늘진 황제의 얼굴이 너무도 핼쑥해 보였다. 고통에 젖은 그의 두 눈이 너무도 슬퍼 보였다. 이윽고 황후가 그의 두 뺨을 감쌌다.

"이건……."

그리고 그의 입술에, 그녀의 붉은 입술을 포개었다.

"……!"

황제의 놀란 두 눈이 황후를 바라보았다. 황후는 두 눈을 감고 있었다. 황후의 따스한 입술은, 그의 거칠어진 입술을 부드럽게 적셨다.

너무도 감미로운 그녀의 입술. 이슬을 머금은 듯 촉촉한 입술은 그의 입술에 닿아 그를 한껏 적시고 있었다.

황제의 두 눈이 스르르 감겼다. 지금 이 순간. 아무것도 생각이 나지 않을 만큼. 아무것도 들리지 않을 만큼, 그녀에게 취해가고 있었다. 아픔이, 씻겨 내려가고 있었다.

이윽고 황후가 조심스럽게 입술을 떼었다. 황후의 영롱한 눈동자가 그를 온전히 담고 있었다. 황후는 자신의 앞에 서 있는 그의 모습을 보고 또 보았다. 그리고 말했다.

"마음이 아플 때, 당신이 내게 해 주었던 것."

황제가 그녀를 깊은 눈으로 응시했다. 황후의 미소가 너무도 어여뻤다. 그는 희미한 미소를 지었다.

"쿡……."

그러다 피식 웃어버리는 그였다. 이내 그는, 그녀의 머리카락을 귀 뒤로 넘겨주며 말했다.

"나는…… 입맞춤이 아니라, 그대를 안아주었던 것 같은데."

"그건……."

문득 민망해진 기분에, 황후는 아랫입술을 물고 다른 곳으로 시선을 돌렸다.

불현듯 황제가 그녀의 얇은 손목을 잡았다. 그리고 자신의 심장에 가져다 대었다. 황후가 다시 시선을 돌려 그를 물끄러미 바라보았다. 이윽고 황제는 그녀를 향해 나직이 말했다.

"여기가, 너무도 아팠는데. 여기가…… 너무도 아파서 죽을 것만 같았는데. 참으로 이기적이게도……."

젖은 그의 눈동자가 맑게 빛났다. 이내 그는 황후를 한껏 품에 넣었다. 그리고 두 눈을 감으며 말했다.

"그대만 있으면, 괜찮아져."

"……."

황후가 그의 등을 말없이 토닥였다. 지금은 그 어떤 위로도, 그의 마음을 편하게 할 수는 없겠지만. 그저 같이 있어주는 것만으로도, 도움이 된다면…….

조금은 이대로 있어도 되겠지……?

"황후."

"……?"

황제가 그녀를 품에서 놓으며 말했다. 황후는 조용히 그가 말을 이어 하길 기다렸다. 황제는 무언가를 말하기에 앞서, 잠시 뜸을 들였다. 그러다 이내 그가 낮게 말했다.

"날이 밝으면, 이제…… 모든 것을 끝내야겠소."

그의 말에, 황후가 잠시 멈칫했다. 그리고 다시 그를 바라보며 엷은 미소를 지었다.

"……그래야겠지요."

어쩐지, 그녀의 두 눈에 알 수 없는 슬픔이 어려 있었다.

"표정이 왜 그러지."

그것을 놓치지 않은 황제가 그녀의 한쪽 뺨을 어루만지며 물었다. 그러자 그녀는 고개를 저으며 담담하게 말했다.

"아닙니다. 끝내야지요. 폐하와 제가, 어떻게 여기까지 왔는데……. 저도 이제 모든 어두운 것들을, 걷어내고 싶습니다. 다만……."

"다만……?"

"그 끝에는…… 폐하의 핏줄과, 죽음으로 내몰려 기억까지 잃었던 슬픈 여인이 있습니다."

황후는 천 우의 이야기를, 그리고 재연의 이야기를 가만히 떠올렸다. 자신 역시 처음엔 그들 모두가 마땅히 죗값을 치러야 한다 생각했다. 헌데 뒤돌아보니, 그들이 가여워 보였던 건…… 어리석은 생각이었을까.

황제가 한쪽 눈썹을 치켜 올렸다. 그의 얼굴에 다시금 보이지 않는 그늘이 스쳐 지나갔다.

그러나 이내 황제는 담담한 얼굴로 그녀를 바라보았다. 그리고 말했다.

"이 자리를, 황궁을, 그리고 그대를…… 지키려면 어쩔 수 없어. 설사 내가 내쳐야 하는 사람이…… 내 첫 정인일지라도."

황제의 목이 메어 왔다. 그러나 황제는 거칠게 침을 넘겼다. 그리고 그는 차디찼던 황후의 지난 시간들을 떠올리며, 두 눈을 매섭게 떴다.

"그리고, 그대 또한 그의 두 눈을 멀게 한 아비를……이제 만나야 해."

그의 움푹 패인 깊은 눈이 그가 얼마나 분노를 억누르고 있는지를 보여주고 있었다.

황제의 말에 황후가 천천히 고개를 끄덕였다. 너무도 오랜 시간이 걸렸다. 두 눈이 멀었던 시간으로부터 지금까지. 그리고 황제의 곁에 온전히 머물 수 있게 될 때까지.

"저는 점쟁이도 만나야 합니다. 해서, 아까 전에 옥에 갔던 것입니다. 그자에게 묻고 싶은 것이 많습니다. 궁에 돌아오고 나서도 한꺼번에 많은 일들이 일어나 아직까지 그와 이야기를 나누지 못했습니다. 그러니……."

황후는 문득 마음이 급해지자 부산하게 움직이려 했다. 그러자 황제가 고개를 저으며 그녀를 붙잡았다.

"그자에게 가지 않아도, 그대가 알고 싶었던 모든 것들을 이제 곧 알 수 있게 될 것이오."

"예……?"

"중요한 건."

황제가 황후의 두 뺨을 감싸고 그녀의 맑은 두 눈에 시선을 고정했다.

"그대 또한 그대의 핏줄을 끊어내야 할지도 몰라."

황후의 머릿속에 한 사람의 얼굴이 그려졌다. 이내 황후는 다시 천천히 고개를 끄덕였다.

"……알고 있습니다."

"해서, 그대를 위해 미리 말해 주고 싶은 것이 있어."

황제가 무거운 입술을 뗐다.

"방금 말해 주었듯 내일이면, 그대가 알고 있던 것보다 더 많은 것을 알게 될 것이오."

"무슨 뜻……이십니까."

황후가 커다란 눈망울로 그를 가만히 응시했다. 의아한 표정의 그녀를 마주한 황제는, 욱신거리는 심장을 애써 모른 척했다. 그리고 따스히 그녀의 손을 잡아주며 말했다.

"그리고 그때, 너무 힘들면…… 내게 기대."

*   *   *

"……연화야."

려운의 잠긴 목소리가 고요한 옥 안에 스며들었다. 구석에서 멍하니 벽을 응시하고 있던 연화가 천천히 고개를 돌렸다.

"오라버니……?"

연화의 시야가 흐려졌다. 려운을 바라보는 그녀의 눈동자가 한없이 흔들렸다. 제대로 말 한마디 나누지 못했다. 너무도 오랜만에 만난 오라버니에게, 안녕이란 인사조차 하지 못했다.

"연화야……."

려운은 고개를 들 수가 없었다. 연화를 제대로 바라볼 수가 없었다.

털썩—

그가 무릎을 꿇었다. 연화와 자신만이 남아 있는 이 차가운 공간 안. 그는 그제야 흐느꼈다.

"내가 널, 영원히 지키려 했는데……. 내가 너를……."

연화가 그에게 다가왔다. 그녀는 려운과 자신 사이를 가로막고 있는 나무 기둥들 사이로 천천히 손을 뻗었다. 그리고 려운의 뺨을 어루만지며 말했다.

"오라버니. 저는 너무도 닮고…… 너무도 독해져서…… 예전의 연화는 될 수 없습니다."

려운이 고개를 들었다. 연화의 차가운 손이 그의 뜨거운 뺨에 닿자, 려운의 두 눈에서 주륵, 눈물이 쏟아졌다.

"기억을 잃었었잖아. 네가 그리 된 것은 네 탓이 아니다. 절대로 네 탓이 아니야……. 너는 홍규용에게 이용당한 것뿐이다……."

려운이 말을 잇지 못한 채 아니라고 몸부림쳤다.

황제의 앞에서는 괜찮은 척, 담담한 척을 했다. 두 눈에서 흘러내리는 것을 눈물이라 부르지 않은 채, 두 눈에 힘을 주고 연화의 오라비가 아닌 척을 했다. 연화의 오라비가 아닌, 황제 폐하의 충성스러운 호위대장, 홍려운인 척을 했다.

헌데…… 연화를 보자마자 터져 나오는 눈물은, 눈물이 아니라 부정할 수가 없었다. 하나뿐인 누이를 오라비로서 모른 척할 수가 없었다.

그를 바라보던 연화가 슬픈 미소를 지으며 천천히 고개를 저었다. 사악하게 변해버린 자신의 모습. 그녀는 혼자 있던 시간 동안 연화의 재연의 모습 사이에서 방황하던 자신을, 정리했다. 그리고 결정했다.

"저는 더 이상 이 삶에 미련이 없습니다. 그러니 제 걱정은 하지 마세요. 어리석었던 저의 모든 목적과 행동들…… 안고 갈 것입니다. 그리고 오라버니께서는 예전의 그 늠름하셨던 려운 오라버니로, 영원히 제 기억에 남아주세요."

애써 무덤덤한 연화의 두 눈이 려운을 바라보았다. 그녀의 검은 눈동자 속에서, 려운의 시간이 멈추었다.

─오라버니께서 검을 휘두르는 모습은, 언제 보아도 정
말 멋집니다.

꿇은 무릎 아래로 냉기가 스며들었다. 냉기는 그의 온몸을 감싸 그를 떨게 만들었다. 이내 그의 입가에서 허탈함과 죄책감이 섞인 한마디가 흘러나왔다.

"……너를 잊고 새로운 벚나무를 심으라고 폐하께 말씀드린 것은, 나였다."

가늘게 떨리는 그의 어깨가, 너무도 추워 보였다.

"홍재연은 네가 아니라고, 흔들리는 폐하를 강하게 붙든 것도 나였다."

어쩌면 그녀가 연화가 아닐까 먼발치서 지켜보면서도, 확신하지 못했고 다가가지 못했다. 혹여나 그녀가 연화라고 믿고 싶어질 때마다 더욱 독하게 자신을 질책했다.

그리고 너무도 잔인한 운명의 끝에, 네가 살아 있었다니.

"나였는데…… 하아……. 흐윽……."

눈물이 뒤엉켜 그의 입을 막아버렸다. 그러나 려운은 거칠게 숨을 내쉬었다. 그리고 자신의 뺨에 얹어진 연화의 손을 붙잡으며 말했다.

"너를 지켜주지도 못한 주제에……. 흐윽……. 내가…… 내가……!"

차갑게 식은 바닥으로 눈물이 방울방울 떨어졌다. 연화의 볼 위에서도 눈물이 방울져 떨어졌다. 연화는 아무 말도 할 수 없었다. 아무리 기억을 잃었다 한들, 이미 자신을 씻을 수 없는 죄를 저질렀다는 것을 너무도 잘 알고 있었다. 더 이상 황제의 가슴에도 지워지지 않는 멍으로 남고 싶지 않았다.

"너의 죄를 가벼이 여기지 말라고…… 그렇게 황제 폐하께 청을 드렸다."

연화가 조용히 고개를 떨구었다. 려운이 가슴을 쥐어뜯듯 움켜쥐었다.

"헌데 어찌 네가! 이 삶에 미련이 없다고 하는 것이냐……. 너는 제발 살려달라고…… 제발 이곳에서 꺼내달라고…… 나를 붙잡았어야지. 어찌하여 너는! 내게 걱정을 말라 하느냔 말이다……."

가슴을 움켜쥔 려운의 손에 힘이 들어갔다. 연화를 누이로 받아들였던 그날, 오라비로서 처음으로 당부했었는데.

─밤에 혼자 돌아다닐 생각은, 이제 절대로 하지 말고.
─예……?
─오라비 걱정시키지 말라는 뜻이다.

어째서 너는, 또다시 나를 걱정시키는 것이냐. 려운은 자신의 앞의 나무 기둥이 너무도 야속하게 느껴졌다. 어째서 이까짓 나무 기둥들이 마음껏 연화를 안아 보지도 못하게 하는 것일까. 마지막일지도 모르는 이 순간. 어째서 자신이 느낄 수 있는 건, 연화의 거칠어진 손뿐일까.

려운의 마지막 말. 연화는 그가 무슨 말을 하는 것인지 알고 있었다. 허나, 그녀는 여전히 고개를 저을 수밖에 없었다. 이젠 더 이상 그때처럼, 려운이 위험에 처한 자신을 구할 수 없으니까.

이윽고 연화가 려운의 손을 천천히 내려놓으며 말했다.

"그분의 사랑을 해하려 했는데 어찌 제가 목숨을 구걸하겠습니까. 저를 죽이려던 사람을 그리 경멸하던 제가, 그자와 함께 다른 이를 죽이려 했는데 어찌 용서를 구할 수 있단 말입니까."

연화의 차분한 목소리가 려운의 가슴을 후볐다. 이내 연화는 눈물을 닦아내고 자리에서 일어섰다. 그리고 려운을 등진 채 돌아서며 말했다.

"이제 그만 돌아가세요, 오라버니."

려운이 연화의 뒷모습을 올려다보았다. 너무도 쓸쓸해 보이는 그녀의 등이, 흐려진 그의 두 눈에 담겼다. 언제나 매달리기만 했던 아이가, 감정이 메마른 것처럼 자신을 밀어내고 있었다.

　　─오라버니, 혹 저 때문에 수련에 방해를 받으신 것입니까?

　　─오라버니, 저도 검술을 가르쳐주시면 안 될까요?

　　─오라버니, 혹 너무 힘이 드셔서 제 물음에 답을 못 해주시는 것입니까?

려운이 자리에서 일어섰다. 그의 그림자가 비틀거렸다. 려운은 뒤돌아선 연화의 뒷모습을 바라보고 또 바라보았다. 그가 떨리는 손을 그녀에게로 뻗었다. 그러나 그의 손은 연화에게 닿지 못한 채 조용히 움켜쥐어졌을 뿐이었다. 려운이 어금니를 물었다. 그리고 그도 연화를 등진 채 돌아섰다.

"너를 이리 만든…… 그자를 내 손으로 없앨 것이다."

"……"

"연화야."

"……"

"다음 생에…… 태어나면, 그땐 꼭…… 나의 친누이로…… 태어나거라."

그리고 려운은 다시, 천호영의 수장으로 돌아갔다. 칼자루를 꽉 쥔 그의 손등이 붉어졌다.

'그래야만, 좀 더 오랜 시간을 함께 할 수 있었을 테니까. 너를 만난 시간이 너무도 짧다는 게, 나는 사무치도록 가슴이 아프니까……'

툭. 투둑―. 려운의 것인지, 연화의 것인지 모를 눈물이 바닥이 적셨다. 저벅저벅 사라지는 려운의 발소리가 연화의 귓가를 울렸다. 연화가 뒤를 돌았다. 그리고 두 손으로 나무 기둥을 꽉 붙잡았다. 어느새 멀어져 간 려운의 뒷모습을 바라보는 그녀의 젖은 두 눈에, 려운과 자신의 어린 시절이 물빛 위로 일렁였다.

─언젠가, 오라버니께서 누군가를 지키셔야 할 때가 오

면……

—그분을 지켜주세요.

'언제나 황제 폐하의 곁을 지키던 나의 오라버니. 그분을 지켜
달라는 제 청을 잊지 않고 들어주셨지요.'

연화가 조용히 두 눈을 감았다. 숨 막히도록 조용한 옥 안에
서, 그녀는 자신의 숨소리에 집중했다. 그리고 려운의 모습을 하
나둘씩 그려갔다. 일렁이는 물빛이 흩어져 아래로 떨어졌다.

'다음 생애에선 꼭…… 오라버니의 청을 들어주기로, 약조하
겠습니다. 그러니 부디…… 울지 마세요. 오라버니.'

온궁(溫宮)

"리아입니다. 지난밤에는 무탈하셨어요?"

말없이 앉아 창밖을 응시하고 있던 황후가 리아의 인기척에 고개를 돌렸다. 그녀와 두 눈을 마주친 리아는 싱긋 웃으며 말했다.

"마마, 솔잎차예요."

리아가 들고 있는 솔잎차를 바라본 황후의 입가에 엷은 미소가 떠올랐다.

"식기 전에 드세요."

리아는 황후에게 솔잎차를 따라주었다. 찻잔을 든 황후의 손에 따뜻한 온기가 퍼졌다. 솔잎차의 온기를 느낀 황후는 찻잔을 천천히 입가로 가져갔다.

"언제나…… 좋은 향이야."

황후가 찻잔을 내려놓으며 말했다. 황궁에 돌아오고 나서도 한동안 찾지 않았던 차. 눈이 멀었을 적, 매일 마셨던 차였기에 그랬던 것일까. 제운객주에서 은후와 마신 뒤로는 한 번도 입에 대지 않았다. 그리고 오늘은 이 솔잎차가 마시고 싶어, 리아에게 부탁해 둔 것이었다.

"그렇죠? 황제 폐하께도 같은 차를 내어다 드렸어요."

리아가 몸을 배배 꼬며 말했다. 리아의 의도를 알아챈 황후가 피식 웃음을 터뜨렸다.

"그렇구나……."

이내 그녀가 찻잔 안을 가만히 들여다보았다. 솔잎차 위에 담겨진 자신의 얼굴. 눈이 먼 후에는 한 번도 볼 수 없었던 두 눈.

그리고 서서히. 솔잎차를 바라보던 황후의 눈가에 안개가 서렸다. 흔들리는 눈동자 아래로 굵은 이슬이 떨어졌다.

"나 솔직히 이 안에 봄이 다가왔었다는 거, 몰랐어. 목련꽃의 향, 그것이 뭔지 몰랐어. 내 뺨을 스치는 바람결…… 하나도, 부드럽지가 않았어."

"마마……."

"너무 외로워서…… 너무 억울해서…… 아무것도 알고 싶지가 않았어. 아무것도…… 느끼고 싶지가 않았어."

떨리는 손이 찻잔을 꽉 쥐었다. 한치 앞도 보이지 않는 두려움. 처절한 외로움. 영문도 모르는 억울함. 모든 것이 한데 뒤엉

켜 지난날의 눈먼 자신을 만들었다. 너무도 차갑게 변해버려서,
아무도 다가오지 못하게 자신을 가두었다.

"마마. 이제는, 그렇지 않으시잖아요."

리아가 슬픈 미소를 지으며 말했다. 황후가 고개를 들었다.
그리고 눈물을 닦아내며 차를 한 모금 넘기는 그녀였다.

"그래. 이제는, 죽지 못해 사는 것이 아니지……."

은은한 솔잎향이 코끝에 감돌았다. 솔잎 향. 그녀의 머릿속에
너무도 좋은 향을 가진 한 사내가 떠올랐다. 청룡포가 그 누구
보다 잘 어울리는 분. 넓은 어깨 위에 펼쳐진 용이 더욱 빛났던
분. 낮은 목소리만으로도 심장을 뛰게 했던 분. 황후의 젖은 눈
동자가 이 안에서 그를 마주했던 그날을 담았다. 이윽고 그녀가
두 눈을 감으며 읊조렸다.

"내 기구한 운명의 끝을, 그분과 함께 할 수 있어서 정말 다행
이야……."

*　　*　　*

"황제 폐하, 솔잎차입니다."

도희가 황제의 앞에 솔잎차를 내려놓았다. 황제가 찻잔을 들
었다. 그는 습관처럼 은은하게 퍼지는 솔잎 향을 느꼈다.

"향이…… 좋군."

황제가 찻잔을 들어 입가에 가져갔다. 그러다 이내 그가 엷게

웃었다. 문득 머릿속에 떠오른 한 사람 때문이었다. 그의 입꼬리가 모락모락 나는 김과 함께 올라갔다.

"황후는 깨었는가."

찻잔을 쥔 황제가 깊은 눈으로 도희를 바라보았다. 도희는 불현듯 그와 두 눈을 마주치게 되자, 움찔했다. 그러다 이내 고개를 끄덕이며 답했다.

"예. 해서 황후마마께도……."

"같은 차를 내어다 주었겠지."

황제가 빙그레 웃었다. 가슴 떨리도록 애틋한 그의 미소에, 도희는 멍해진 정신을 가다듬으려 두 눈을 깜박였다. 그리고 그녀도 어색한 미소로 대신 대답했다.

"이제 다음은, 내가 일어설 차례인가."

솔잎차를 음미한 황제는 찻잔을 내려놓았다. 그리고 자리에서 일어났다. 그가 걸친 흰빛 야장의(夜長衣)가 부드럽게 펄럭였다. 이윽고 한동안 무언가를 깊게 생각하던 그가 입을 열었다.

"황룡포를 내오거라."

"예?"

도희가 다시금 두 눈을 깜박였다. 아직 조당에 갈 준비를 하기에는 조금 이른 시간이었다.

그러나 황제는 도희를 향해 싱긋 웃으며 덧붙였다.

"아, 저번처럼 기별을 넣지는 않을 것이다."

"마마, 정말 오늘…… 괜찮으시겠어요?"

리아가 앉아 있는 황후의 뒤에서 머릿결을 정리해 주며 말했다. 이른 아침이었지만, 황후는 단장을 거의 다 마친 채였다.

리아에 물음에, 황후가 면경 속 그녀의 얼굴을 가만히 응시했다. 언제나 온갖 슬픔과 차가움을 떠안고 쳐져 있던 눈은, 어느새 강인하게 그녀 자신을 바라보고 있었다. 또렷하고도 곧은 시선이, 허공이 아닌 자신의 두 눈을 바라보고 있었다. 이내 황후가 나직이 말했다.

"언제까지 미룰 수는 없다고 했잖아. 리아 너도, 불안해하고 있었던 것 알아. 아버님께서 눈치라도 채실까 봐."

"저는…….."

리아가 잠시 머뭇했다. 그러자 황후가 리아의 손을 잡아주며 말했다.

"이젠 그럴 필요 없어. 오늘이면, 모든 것이 끝날 테니까."

"허나, 결국…… 황후마마의 가슴을 베어내는 일이잖아요. 제가 감히 말씀드릴 처지는 아니지만…… 저는 그것이 걱정되어서요."

"……."

황후의 입술이 쉽게 떨어지지 않았다. 가슴이 이토록 불안했던 건, 아마도 그 때문이었나. 그러나 세상에는, 덮어둘 수 없는

것도 있는 것이었다. 그리고 그것이 아무리 아비라도…… 딸의
두 눈을 멀게 하는 일이었다면.

"용서받을 수 없는 일이니까."

황후가 낮게 말했다. 그녀의 말에, 리아는 조용히 고개를 숙일
수밖에 없었다. 황후는 제운객주에서 백 재상을 마주했던 순간
을 떠올렸다. 차라리 그때 백 재상이 자신의 목소리를 알아보았
다면. 그리고 그때…… 어찌하여 그런 끔찍한 일을 저지른 것이
냐고 물어보았다면.

그리고 그가 용서를 구했었더라면, 어떻게든…… 말도 안 돼
는 연유를 붙여서라도…… 이해해 보려고, 받아들여 보려고 해
보진 않았을까.

'헌데, 제가 먼저 밝히지 않는 이상 아버님 당신은, 끝까지. 입
을 다물고 계실 테니까. 두 눈이 먼 채로 끊임없이 당신에게 물
어왔던 것에 대한 답은, 영원히 들을 수 없을 테니까.'

황후가 백 재상을 떠올리며 두 눈에 힘을 주었다. 문득 그녀의
얼굴에 진 그늘을 본 리아는 어두워진 분위기를 바꿔보려, 갖가
지 머리꽂이가 담긴 함을 그녀의 앞에 열어 보였다.

"마마. 어떤 것이 마음에 드십니까?"

그러자 황후는 두 눈을 감았다 뜨곤 함에 담겨 나란히 놓인
머리꽂이들을 응시했다.

그리고 그때.

"내가 꽂아주고 싶은 것이 있는데."

소리 소문 없이 다가온 황제가 황후의 뒤에 섰다.

"폐하……?"

놀란 황후가 자리에서 일어나려 했다.

"잠시만."

그러자 황제가 움직이지 말라는 듯 그녀의 어깨를 지그시 눌렀다.

"그대로 있어."

그리고 그는 비단 손수건에 곱게 쌓여진 머리꽂이를 꺼냈다. 이제껏 본 그 어떤 것보다, 화려하고 우아한 자태를 빛내는 나비 문이 달린 머리꽂이였다.

"본래 그대의 것이 두 동강 났으니, 내가 다른 것을 준비했소."

황제의 낮은 목소리가 부드럽게 그녀의 귓가에 울렸다. 이윽고 그는 금빛의 나비 머리꽂이를 그녀의 머리에 꽂아주었다.

"자, 되었소."

황후가 떨리는 가슴을 안고, 천천히 면경을 바라보았다. 너무도 어여쁜 머리꽂이가 그녀의 머리를 아름답게 장식하고 있었다. 그리고 그 뒤에는, 흐뭇한 미소를 띠고 있는 황제의 모습이 보였다.

황후가 자리에서 일어나 뒤를 돌았다. 그리고 다소곳이 그의 앞에 마주섰다. 그를 바라보는 그녀의 선한 눈빛이 맑게 빛났다. 그런 그녀를 바라보는 그의 그윽한 눈빛이 맑게 빛났다.

"나비가 결국은, 돌아왔네요."

황후가 옅게 웃었다. 반쪽뿐이었던 날개는 어느새 황금빛 날개를 달고, 그녀의 머리 위에서 유유히 빛나고 있었다.

"이번에는, 놀란 기색이어서 다행이야."

황제가 씨익 웃었다. 불현듯 올라간 그의 입꼬리를 본 황후가 의아한 얼굴로 그를 응시했다.

"무슨 말씀을 하시는 것입니까."

"전에 내가 이리 불쑥 그대에게 찾아왔을 때. 기억이 안 나는 건가."

"언제는 불쑥 안 찾아오셨습니까."

황후가 고개를 갸웃하며 미간을 좁혔다. 그녀가 기억을 하지 못하는 것 같자, 황제는 아랫입술을 앙다물고 설명해 주었다.

"그건…… 아니, 내가 연주전에 처음으로 들었던 날 말이오."

"아……."

─별로 놀라지 않는군.

그날을 기억해 낸 황후의 입이 살짝 벌어졌다. 그리고 그의 말 뜻을 알아차린 그녀가 피식 웃었다. 그러나 그녀는 재빨리 표정을 바꾸곤 고개를 갸웃했다.

"잘 모르겠습니다."

그녀의 대답에 황제가 후, 한숨을 내쉬었다.

"정말 이러기요? 오늘 아침, 솔잎차를 마셨을 때부터 뭐 느낀 것 없었소?"

황후는 보이지 않는 미소를 지으며 고개를 끄덕였다.

나는 그 모든 순간이 떠올랐는데. 그 차가웠던 시간들이 너무도 안타까워서, 미칠 것만 같아서 바로잡고 싶었는데. 어째서 그대는 기억을 하지 못한다는 것일까. 그때의 상처가 너무도 커서, 기억을 하려 하지 않는 것일까.

순간 울상이 된 황제가 한 손으로 이마를 짚었다.

그런 그의 표정을 읽은 황후는 그가 귀엽다는 듯 웃었다. 그리고 그의 이마에서 손을 내려주며 말했다.

"그때도, 지금처럼 놀랐습니다."

"……?"

그때는, 너무도 차가워 보여서, 느낄 수가 없었는데. 황제가 그녀를 물끄러미 바라보았다.

"단 한순간이라도 눈이 보였으면 좋겠다고 생각했었는데, 그때 폐하의 모습을 보고 싶다는 생각을 했었습니다."

"……?"

"저를 이곳에 가둔 채 신경조차 쓰지 않았던 폐하를 원망하면서도, 폐하의 모습이 궁금했습니다."

"……."

"저를 황후로 데려와 놓고는, 발길조차 없는 폐하의 용안조차 보지 못한 것이 너무도 억울했으니까요."

"황후."

그가 그녀를 나직이 불렀다. 순간 밀려든 미안함이, 또다시 그를 아프게 만들었다.

"그때는……."

그가 힘겹게 입술을 떼어 그녀에게 무슨 말이라도 하려했으나, 황후는 고개를 저으며 말을 이었다.

"그리고 그런 생각을 했던 그때, 우연처럼 폐하께서 이곳에 발걸음 하셨습니다."

"……."

어두워진 그의 얼굴을 바라본 황후가 그의 두 뺨에 손을 올렸다.

"해서, 놀랐다는…… 그런 이야기죠."

휘어진 그녀의 눈이 황제의 눈동자에 담겼다. 이윽고 황후는 여태 하지 못했던 한마디를 덧붙였다.

"황제 폐하를, 배불뚝이에 대머리일 거라고 생각했지만요."

"뭐요……?"

얼토당토않은 그녀의 말에 황제가 두 눈을 크게 뜨곤 깜박였다.

"풉……."

황후가 웃음을 터트렸다. 이내 그녀는 그의 뺨에서 손을 떼고는 입을 가리며 웃었다.

"배불뚝이에, 대머리라니……."

황제가 허탈하게 웃었다. 그러다 이내 한 걸음, 두 걸음 뒤로 물러나더니 우뚝 멈추어 서는 그였다.

"자. 보시오."

"……?"

황제가 두 팔을 벌렸다. 창으로 새어 들어온 햇살이 그의 황룡포에 닿았다.

해를 등지고 선 그의 넓은 어깨에 영롱한 빛이 반짝였다. 칠흑같이 검은 그의 머리카락이 황금빛과 대비돼 더욱 검어 보였다.

그리고 그의 깊이를 알 수 없는 눈동자가 그녀를 가만히 응시했다.

"이래도, 내가 배불뚝이에 대머리 같소?"

황제가 엷게 웃었다. 그의 입술이 도드라져 보였다. 문득 마주하게 된 황제의 전신 모습. 황후는 한동안 말이 없었다. 두 눈이 보이고 나서 그를 처음 마주했을 때도, 같은 기분이었던 것 같았다. 아니, 지금이 더…… 심장이 크게 요동치고 있는 것 같았다.

"음…… 폐하의 자신감은 대체 어디서 나오는 것일지, 한 번쯤은 여쭤보고 싶었습니다."

그러나 황후는, 담담하게 대답했다.

본디 쉽게 대답해 주는 사람이 아니었지. 황제는 엷은 한숨을 내쉬곤 벌렸던 팔에 힘을 풀었다.

"됐소. 그대가 생각했던 그런 사람은 여기 없으니, 다른 곳에서 찾아보시오."

황제가 볼멘소리로 중얼거렸다. 그러자 황후는 그의 팔을 붙잡으며 말했다.

"아직 제 말, 끝나지 않았습니다. 폐하."

"……?"

그녀가 조용히 웃었다. 그리고 말을 이었다.

"어쨌든 둘 다 당신이니까."

"……!"

"어떤 모습이든, 저는 좋습니다."

말을 마친 황후는 그의 팔에서 머뭇거리듯 손을 떼었다. 그러자 황제가 그녀의 손목을 가볍게 잡았다. 그리고 자신의 뺨에 가져다 대며, 저음의 목소리로 그녀의 가슴을 울렸다.

"그때, 이렇게라도 만져 보게 해줄 것을."

황후의 두 눈이 커졌다. 부드러운 그의 뺨의 촉감이 그대로 전해졌다.

그가 잠든 사이에, 그래본 적이 있다는 것은 아마…… 영영 모르겠지. 그녀의 입가에 흐뭇한 미소가 그려졌다.

"황제 폐하, 황후마마. 모든 준비가 끝났사옵니다."

다디단 향이, 코끝을 적시던 중 밖에서 익숙한 공 태감의 목소리가 들려왔다. 황제와 황후의 시선이 모두 문으로 향했다. 그리고 이내 둘은 자연스럽게 서로를 마주보았다.

"자, 그럼 이제 갈까."

황제가 나직이 말했다. 이제, 그 시간이 다가온 것이었다. 가혹했던 운명 속, 드리워진 모든 그림자를 걷어낼 시간. 황후는 천천히 고개를 끄덕였다.

황제가 황후의 손을 잡았다. 맞잡은 두 손이 합일을 이루듯 겹쳐졌다. 이젠 혼자가 아닌 함께였다. 깍지를 낀 그의 손이 너무도 든든하게 느껴져, 황후의 시야가 흐려졌다.

제6장

피바람

"마마, 모든 준비가 끝났습니다."

이른 새벽. 한 사내가 은후에게 다가와 머리를 조아렸다. 은후가 자리에서 일어섰다. 그리고 그는 다은과 함께 자신이 머물던 전각을 나섰다.

날이 밝으면, 조용히 천나라를 뜨라는 황제의 명 때문이었다. 그리고 은후 역시 황후에게 작별인사를 할 면목이 없었다.

어떻게든 잘 이겨내 보려했는데. 잘 마무리를 짓고 그렇게 돌아가려 했는데. 결국…… 이렇게 떠나게 되는 건가. 입을 굳게 다문 은후는 힘겹게 두 눈을 감았다. 그리고 말없이 황궁을 걸어 나갔다.

다은이 창백한 얼굴로 은후를 물끄러미 바라보았다. 자신 때문에…… 천나라 황제와 등을 지게 되었으니 어쩌면 제나라의 황제 자리도…….

다은은 물밀듯 밀려든 죄책감에 고개를 들 수가 없었다. 그에게 무언가 말이라도 하고 싶었지만, 너무도 어두운 은후의 표정 앞에서 말문을 열지조차 못했다.

"궁문을 열어 주시오."

출구에 다다르자, 은후의 수복이 문지기 병사에게 말했다. 그러자 문지기 병사 둘은 은후를 이리저리 바라보더니 대답했다.

"제나라의 황태자마마께서 퇴궐하려 하시면, 문을 열지 말라는 황제 폐하의 명이 있으셨습니다."

그에 말에 은후가 미간을 좁히며 되물었다.

"그게 무슨 말이지. 전날 폐하께서 내게 날이 밝으면 천나라를 떠나라 명하셨다."

그러나 병사 중 한 명은 단호하게 답했다.

"저희는 황제 폐하의 명을 따를 뿐입니다."

어처구니없는 상황을 마주한 은후는 이 상황을 어찌 받아들여야 할지 난감한 얼굴이었다. 그러다 이내, 한마디만을 남기고 어디론가 향하는 그였다.

"다은아. 너는 다시 네가 머물렀던 전각으로 돌아가 있거라."

*　　*　　*

황제와 황후가 나란히 궁 안을 걸었다. 조당으로 향하는 길. 두 사람 모두 발걸음이 무겁지도, 가볍지도 않았다. 허나 둘은 그럴수록 손을 더욱 꼭 잡았다. 둘의 뒤를 따르는 환관들과 궁녀들의 무리가 길게 이어졌다. 리아와 려운도 어두운 얼굴로 조용히 뒤를 따랐다.

이윽고 대전에 다다른 둘은 천천히 안으로 들어서기 시작했다. 그리고 조당으로 들어가는 문 앞에 멈추어 섰다.

"참, 리아. 이거. 향에게 좀 전해 줄래?"

그리고 황후가 노란빛의 가락지를 뒤에 서 있던 리아에게 건네주었다.

"이 가락지를요? 향 아씨께요? 누가 주신 건데요?"

영문을 모르는 리아가 궁금함에 연속적으로 물었다. 황후는 조용히 대답했다.

"천 영 마마께서, 전해 달라고 부탁하셨던 거야."

"예? 천 영 마마께서……요?"

"그래. 향이 후에 다시 입궐하면 주려고 했던 건데, 어쩌면…… 날 보고 싶어 하지 않을 수도 있잖아. 아버님을, 다시는 보지 못하게 될 수도 있으니까……. 해서, 리아……."

황후는 리아에게 무언가를 조용히 전했다. 그리고 초점 없는 두 눈으로 조당으로 들어가는 문을 응시했다. 이제 조금만 있으면……. 이 두 눈 속 눈동자도 영원히, 제 자리를 찾겠지.

"황후."

"예. 폐하."

황제가 황후를 걱정스러운 눈빛으로 바라보았다. 아무리 강인해졌다고는 하나, 혈육을 베는 일은…… 그에게 조차 버거운 일이었다. 아무리 괜찮은 척을 하여도, 괜찮지가 않은 일이었다. 그리고 그조차도 또다시 죽음의 벼랑 끝에 선 천 우와 천 영을 베어야 하는 시간을 마주해야 했다. 그런 고통 속에서 황후가 견딜 수 있을까.

"전에도 말했지만……."

"괜찮습니다."

황후가 황제의 손을 힘주어 잡았다. 황제는 하려던 말을 멈추고 그녀를 지그시 바라보았다. 이내 그녀는 초점 없는 두 눈으로 돌아가, 허공을 바라보았다. 이제 이것도, 마지막이겠지. 물론 아주 오래전에, 끝난 것이었지만.

이윽고 조당의 문이 열렸다. 황제와 황후가 천천히 발걸음을 내딛기 시작했다.

"황제 폐하."

"황후마마."

일렬로 늘어선 대신들이 가운데 통로를 지나는 두 사람을 향해 머리를 조아렸다. 한껏 굽힌 허리들을 지나쳐 황후와 황제는 나란히 걸었다. 그들은 열린 문 사이로 새어드는 햇빛을 밟았다. 그리고 그 길의 끝에 마련된 두 개의 옥좌에 앉았다.

이윽고 황후는 허공을 바라보던 두 눈의 초점을 맞추었다. 그녀의 시선이 정면으로 향했다. 그녀의 동공이 제자리를 찾아 유유히 반짝였다.

그리고 순간 대신들이 웅성거리기 시작했다. 눈이 먼 줄로만 알았던 황후가, 자신들을 바라보고 있는 느낌이 들어서였다. 아니, 바라보고 있기 때문이었다.

백 재상의 심장이 덜컥 내려앉았다. 저건, 눈이 먼 이의 모습이 아니었다. 눈이 먼 이의 시선이…… 아니었다. 하얗게 질린 그의 얼굴에 식은땀이 배어나기 시작했다. 얼굴에 잔뜩 늘어진 주름들이 가늘게 떨리기 시작했다. 그런 백 재상을 마주한 황후가 그를 똑바로 바라보았다.

"허……!"

백 재상이 순간 주저앉고 말았다. 덜덜 떨리는 입술이 퍼렇게 변했다.

황후는 한동안 백 재상에게서 시선을 떼지 않았다. 그리고 보란 듯이, 그와 두 눈을 마주쳤다. 이내 황후가 굳게 다물어져 있던 붉은 입술을 떼었다.

"그간 강녕하셨사옵니까, 아버님."

*　　*　　*

"향 아씨!"

리아가 황후의 사가 문을 두드렸다.

"누구십니까?"

마당을 쓸고 있던 사내가 대문을 열어 리아를 바라보았다. 리아도 사내를 빤히 쳐다보았다. 낯선 얼굴이었다. 황후마마께서 황궁으로 가시고 집 안 사람들도 모두 바뀐 것일까. 혹 백 재상님이 입막음을 위해…….

문득 두려운 생각에 빠진 리아는 이내 정신을 차리고는 말했다.

"백 향 아씨를 만나러 왔습니다. 리아라고 하면 아실 것입니다."

리아에 말에 사내는 다시 안으로 들어가 향에게 갔다. 그리고 리아의 말을 전했다.

"아씨, 리아라는 여인이 아씨를 뵙고자 하는데요."

일찍 일어나 방 안에서 머리를 매만지던 향이 '리아'라는 말에 뒤를 돌아보았다. 그리고 방에서 나와 대문으로 달려갔다.

"백 향 아씨……."

리아가 향을 바라보며 어여쁘게 웃었다.

"리아!"

향이 그런 리아를 꽉 안았다.

"전에 내가 입궐했을 때 너와 제대로 인사조차 나누지 못했어. 네가 언니를 따라 황궁으로 간 뒤에 내가 얼마나 적적했는지 알아? 그래도 너는 내게 좋은 벗이 되어주었었잖아……."

"그래도 아씨께서 건강해 보이셔서 저는 그걸로 만족했어요."

리아가 옅은 미소를 지었다.

"헌데 언니는 어쩌고 네가 직접 여기까지……."

황궁 밖에서 너무도 오랜만에 보게 된 리아를 찬찬히 뜯어보던 향은, 그제야 리아가 이곳에 온 연유를 물었다. 그러나 돌아오는 건 리아의 두루뭉술한 대답이었다.

"황후마마께서, 저를 보내셨어요."

"뭐? 그게 무슨 말이야."

향이 의아한 얼굴로 되물었다.

"참, 아씨 이거……."

그러던 중, 리아가 향에게 무언가를 내밀었다. 그리고 그녀의 손에 작은 물건을 쥐여 주었다.

"가락지……?"

손바닥을 펴본 향이 물끄러미 리아를 바라보았다.

"천 영 마마께서, 전해달라고 하신 거래요."

"……뭐?"

노란빛 가락지. 향은 순간 아무 생각도 들지 않았다. 원인을 알 수 없는 불안감이 그녀 자신을 뒤에서 감싸 오는 것만 같았다. 이것은 대체 무엇을 의미하는 것일까. 다신 안 볼 것처럼 그렇게 떠나더니…… 이것을 전해준 연유가 무엇일까. 이유 모를 불안감이 빠르게 그녀의 가슴을 두드렸다.

"그리고 황후마마께서 향 아씨께 하실 말씀이 있다고 하셨어요."

"……?"

리아가 아랫입술을 물었다. 머뭇거리는 그녀의 입술은, 흔들리는 향의 눈동자 앞에서 쉽게 떨어지지가 않았다. 허나, 전해야 했다. 이내 리아는 두 눈을 꾹 감았다 떴다. 그리고 말했다.

"황후마마의 두 눈을 멀게 한 건…… 백 재상님이셨어요. 백향 아씨……."

"……!"

순간 향의 숨이 턱, 막혔다. 심장이 멈춘 것처럼 향은 그 자리에서 굳어 몸을 움직일 수가 없었다. 그녀는 떨리는 손을 꽉 쥐었다.

"무, 무슨 소리야. 아버님이…… 언니의 눈을 멀게 했다니."

향이 아니라는 듯 고개를 저었다. 그녀는 제발 아니라고, 리아가 말해 주길 기다렸다. 향의 혼란스러운 눈동자는 갈 곳을 잃은 채 방황했다. 그러나 리아는 침묵을 유지할 뿐이었다.

"하. 하하……."

향이 실소를 터뜨렸다. 눈물이 나야 하는데, 웃음이 나왔다. 아니라고 울부짖어야 하는데, 리아의 말을 들은 순간부터 소름이 끼치도록 들어맞는 사실들이 향의 머릿속을 가득 메웠다.

눈먼 월을 황궁으로 밀어 넣은 채 억지로 황후 자리에 앉힌 것. 여태까지, 자신을 억압하고 사가를 떠난 월에 대해 쉬쉬했던 것. 그리고 천나라의 재상이 된 아버님. 이 모든 것이…… 아버님의 의도였다고……?

"어떻게……! 어떻게, 딸의 눈을…… 제 자식의 눈을……."

향이 가슴 위에 손을 얹으며 소리쳤다. 아버님이 월에 대해 무언가를 숨기고 있다는 막연한 의심은, 그저 의심으로 끝나기만을 바랐는데. 어떻게…… 어떻게…… 딸의 눈을! 아무리 권력에 눈이 멀었다지만 어찌 딸의 눈을…….

너무도 강한 충격에 휩싸여, 향은 온몸에 피가 거꾸로 솟는 것만 같았다. 몸에 힘을 준 탓에 압이 가해진 그녀의 얼굴이 붉게 물들었다.

"리아야. 난 이제 어쩌지……? 언니에게 너무 미안해서 어쩌지……?"

향이 리아를 바라보았다. 언니는 이미 알고 있었던 거야. 해서, 눈이 보인다는 것을 아버님께 비밀로 하라 했었던 거야. 소리 없이 묻는 그녀의 가슴이 쿵, 내려앉았다. 모든 것이 이해가 되는 순간이었다.

"하아…… 언니……."

그리고 그제야 향의 볼에 뜨거운 것이 흐르기 시작했다. 너무도 끔찍한 사실을, 모른 채 그렇게 지냈던 시간들이 너무도 미안해서 향은 어찌할 수가 없었다. 비록 눈은 멀었지만, 황후가 되어 여인으로서 최고의 지위를 누리게 된 언니를 아주 잠깐이나마 동경했던 자신이 너무도 부끄러워서, 어찌할 수가 없었다.

그런 향에게 리아가 조용히 덧붙였다.

"그리고 모든 것을 알고 싶으시다면, 저를 따라 황궁에 오셔도 좋다고…… 하셨어요."

                    *   *   *

"네가 어떻게……."

백 재상은 말을 잊지 못했다. 그리고 그 순간, 백 재상의 머릿
속에 제운객주에서 만났던 여행수의 목소리가 스쳐 지나갔다.

　　　─오셨습니까.
　　　─……좋습니다. 제가 직접, 재상님의 사가로 찾아뵙지
　　요.

"아버님. 이제야, 제 목소리가 기억이 나십니까."

황후가 조용히 웃었다. 그녀의 맑은 두 눈이 백 재상의 흐릿한
시야에 유리알처럼 박혔다.

낯이 익었지만 그럴 리가 없다고 생각했다. 월이 어떻게 황궁
을 나왔으며, 어떻게 제운객주의 여주인 행세를 할 수가 있단 말
인가.

"허나 네가 어찌 그곳에 있을 수가……."

묻고 싶은 말들이 그의 목구멍에 가득 차 버렸다. 백 재상은
마음을 가다듬고 차분하게 물으려 했지만 도무지 목소리가 나
오질 않았다.

그리고 그것을 여유롭게 지켜보던 황후는, 그를 위해 먼저 입을 열었다.

"저 또한, 제나라의 황태자와 연이 있기 때문이지요."

"……!"

백 재상의 눈이 커졌다.

월은 한동안 황궁에서 사라진 적이 있었다. 그리고 그 시기에, 자신은 제운객주에서 행수라던 여인을 만났다. 본래 제운객주는 장막에 싸인 제나라 행수의 것. 월이 제나라 황태자와 연이 있다면…….

"말도 안 돼. 어찌……."

바닥을 짚은 백 재상의 손이 사시나무 떨듯 떨렸다. 점점 더 또렷해지는 그때의 기억이, 그의 두 눈에 선명히 드러나기 시작했다.

　　―그 용한 점쟁이를 저도 한번 만나고 싶은데, 그의 행방에 대해서 알고 계십니까.

　　―제 사람 중 한 명이 원인 모를 병에 걸려 몸져누운 채로 일어나질 못하고 있습니다. 아무래도 예삿일이 아닌 것 같아 그 원인을 알아내고자 용한 점쟁이를 찾던 중이었습니다.

그래서 그 점쟁이를 그리도 찾으려 했단 말인가. 그리고 그 점쟁이를 만나려 사가에까지 찾아오려 했단…… 말인가.

혼란스러움에 백 재상은 어지러운 머리를 붙잡으며 멍하니 황후를 바라보았다. 그리고 자리에서 일어나 그녀의 앞에 다가가 두 손을 부르르 떨며 말했다.

"월아, 아니다…… 아니야. 네가 무엇을 어떻게 알고 있는지는 모르겠지만 네가 곡해하고 있는 것이다."

허옇게 일어난 그의 입술이 황후의 눈에 들어왔다. 그러나 그녀는 아무런 미동도 없었다. 그녀는 차오르는 눈물을 애써 꾹 눌렀다. 손등의 핏줄이 터지도록, 입 안이 터지도록 온몸에 힘을 주었다. 그리고 그런 그녀를 응시하던 황제가 대신 말문을 열었다.

"지금부터, 죄인들의 심문을 시작하겠다."

"……?"

백 재상이 황제에게로 시선을 돌렸다. 이내 곳곳에서 웅성거리던 대신들도 황제와 황후를 번갈아 바라보았다. 이윽고 조당에 침묵이 돌았다. 그리고 황제의 목소리만이 거대하게 울려 퍼졌다.

"먼저 홍규용을 데려오거라."

그의 명이 떨어지자마자 조당의 문이 벌컥 열렸다.

그리고 문 사이로 누군가 걸어 들어오기 시작했다.

대신들의 시선이 일제히 문 쪽으로 모아졌다. 포박당한 채 어두운 얼굴로 발을 내딛는 홍 재상이었다. 이내 그는 험한 몰골로 황제와 황후의 앞에 섰다.

황제가 그들을 가만히 응시했다. 이윽고 그는 조당을 감돌던 침묵을 깼다. 낮은 그의 목소리가, 대신들의 간담을 서늘하게 만들었다.

"그대들의 옆자리가 곳곳이 비어 있는 것을 보면 이미 알아챘겠지만 홍 재상을 제외한 이부, 예부, 호부, 그리고 병부상서를 비롯하여 그들을 따른 대신들은 이미 목이 잘렸소."

"……."

"그리고, 지금 이 자리에서 홍 재상부터 시작해 모든 대역죄인들의 죄를 낱낱이 파헤치고, 그에 따른 대가를 치르도록 할 것이오."

이내 황제가 백 재상에게 시선을 고정했다. 그리고 명했다.

"백 재상 또한 포박하여 이자 옆에 세우거라."

"폐하!"

백 재상은 입이 다물어지지 않았다. 그러나 황제의 명에 따라, 환관들이 백 재상을 한 치의 망설임도 없이 포박했다.

"폐하! 어찌하여 저를……."

"백 재상!"

황제의 분노 어린 목소리가, 쩌렁쩌렁하게 조당을 울렸다. 그의 굵은 목젖이 붉어졌다. 백 재상은 온몸을 파고든 냉기에 그대로 얼어붙을 수밖에 없었다. 황제는 곧 홍 재상에게로 시선을 돌렸다.

"홍 재상. 옥 안에서 그간 무슨 생각을 하고 계셨소."

그리고 그는 차가운 미소를 지으며 물었다.

"……."

홍 재상은 고개를 숙인 채 이를 악물고 있었다. 어떻게든 빠져나갈 궁리를 하며, 재연을 기다렸지만 재연은 오지 않았다. 그리고 같이 옥에 갇혔던 대신들은 모두 목이 잘렸다. 하나하나 사라져 가는 대신들을 지켜보면서, 정말로 죽게 된다는 생각에 그는 그동안 반쯤 미쳐 있었다. 차라리 한 번에 목을 베어버리지, 어째서 자신만을 지금까지 남겨 놓았는지 황제의 속을 알 수 없었다. 그는 초라해진 몰골로 옥에서 그렇게 가지 않는 시간 속을 헤매고 있었다. 이내 홍 재상이 천천히 고개를 들었다.

그리고 그도 황후와 두 눈을 마주쳤다. 자신을 내려다보고 있는 황후의 시선이 너무도 섬뜩해 그는 순간, 소름이 돋아 온몸을 떨었다.

"눈……이……?"

소스라치게 놀란 그의 입가에서 쉰 목소리가 흘러나왔다. 그럴 리가 없었다. 절대로, 황후의 눈이 보일 리가 없었다. 백 재상이 제대로만 했다면…….

이윽고 그가 백 재상을 바라보았다. 백 재상이 홍 재상과 시선을 부딪쳤다.

그리고 그때, 황제가 굳게 닫혀 있던 입술을 뗐다.

"그렇소, 홍 재상. 그대가, 황후의 두 눈을 멀게 만든 장본인이니 더욱…… 놀랍겠지."

"……!"

황후가 천천히 고개를 돌려 황제를 바라보았다. 그녀의 방황하는 눈동자는 자신의 두 눈과 홍 재상이 연관되어있다는 말이, 사실이냐고 묻고 있었다. 그리고 황제는 조용히 입술을 떼었다.

"황후. 그대의 두 눈을 멀게 한 건, 홍규용이었어."

"예……?"

"홍규용이, 점쟁이를 이용해 그대의 아비에게…… 그대의 두 눈을 멀게 하라, 했던 것이었어."

"……!"

그리고 그 순간. 백지였던 그녀의 머릿속에 낯익은 기억들이 그려지기 시작했다.

아버지를 만나러 가기 위해 은후와 함께 걷던 날.

'꽃……. 밤잠……. 연정…….'

문득 낯설지 않은 단어들이 떠올랐었다. 그리고 희미한 기억의 안개 사이로 누군가의 얼굴이 스쳐 지나갔었다. 그리고 귓가에 울렸던 낯익은 목소리.

　　─뭇 수많은 사내들을 밤잠 못 이루게 할 만큼의 미색을
　　지녔구나. 사랑을 해 본 적은 있느냐? 아니면 현재 연정을
　　품고 있는 자라도?

황후의 눈빛이 흔들리기 시작했다. 폭풍우가 몰아치듯 그녀의 머릿속에 세찬 바람과 빗줄기가 후두둑 떨어졌다.

한 해 전. 이맘때 즈음이었다. 사가 근처를 지나다 길가에 핀 꽃을 구경하고 있던 자신에게 누군가 다가와 말을 걸었다. 그리고 그 목소리는 눈이 멀었을 적, 황궁에서 자주 들었던 목소리였다.

'그리고 그 목소리의 주인이…… 홍 재상이었다니.'

황후가 자리에서 벌떡 일어섰다. 부들부들 떨리는 그녀의 손이, 당장이라도 홍 재상의 심장에 칼을 꽂아 넣고 싶은 충동을 가까스로 억제하고 있었다.

'홍 재상은 이미 나를 알고 있었단 말인가. 내가 황후가 되기 전부터! 나를 알고…… 모른 척했단 말인가. 그리고 아버님은 점쟁이가 시킨 대로만 하였다고 했다. 허면 그 점쟁이는…….'

이내 황후가 홍 재상을 노려보았다. 그녀의 매서운 눈빛과 날카로운 목소리가 홍 재상의 목구멍에 꽂혔다.

"홍규용, 그대가 그 점쟁이를 시켜…… 내 아버님을 꾀어냈단 말입니까!"

"……!"

홍 재상의 몸이 돌처럼 굳었다.

'어떻게…… 거기까지 알아낸 것이지. 무덤까지 가지고 갔어야 할, 영원한 비밀. 그것을 어찌…… 알아 낸 것이야?'

"뭐라고!"

백 재상이 고개를 휙 돌렸다. 이내 주체할 수 없는 노기가 그의 두 눈에 어렸다.

"그 점쟁이가…… 홍규용, 네놈이 부린 놈이라고……?"

백 재상의 입술이 떨렸다.

"그럴 리가 없어. 나는 길을 가다 그 점쟁이를 만났어. 네놈과는 상관없는 자라고!"

그러나 홍 재상은 입을 굳게 다물 뿐이었다. 그렇잖아도 자신은 대역 죄인이었다. 참수형으로 끝날지 모르는 죽음을, 능지처참으로 맞이하고 싶지는 않았다.

"아버님……."

아버님은 홍 재상이 연관되어 있던 것을 몰랐단 말인가.

"대체 어디서부터…… 어떻게 엮인 것입니까."

너무도 추해진 백 재상의 모습을 바라본 황후의 이성에 조금씩, 조금씩 금이 가기 시작했다.

"황후."

그리고 그때, 황제가 그녀의 손을 꼭 잡아주었다. 굳세게 힘이 들어간 그의 손의 온기가 그녀에게 전해졌다.

이윽고 황제가 낮은 목소리로 속삭였다.

"괜찮아. 이제부터 하나하나씩, 풀어 가면 되는 것이오. 그리고 힘이 들면, 내게 기대라 했잖소."

황후가 그를 바라보았다. 이것 때문에 전날. 그리 말해주셨던 것입니까. 제가 몰랐던 사실이 이것이었습니까……. 그는 여전히 앞만을 바라보고 있었다. 강인한 그의 눈빛이, 한순간 흔들렸던 그녀의 정신을 굳게 다잡을 수 있게 만들었다.

이윽고 황후가 천천히 그의 손을 놓았다. 그리고 한 걸음, 한 걸음씩 백 재상에게로 다가갔다. 그의 앞에 멈추어선 황후가 백 재상과 두 눈을 마주했다.

고인 눈물이 어느새 그녀의 시야를 가렸다. 흐린 시야 속 한없이 자신을 바라보고 있는 아비의 늙은 얼굴이 보였다.

주룩—

울지 않으려고 했는데. 절대로, 눈물을 보이지 않으려 했는데.

"제발…… 그 연유를 말해주세요. 아버님…… 제발……."

눈물이 왈칵 쏟아졌다.

'미움이 원망이 되고, 원망이 그리움으로 변해갈 때까지도 당신은…… 진실을 말해주지 않으셨지요. 여전히 눈 먼 황후로, 이곳 황궁에서 허수아비 황후로 남아 있기를 바라셨지요.'

"연유가 없어도…… 아무것도 없어도…… 지어내서라도 말해 달란 말입니다."

황후의 두 눈에서 눈물이 방울방울 흩어졌다. 눈물이 끊임없이 쏟아져 내려서 백 재상의 얼굴이 보이지 않았다. 어릴 적 믿고 따랐던 아버지의 모습이, 더 이상 보이지 않았다.

그녀의 가슴에 가득 차 있던 돌멩이들이 우수수 떨어졌다. 가슴의 살점들이 돌멩이들과 함께 떨어져 나가면서 구멍을 내는 것만 같았다.

이미 자신의 두 눈을 멀게 했던 사람이, 아버지라는 것을 알고 있었는데도…… 눈물은 멈추지 않았다. 눈물은 그때 모두 메말랐다고 생각했는데, 가슴의 구멍은 이미 커질 대로 커져서 더 이상 떨어질 살점이 없다고 생각했는데.

그때보다 더한 충격이 물밀 듯이 밀려와 가슴속에서 폭포수처럼 피를 쏟아냈다.

"저는! 어둠 속에서…… 꼭 묻고 싶었습니다. 아버님, 당신은 어디에 계신지, 이곳에서 말라가는 제게 그저 탕약만 먹이시는 연유가 무엇인지요. 그렇게 가슴을 치고 또 쳤습니다."

"……."

"헌데 그 탕약이, 제 눈을 멀게 하는 것인 줄은 꿈에도…… 몰랐습니다."

불안함에 쉴 새 없이 뛰던 홍 재상의 심장박동이 순간 멈추었다.

"그걸 어떻게……."

줄곧 다물어져 있던 홍 재상의 입이 반사적으로 열렸다.

황후의 마지막 한마디에 대신들의 눈이 휘둥그레졌다. 이내 그들은 충격을 한가득 먹은 얼굴로 입을 다물지 못했다. 천나라의 재상이, 자기 여식에게 눈을 멀게 하는 탕약을 먹였다니.

"월아……."

턱—

그리고 그제야, 백영호는 그의 딸 앞에, 무릎을 꿇었다.

바닥에 무릎이 부딪치는 둔탁한 소리가 아비와 딸의 멈춘 시간 속에서 울렸다.

"월아…… 흐윽……."

백 재상이 무릎을 꿇은 것을 본 홍 재상이 두 눈을 크게 떴다. 저 멍청한 놈이! 이 상황에서 모든 것을 밝힌다면…….

그리고 이내 백 재상이 입을 열었다.

"나는…… 재상이 되어야 했다."

고개 숙인 백영호의 무릎 앞으로 물방울이 툭, 툭 떨어졌다.

'되어야 했다…….'

황제가 미간에 힘을 주었다.

백 재상은 점쟁이를 처음 만났던 날을 떠올렸다. 그 점쟁이는 저자를 거닐다 만난 자였다.

─오호, 꽤 범상치 않은 상을 가지고 계신 분이시오.

─그것이 무슨 소리인가?

─곧 천자(天子)의 장인이 될 상을 가지고 계신 같아 하는 말입니다.

─뭐라?

─헌데 그 길이 결코 쉽지만은 않겠소.

그리고 그때. 백 재상은 주먹을 꽉 쥐었다. 자신은 꼭 권력을 얻어야 했다. 자신의 아내를 욕보이고…… 죽게 만든 장본인 홍규용을, 재상 자리에서 끌어내리기 위해.

　―난 죽어도 이 나라의 한자리를 꿰 차야겠소. 제발 그
방법을 알려주시오.
　―한 가지 방법이 있긴 있는데, 쉬운 일은 아니오만.
　―그 방법이란 것이 무엇이오? 어서 말해보시오!
　―후후…… 댁의 따님 눈을, 멀게 하십시오.
　―따, 딸아이의 눈을……? 그리만 하면…… 내 딸이 황후
가 될 수 있다는 말인가?
　―뭐, 제가 시키는 대로만 하면 그리 어려운 일이 아닐지
도.

"해서 나는…… 점쟁이의 말에 따라, 제나라에서 들여온 부자
를 미친 듯이 구하기 시작했다……."
　백 재상의 갈라진 목소리가 고요한 공간의 틈을 비집고 새어
나왔다.
　그의 모든 이야기가 이곳에 있는 이들에게 전해졌다. 그리고
황후에게도 전해졌다. 처음으로 듣게 된 뜻밖의 이야기. 그녀는
순간, 자신이 잘못들은 것은 아닌지 귀를 의심했다. 황후가 떨리
는 목소리로 물었다.
　"홍 재상이…… 어머니를 욕보이고 죽게 만들었다니요."
　어린 나이에 받아들여야 했던 어머니의 죽음. 날이 밝아도 눈

을 뜨지 않았던 어머니는, 아무리 흔들어도 깨어나지 않았다. 그래서 갑자기 병을 얻어 세상을 뜨신 것인 줄로만 알았다.

헌데 어머니가 돌아가신 연유 또한…… 홍 재상 때문이었다고?

"하아."

향이 바닥에 주저앉았다. 그녀는 열린 조당 문 밖에서 리아와 함께 모든 것을 듣고 말았다. 그리고 두 손으로 입을 막으며 터져 나오는 울음을 억지로 참아내었다.

백 재상이 홍 재상을 바라보았다.

매섭게 뜬 그의 두 눈에 붉은 핏발이 섰다.

"십수년 전. 황실일가랍시고 저자를 들쑤시고 다니던 네 놈……. 네 놈이 내 부인까지도…… 내 부인까지도……!"

백 재상의 말에, 홍 재상은 금시초문이라는 듯 눈동자를 굴렸다.

"네 놈의 부인과 내가 무슨 상관이란 말이냐. 아…… 그러고 보니, 네놈은 백문객주의 행수였지. 오래전에, 백문객주의 여행수와 내 술 한 잔 한 적은 있었다."

"내 부인은 술을 마시면 안 되는 사람이었다. 객주에 찾아와 그런 내 아내에게 술을 따르게 하고 희롱한 것도 모자라, 목숨에 치명적인 술을…… 끝없이 먹이고…… 내 딸을…… 월의 두 눈을…… 멀게 만들도록……."

백 재상이 눈물을 흘리며 숨을 헐떡였다. 그의 부인은 오래전,

술을 한 모금 마셨을 뿐인데도, 온 몸에 열이 나고 크게 앓아누웠던 적이 있기에 그 이후로는 절대로 술을 입에 대지 않았던 사람이었다.

그리고 그가 객주를 비웠던 그날. 홍규용이 백문객주에 들이닥친 것이었다. 그는 이미 오래전부터 선 황후와 자신이 같은 핏줄일 뿐만 아니라, 천나라 황실을 수호해 온 홍가의 수장이란 고귀한 신분이라는 것을 이용해 은연중에 백성들 사이에서 그 기세를 떨치고 있었다. 그는 이미 본래 홍가의 수장이었던 려운의 아버지이자, 그의 형마저도 광에 가두어 굶겨 죽인 뒤였다.

"그리고 한낱 상인이었던 나는! 아무것도! 아무것도…… 할 수 없었다."

실핏줄이 터져버린 백 재상의 눈동자에서 붉은 눈물이 흘러내렸다.

자신의 권세를 과시하고 싶었던 홍 재상은 거대 객주의 여행수와 술을 나누어 마시길 원했던 것이었다.

부인은 그가 자신을 접대하지 않으면, 백문객주의 문을 닫게 만들 거라 했다고 했다. 그리고 그녀는 그날 밤새 앓아누웠고, 너무도 갑작스럽게 어린 월과 아기였던 향을 두고 세상을 떠났다.

"그런 네놈이 이번엔 천나라의 재상까지 되었다는 소식을 듣고…… 나는 가만히 있을 수가 없었다."

"그 여행수가 죽었단 말이지……? 이 나이가 나이인 만큼, 위낙 오래된 일이라 나는 모르고 있었네만. 그러고 보니 여태 한 번도 국부인(國夫人)을 뵌 적이 없었군."

"네 이놈!!!"

백 재상이 자신의 앞에 서 있던 월을 밀쳐내고 홍 재상에게로 돌진했다. 백 재상과 몸을 부딪친 홍 재상이 뒤로 고꾸라져 넘어졌다. 갑작스러운 상황에, 환관들이 우르르 몰려와 백 재상을 붙잡았다. 백 재상은 분을 삭이지 못한 채 말을 이었다.

"네놈이 감히…… 그런 네놈이…… 내 딸까지……."

"어허. 백 재상, 지금 무슨 소릴 하는 것이오. 네놈의 죄를 그리 덮으려 하면 안 되지. 황후마마의 두 눈을 멀게 만든 건, 바로 네놈이 아니냐?"

홍 재상이 비열하게 웃으며 소리쳤다. 이왕 모든 것이 밝혀지게 될 거, 본색을 드러내기로 한 모양이었다. 그는 황제를 스윽 바라보았다. 산발이 된 그의 머리카락들이 부산하게 움직였다.

'황제…… 내게 이런 것을 바란 것이었나? 끝까지…… 황제 네 녀석은, 긁어 부스럼을 만드는 어리석은 놈이지.'

자신을 노려보는 백 재상을 마주한 홍 재상은 이내 가소롭다는 듯 대답했다.

"백영호, 네놈이 멍청한 늙은이이니 네놈의 딸까지도 내게 농락당한 것이야."

이내 홍 재상은 백영호를 바라보던 시선을 황제에게로 옮겼다. 그리고 씨익 웃으며 말했다.

"그리고 어리석긴 황제 폐하께서도, 마찬가지이시지요."

홍 재상의 주름진 입꼬리가 올라갔다. 그리고 그에 따라, 그의 엉킨 턱수염이 가만히 들썩였다. 이내 그가 깊은 회상에 잠겼다.

─난 죽어도 이 나라의 한자리를 꿰 차야겠소. 제발 그 방법을 알려주시오.

─이미 한자리를 꿰차고 계시는 것 같은데, 어찌 더 큰 자리를 탐내려 하시는 것입니까.

─그것을…… 어찌 알았지.

─어찌 되었든 한 가지 방법이 있긴 있는데, 쉬운 일은 아니옵니다만.

─그 방법이란 것이 무엇이냐? 어서 말해 보거라.

─후후……. 댁의 따님 눈을 멀게 하십시오.

─나는 눈을 멀게 만들 딸이 없는데.

─흐음……. 딸이 아니라면 주위에 다른 계집도 괜찮을 것 같사온데.

─다른 계집……?

이는, 홍 재상이…… 백 재상보다 한참 먼저 점쟁이와 나누었던 대화였다. 그는 신분을 숨기고 장내 용하다 소문난 점쟁이를 찾은 것이었다.

홍 재상은 선 황후의 일가친척이자 홍가의 수장이라는 것을 이용해, 갑작스러운 황권 교체 속에서 혼란스러운 정세를 틈타 세력을 모았다. 그렇게 가까스로 재상이 된 홍규용의 욕심은 더욱 커져만 갔다.

그는 황제를 능가하는 권력의 중심이 되고 싶었다. 그러나 새로운 황제 천 휘는 얼마 뒤 2성을 세우고 두 명의 재상을 세우겠다 선언한 것이었다. 그리고 황제는 자신의 세력을 뒷받침해줄 새로운 재상을 장인으로 두고자 했다.

따라서 홍 재상은 그에 대한 대비책으로 또 다른 재상이 등용된다면, 자신의 말에 잘 따를 적당한 인물이 필요하다고 생각했다. 또한 사랑을 모르는 여인을 눈먼 황후로 만들어 허수아비로 세우면, 새로운 재상은 제 아무리 황제의 장인이라도 그 기세를 떨칠 수 없을 터였다.

해서 그는 우선 거상이기에 부유하지만 신분은 상인에 불과한 백영호를 먹잇감으로 고른 것이었다. 그리고 그의 딸인 월에게 일부러 접근하여, 월에 대해 미리 파악해 둔 것이었다.

"저의 미천한 계획을, 연화의 죽음 때문에 실의에 빠져 눈치조차 채지 못하고 저 불쌍한 황후마마를 말없이 받아들이셨으니."

"홍규용!!!"

촤—

곁에서 모든 것을 지켜보던 려운이 검을 뽑아 들었다. 그의 검 끝이 파르르 떨렸다. 살기 어린 날이 홍 재상의 목덜미를 노렸다.

"네 놈이…… 내 아버지마저…… 죽인 것이 맞느냐. 네놈이! 연화를 벼랑으로 내몰고! 황후마마의 눈까지 멀도록 만들었느냐 물었다……."

그러나 홍 재상은 사악한 미소를 지으며 모른 척했다.

"내가 네 아비를 죽였다고? 게다가 연화를 벼랑으로 내몰았다니. 당최 무슨 말을 하는 것인지 모르겠구나."

이내 이성을 잃은 그가 검을 머리끝까지 들어올렸다.

그리고 그 순간. 황제의 가라앉은 목소리가, 려운을 멈칫하게 만들었다.

"려운아. 가서 그 아일…… 데려오거라."

려운 못지않게 참을 수 없는 분노를 온몸으로 막아낸 황제는, 가까스로 목소리를 내었다.

그리고 이성을 잃었던 려운의 눈동자가 제자리를 찾았다. 려운의 동공이 거세게 흔들렸다.

탁—

그의 검 끝이 힘없이 바닥에 내리 꽂혔다. 그는 부들부들 떨리는 어깨에 온 가득 힘을 주었다. 그리고 홍 재상을 향해 말했다.

"언젠가 제가, 숙부님의 그 새치 혀를 잘라드리겠다 하였지요. 기다리십시오. 곧 다가올 그 순간을."

이윽고 그는 황제의 명을 받들겠다는 듯, 가슴에 팔을 얹고는 검을 칼집에 넣었다. 그리고 저벅저벅 조당 문을 나서는 그였다.

"허. 허허. 허허허……."

려운의 검에 의해 잠시나마 죽음에 기로에 섰던 홍 재상이 웃음을 터뜨렸다. 백 재상에 의해 고꾸라진 상태로 그는 한참을 웃었다. 그의 넋이 나간 것처럼 보이는 웃음소리가, 높이 천장까지 퍼졌다.

그리고 그 웃음소리는, 그의 앞에 다가온 재연의 모습에 뚝 끊기고 말았다. 순간 그는 재연의 얼굴에서 연화를 보고만 것이었다. 분명 재연이 맞는데도…… 어쩐지, 연화로 보였다.

"네가 어찌 포박을 당한 채…… 그 몰골은 또 뭐란 말이냐."

홍 재상이 연화를 이리저리 바라보며 미간을 좁혔다. 그리고 이내 뭔가 이상함을 느낀 그가 황제와 려운을 번갈아 바라보았다.

이윽고 어두운 얼굴의 황제가 결정적인 한마디를, 내뱉었다.

"이 아이에게서 정녕, 그대가 죽이려 했던 연화가, 보이지 않나."

순간, 홍 재상은 심장이 멈춘 것만 같았다. 눈앞에 번개가 내리친 듯 번쩍였다.

"무슨 소리를 하시는 것인지…… 저 아이는 제가 호영각에서 데려온 기녀이옵니다. 연화는 절벽에서 떨어져…….""

"역시. 연화 또한…… 네놈 짓이었군."

황제가 날카로운 눈빛으로 그를 쏘아보았다.

"이런……."

홍 재상이 입술을 깨물었다. 그는 월을 허수아비 황후로 들이

기 위해 황후로 간택될 가능성이 높았던 연화를, 없애려 마음먹
었었다.

　　ー연화야. 어디 있느냐.
　　ー작은아버지……? 이곳엔 어인 일이세요?
　　ー잡아라.
　　ー꺄악ー!

　그리고 려운의 사가에 아무도 남아 있지 않은 것을 확인하고
는, 려운의 아비처럼 연화를 납치해 조용히 처리할 생각이었다.
깊은 산속에 가두어 두었던 연화는 가까스로 탈출해 도망쳤고,
그것을 알게 된 홍 재상이 재빨리 사병과 함께 연화를 뒤쫓은 것
이었다.
　그리고 활을 겨누어 쏘기도 전에, 연화는 절벽 아래로 떨어졌
다.
　"작은아버지……?"
　이윽고 홍 재상을 본 연화의 동공이 거세게 요동쳤다. 절벽으
로 떨어지던 자신의 모습을 뒷짐을 진 채 내려다보고 있던 자.
재연이었던 자신을 이용해…… 황제 폐하를 흔들게 만들었던
자.
　"죽여 버릴 것입니다. 당신을……! 제 손으로 죽여 버릴 것입
니다!"

이내 연화가 악에 받쳐 몸부림쳤다. 그녀는 자신의 몸을 묶은 밧줄이 너무도 갑갑하게 느껴졌다. 당장 칼을 뽑아 그의 목구멍을 갈기갈기 찢어버리고 싶었다.

그리고 그때.

초점 없는 눈의 황후가 려운의 검을 빼들었다. 검을 든 그녀의 옷자락이 거대한 곡선을 이루며 펄럭였다.

푸욱—

그리고 려운의 검이, 홍 재상의 배를 관통했다.

"커헉—!"

"……!"

황제가 벌떡 일어섰다. 려운은 홍 재상의 최후를 눈앞에서 마주했다. 모든 대신들과 백 재상, 그리고 연화의 시선이 홍 재상에게로 향했다.

그리고 그들은 황후를…… 바라보았다. 검을 꽂아 넣은 황후의 두 눈엔 그 누구도 범접할 수 없는 차가움이 담겨 있었다. 그누구도 다가갈 수 없는 냉기가, 검을 쥔 그녀의 손끝에서 검 끝을 감싸며 돌고 있었다.

뚝— 뚝—

칼이 꽂힌 홍 재상의 배가 붉게 물들기 시작했다. 그의 입술 아래로 핏물이 떨어지기 시작했다. 이윽고 황후가 거칠게 그의 배에서 검을 뽑아내었다.

"크허억……!"

홍 재상이 피를 토해냈다. 끈적한 피가 줄기를 이루어 홍 재상의 입가에서 흘러내렸다. 황후의 검 끝에서도 핏방울이 떨어졌다. 주저하지 않고 한 번에 찔러 넣은 검은, 복부를 정확히 관통했다.

황후는 피로 얼룩진 그의 입가에 다시 검을 겨누었다. 그리고 그 어느 때보다 차가운 미소를 지으며 말했다.

"그까짓 파리 목숨을 지키려…… 그리 파렴치한 짓을 일삼아 왔다는 것이,"

홍 재상의 두 눈이 처음으로 두려움에 가득 찼다.

"너무도 우습구나."

이윽고 날이 선 검이 그의 목 위에 곡선을 그렸다.

쿠웅—!

홍 재상의 몸이 바닥으로 쓰러졌다. 그의 목에서 솟구치는 핏줄기가 황후의 치맛자락을 적셨다. 려운이 쥐고 있던 칼집을 떨어뜨렸다. 넋을 잃은 황제가 황후의 곁으로 다가왔다.

"황후."

황후는 그런 황제를 지나쳐, 백 재상의 앞으로 다가갔다. 검이 바닥에 끌리는 소리가 서늘하게 울려 퍼졌다. 그 누구도 편히 숨을 쉴 수 없었다. 공기마저 얼어붙을 것 같은 냉기가 황제를 스쳤다.

우뚝.

황후가 백 재상의 앞에 섰다.

그녀의 싸늘한 목소리가, 백 재상의 얼굴에 내려앉았다.

"어머니의 죽음에 대한 복수…… 이제 만족하시나요."

"워, 월아……."

무릎을 꿇고 있던 백 재상이 황후의 치맛자락을 붙들었다. 그의 늙은 손등이 바들바들 떨렸다.

"나는 단 한순간도 그때를 잊은 적이 없었다. 너무도 어처구니없게 식어간 네 어미의 죽음을 받아들일 수가 없었어……."

"아버님."

"그래, 월아…… 나는 단지, 그뿐이었다. 내가 재상이 되어 홍규용을 나락으로 떨어뜨릴 생각뿐이었어……."

백 재상이 황후의 옷자락을 쥔 채 매달렸다. 그의 손에 배어난 땀 때문에, 그녀의 치마에 묻어 있던 핏자국들이 묽게 번지기 시작했다.

"허나 제 두 눈은, 멀어야 했지요."

황후의 눈동자에 더 이상의 감정은 없었다.

핏줄을 끊어내야 한다는 두려움과 아픔에, 상처 가득했던 세월을 묵인해 보려고도 했었던 그녀는 더 이상 이곳에 없었다.

점점 더 싸늘하게 변하는 그녀의 눈빛을 본 백 재상의 마음이 다급해졌다.

"그, 그건 어쩔 수 없었다. 너를 황후로 만들려면 그 수밖에는……."

그러자 황후는 나직이 말했다. 너무도 나긋한 그녀의 목소리는, 그녀의 것이 아닌 것 같았다.

"죽은 어머니에 대한 복수 때문이었다면…… 재상이 되자마자, 홍 재상을 끌어내셨어야지요."

"……!"

그녀의 말에 백 재상의 목이 턱, 조여졌다. 황후의 흰자위엔 그 진하기를 가늠할 수 없는 붉은 눈물이 가득 고여 있었다. 이내 황후가 소리쳤다.

"제 여식의 멀쩡한 두 눈을! 멀게 만들면서까지 그 자리에 앉아계셨으면 저 홍규용을! 처참히 짓밟으셨어야지요. 아버님께서 결국…… 제 손에 피를 묻히시지 않았습니까……!"

그녀가 검을 치켜들었다. 피로 물들어 버린 황후의 시야엔 살의밖에 비추어지지 않았다. 이윽고 그녀의 검이 아래로 내려가던 순간,

탁―!

황제가 그녀의 팔을 잡았다.

"……!"

황후가 그제야 황제를 바라보았다. 그녀의 관자놀이에서 식은땀이 떨어졌다.

그녀를 바라보는 황제의 눈이 말하고 있었다.

이대로, 온전한 정신이 아닌 상태에서 아비를 베어버린다면…… 그땐 분명 울 테니까. 가슴을 쥐어뜯고, 밤새도록…… 울 테니까. 그래서…….

"힘들면…… 내게 기대라고 했잖아."

황제의 목소리가 황후의 가슴을 울렸다. 그녀의 두 눈에서 주르륵, 이성의 물방울이 흘러내렸다.

챙그랑—

황후가 손에서 검을 놓았다. 검의 날이 바닥에 부딪치는 소리가 요란하게 나뒹굴었다.

황제가 그녀의 손목을 놓아주었다. 그리고 그녀가 놓은 검을, 집어 드는 그였다.

"폐하……."

창백한 황후의 얼굴이 황제를 가만히 응시했다. 가시지 않은 분노는 황후의 심장을 여전히 빨리 뛰게 했다.

황제는 검을 꽉 쥐었다. 그리고 그것을 한동안 응시하던 그는, 소리 없이 백 재상의 두 눈을 그어버렸다. 빠르게 뛰던 황후의 심장이, 그 순간 멎었다.

"으아악!"

외마디 비명과 함께 백 재상의 두 눈에서 핏물이 흘러내렸다.

그리고 황제는 그런 백 재상을 차갑게 내려다보며, 낮게 말했다.

"백 재상. 그대도, 황후의 고통을 그대로 느낀 채 그리 평생을 살아가시오. 그리고 홀로 쓸쓸히 죽어가시오. 그것이…… 그대가 평생을 치러야 할 죗값이니까."

"꺄아악……!"

향이 두 손으로 더욱 세게 입을 틀어막았다. 이내 그녀는 그 자리에 더 이상 서 있지 못하고 대전 밖으로 뛰쳐나갔다.

"아씨! 백 향 아씨!"

그러자 당황한 리아가 향을 쫓아나갔다. 향은 무작정 달리고 또 달렸다.

언젠가 자신은 아버님께, 월이 당신께 찾아올 거라 경고했던 날이 있었다. 그리고 정말로, 월은 멀쩡해진 두 눈으로 아버님과 대면했다. 그렇게 아버님은 오늘부로, 월을 통해 얻었던 모든 것들을 잃었다.

자신이 월이 황궁에서 사라졌던 연유에 대해 느꼈던 것들이, 모두 사실이었다니.

"이 시각 이후 백 재상을, 아무도 살지 않는 땅으로 귀양 보낼 것을 명한다."

황제가 려운에게 검을 건네며 말했다. 려운이 고개를 숙이곤 피가 흥건한 검을 받아들었다. 미세하게 떨리는 손으로 칼집에 검을 집어넣은 그는, 바닥에 널브러져 차갑게 식어가고 있던 홍 재상의 주검에서 눈을 뗄 수가 없었다. 연화 역시 흔들리는 눈빛으로 입을 다물지 못하고 있었다.

"아아……."

백 재상이 피가 흐르는 두 눈을 깜박였다. 눈을 제대로 뜨고 있기조차 힘들었다.

거칠게 베어진 눈동자는 점점 빛깔을 잃어갔다. 그리고 시력이 점점 사라지고 있었다.

"월아……."

백 재상은 젖 먹던 힘을 다해 눈을 떠 자신의 딸을 바라보려 애썼다. 그러나 시야는 점점 흐릿해졌다.

"어디 있느냐. 월아……. 딱 한 번만, 이 아비의 손을 잡아다오. 딱 한 번만……."

덜덜 떨리는 바닥을 훑으며 그의 손이 황후를 찾았다.

황후는 자신의 앞에 무릎 꿇은 채 두 눈에서 피를 흘리는 아비를 바라보았다. 꾹 참은 그녀의 눈가에 말할 수 없는 고통이 고였다.

"모두 내 잘못이다. 내 잘못이야……."

백 재상은 손을 더듬거리며 황후의 치맛자락을 찾았지만, 잡히지 않았다.

"……제가 어디 있느냐 물으셨습니까."

황후가 조용히 대답했다. 백 재상이 소리 나는 쪽으로 고개를 치켜들었다. 자신에게서 한 발자국 떨어진 거리에 서있는 황후의 전신이; 그의 두 눈에 어슴푸레하게 보였다.

"월아. 내 두 눈은 가져가도 좋다. 그러니 이 아비를 한번만, 이해해다오. 제발……."

백재상이 두 손을 모아, 흐릿한 월의 얼굴을 향해 쉰 목소리를 내뱉었다. 그의 흰 수염에 핏방울이 스며들었다.

그가 손을 뻗어 월을 만지려 했다. 그러나 월은 그대로 뒤돌아, 옥좌로 올라가는 계단을 밟을 뿐이었다.

이내 황후는 자리에 앉았고, 모두의 시선이 황후에게로 향했다.

여렸던 그녀의 가슴이 너덜너덜해져 있었다. 그런 그녀의 심장이 황제의 두 눈에 담겼다.

"제가 그리도 아버님을 찾았을 때, 아버님은 이곳 맨 앞에 당당히…… 서계셨겠지요."

옥좌에 앉은 황후가 넓디넓은 조당 안을 가만히 둘러보았다. 그리고 백 재상을 내려다보며 말을 이었다.

"허나 이젠 아무도 아버님을 찾지 않는 곳에서, 그리고 영원한 어둠속에서 그리 살아가십시오."

"……!"

순간 백 재상의 두 눈이 어둠 속에 갇혔다. 황후가 되어 옥좌에 앉아 있는 월의 모습을 마지막으로, 그에게는 아무것도 보이지 않았다.

"월아……."

"월이라 부르지 마십시오. 저는 이곳 천나라의! 지엄한 황후입니다."

황후의 노기 어린 목소리가 백 재상의 고막을 찢을 듯 날카롭게 울려 퍼졌다. 황후는 백 재상의 두 눈에서 흘러내리는 선혈을 응시하며 말을 이었다.

"그리고 당신은 이제…… 제 아비도, 천나라의 재상도 아닌 눈먼 늙은이일 뿐이지요."

그녀의 목소리가 보이지 않게 떨렸다. 황제가 황후를 조용히 바라보았다. 그리고 이내 내려진 황제의 명이, 엄숙했던 조당을 부산하게 만들었다.

"뭣들 하고 있느냐. 속히 저자를 옥에 가두고, 귀양 준비를 시키거라."

"아, 아니 되옵니다! 월아! 아니, 황후마마!"

두 명의 환관이 백 재상의 양팔을 붙잡았다. 백 재상이 한 발자국도 움직이지 않으려 몸부림쳤다. 그러나 곧 환관들에 의해 무참히 끌려가는 백 재상의 뒷모습이, 황후의 두 눈에 박혔다. 허나 그녀의 붉은 입술은 아무런 미동도 없었다. 박제한 듯 감정 없는 눈동자로, 백 재상의 최후를 바라보고 있을 뿐이었다.

이내 황제도 몸을 돌려 옥좌를 향해 발걸음을 옮겼다. 그리고 황후의 옆에 앉으며 덧붙였다.

"홍 재상의 주검도 이곳에서 치워 버리거라. 그리고 그의 목을 완전히 잘라내어, 도성 중심에 기둥을 박고 꽂아 세워야 할 것이다."

말을 마친 황제가 려운에게 시선을 고정했다. 황제는 려운이 지난 밤 자신에게 했던 말을 기억했다.

"그 일은, 려운에게 맡긴다."

"......!"

려운은 그의 명에 홍 재상을 내려다보았다. 홍 재상의 주검 옆으로 새어나오는 핏물이 어느덧 웅덩이를 만들어 바닥에 고여 있었다.

러운이 터져 나오는 울분을 꾹 참았다. 자신의 삶에서, 모든 이들을 앗아가 버린 자. 연화의 삶을 무참히 짓밟은 자.

이윽고 러운이 가슴에 손을 대고, 머리를 조아렸다.

"존명(尊命)."

그러자 환관들이 홍재상의 주검을 일으켜 세워 끌고 나갔다. 러운이 저벅저벅 발걸음을 옮기기 시작했다.

"허면 이제는 나의 형제들을, 만나야 하는 시간인 건가. 그리고 연화 너를……."

황제가 연화를 바라보았다. 러운의 발길이 우뚝 멈춰 섰다. 연화는 줄곧 손에 쥐고 있던 가락지를 힘주어 쥐었다. 황제는 떨고 있는 연화의 어깨를 보았다. 두려움에 떨며, 입술을 깨물고 있는 그녀의 창백한 얼굴을 보았다.

이내 연화는 말없이 고개를 떨구었다. 스르르 긴 머리카락들이 볼에 엉겨 붙어 그녀의 얼굴을 가렸다.

저 아이의 죄를 가볍게 여기지 말라고 간청드린 것은 자신이었다. 러운은 돌아보지 않으려 했다. 황제는…… 연화의 마지막을 보지 말라고, 그리고 그 대신 홍 재상을 마무리하라고 자신을 내보낸 것일까.

땅에 뿌리를 박은 것처럼, 러운의 발길이 떨어지지 않았다. 그러나 그는 이를 악물었다. 그리고 다시 저벅저벅 걸어 그 자리를 벗어났다.

"다음 죄인. 천 우와, 천 영을 데려오거라."

려운의 뒷모습을 응시하던 황제의 무거운 음성이 조당에 내려앉았다.

*　　*　　*

황제의 명에 따라 천 우와 천 영이 옥에서 대전으로 향했다. 자박 자박, 고요한 황궁 안을 걷는 천 우와 천 영의 발소리가 유달리 애달프게 느껴졌다. 오직 어딘가에서 들려오는 새소리가 적막 속 그들의 길동무가 되어주었다.

"아씨, 그만 우세요. 아씨가 우시면 황후마마의 가슴이 찢어……."

황궁의 구석진 곳에서, 끊임없이 눈물을 흘리는 향을 달래던 리아가 멈칫했다. 대전으로 향하는 천 우와 천 영의 행렬을 본 것이었다.

리아의 말이 뚝 끊기자 이상함을 느낀 향이 고개를 들었다. 그리고 리아의 시선이 향한 곳으로 그녀도 시선을 돌렸다.

"영……?"

향은 눈가에 남아 있던 눈물을 닦아내었다. 그리고 두 눈을 더욱 또렷이 뜨고 환관들 사이에서 걷고 있는 두 사내를 바라보았다.

"……천 영?"

굵은 밧줄에 포박당한 채 묵묵히 걸어가는 천 영의 모습이, 향의 두 눈에 들어왔다. 그리고 그가 천 영임을 알아본 향은 그길로 그에게로 다가갔다.

"향……?"

영이 멈춰 섰다. 그의 시야를 가득 메운 그녀의 흰 얼굴이 너무나도 또렷해서, 영은 순간 자신이 꿈을 꾸고 있는 것은 아닐까. 두 눈을 감았다 떴다.

그러나 자신의 눈앞에는 향의 큰 눈망울이 있었다.

천 우가 천 영과 향의 모습을 말없이 바라보았다.

'황후의 사가를 염탐하라고 보냈더니…… 혹 그녀의 동생을, 마음에 품은 것이냐.'

그의 입가에서 쓴 웃음이 묻어났다. 그는 잠시 멈추어 선 틈을 타, 가만히 하늘을 올려다보았다.

자신이 결국…… 형제의 연과, 천 영의 인연까지도 끊어버린 꼴이 된 것인가.

"어서 비켜주시지요. 갈 길이 바쁘니."

갑작스러운 향의 등장으로 발이 묶이자, 환관들 중 한명이 향에게 말했다. 그러자 향은 영의 팔을 붙잡으며 물었다.

"어디를 가시는 겁니까? 이분들을 어디로 데려가는 것이냔 말입니다."

"그건……."

천 영이 향의 손가락에 끼워져 있던 노란빛 가락지를 발견했다. 그는 슬픈 미소를 지으며 그 가락지에서 눈을 떼지 않았다.

그런 그의 시선을 알아챈 향은 가락지를 빼어 영에게 보여주며 말했다.

"이거, 저에게 전해주려 하신 것이지요? 이것을 전해주신 연유가 무엇입니까."

그녀가 가락지를 빼자, 영의 마음이 문득 서운해졌다. 그러나 그는 그녀의 물음에 어찌 대답을 해주어야 할지 메마른 입술만을 달싹일 뿐이었다.

"나는……."

"이만 가야 하니, 속히 물러나주십시오."

갑자기 시간이 지체되자, 다급해진 환관들이 머뭇거리던 영의 발길을 재촉했다.

"아직 대답을 듣지 못했습니다. 마마를 묶고 있는 그 밧줄은 무엇이란 말입니까."

그러자 영은 고개를 돌려 나란히 걷고 있던 천 우를 바라보았다. 천 우는 아무런 말도 하지 않았다.

천 영의 가슴이 미어졌다. 향에게는, 상처만 주었는데. 도망치기만 하였는데.

이제는…… 정말로, 이별을 고해야 할 시간.

"그 가락지……."

천 영이 향을 바라보며 희미한 미소를 지었다. 짧았던 연이었

는데도, 소리 소문 없이 너무도 깊숙이 다가와 버려서 알아채는
데 오래 걸렸지만.

"이별 선물이오."

이내 천 영은 향을 향해있던 몸을 돌렸다. 그리고 다시 발걸음
을 떼며, 향을 지나쳐 갔다.

*　　　*　　　*

조회가 이리 길었던 적은 없었다. 이젠 또 어떤 일이 벌어지게
될까, 조마조마했던 대신들의 심장은 점점 더 쪼그라들어갔다.

"황제 폐하. 두 분 마마를 모시고 왔나이다."

그때, 황제의 앞에 천 우와 천 영을 데려온 환관이 고개를 숙
이고 예를 갖추며 말했다.

기나긴 침묵을 유지한 채, 그들을 기다리던 황제는 한곳만을
응시했던 시선을 돌려 두 형제를 바라보았다.

천 우와 천 영은 연화의 옆에 나란히 무릎을 꿇었다. 그들에
앞에는 미리 준비된 세 첩의 사약이 각각 하나씩 앞에 놓여 있었
다.

"참으로 질긴 연이군."

황제의 차가운 한마디가 천 우의 볼에 닿았다. 먼 거리에서도
느껴지는 차가움은, 이미 이곳에서 한차례 냉기가 돌았음을 느
끼게 했다.

문득 천 우는 자신의 발아래서 느껴지는 끈적함에 아래를 바라보았다.

"……!"

여과 없이 보이는 선명한 핏자국이 그를 멈칫하게 만들었다. 천 우의 시선을 따라 아래를 본 천 영마저도 얼어붙었다. 그는 메스꺼워진 속을 달래기 위해 숨을 참았다.

그들의 시선을 눈여겨보던 황제가 입을 열었다.

"밖에서 들어온 이에게는, 피 냄새가 진동할 수도 있겠군."

"천 휘. 어서 나를 죽여라."

천 우가 황제를 올려다보았다. 그늘 진 천 우의 눈 밑이 더욱 짙어졌다. 많이 야윈 모습. 황제는 애써 덤덤한 얼굴로 천 우를 가만히 응시했다.

"헌데 말이다……."

그리고 천 우의 입가에서 새어나온 뜻밖에 말에, 그의 무덤덤했던 표정이 산산조각 나버렸다.

"천 영만은, 살려주면 안 되겠느냐."

"……!"

천 영이 고갤 돌려 우를 바라보았다. 그는 분노와 눈물이 가득 찬 두 눈으로 소리쳤다.

"무슨 소리야!"

천 영의 목소리가 천 휘의 가슴에 박혔다. 천 우는 두 눈을 감았다. 그는 목에 메인 침을 힘겹게 삼켰다. 그리고 다시 갈라진 입술을 떼었다.

"천 영은 내가 시킨 것을 따른 죄밖에는 없다. 내가, 영을 억지로 끌어들인 것이다."

"거짓말 하지 마! 시간 끌 것 없이 어서 이 모든 것을 깨끗이 끝내주시지요."

천 영이 휘를 향해 말했다. 황후는 두 사람의 모습을 바라보면서 숨길 수 없는 아픔을 느꼈다. 그녀가 황제의 얼굴을 바라보았다. 동요하는 그의 눈동자가 보였다.

황후는 그녀의 아비, 백영호의 두 눈을 베어낸 순간을 떠올렸다.

그렇게 끊어내면 괜찮을 줄 알았는데. 쌓이고 쌓였던 원망과, 미움…… 그리고 아픔들이 씻어낸 듯 사라질 줄 알았는데.

괜찮지가 않았다.

광기 어린 순간들을 지나 분명히 이성적으로, 모른 척 두 눈을 감고 참아낸 일인데도, 아비를 베어내고 남은 것은…… 모든 것이 끝났다는 안도감이 아닌.

허탈함이었다.

"형의 집행을, 시작하거라."

천 우에게 할 대답을 대신한 황제의 명이 내려졌다. 차마 다른 이의 손에, 천 우와 천 영 그리고 연화를…… 죽게 할 수가 없었다. 눈앞에서 세 사람의 목이 잘려나가는 것을 볼 수가 없었다. 해서 그는 사약을 내어 놓은 것이었다.

이윽고 교지(敎旨)를 든 승선이 그들의 앞에 섰다. 그는 자결을 받들라는 황명이 담긴 두루마리를 펼쳤다. 그리고 소리 내어 읽기 시작했다.

"세 대역죄인은 들으라. 대역죄인 천 우, 천 영은……."

천 우의 눈빛이, 처음으로 흔들리고 있었다. 처음으로 천 휘의 앞에서 동요하고 있었다. 언제나 속을 알 수 없던 그가, 언제나 여유로움이 가득했던 그가 간곡한 눈빛으로 황제를 바라보고 있었다.

어떻게 여기까지 오게 되었는지는 모르겠지만, 그 끝이 이리 될 것이라는 걸 어렴풋이 알고 있었다. 천 영의 두 눈에서 눈물이 뚝 뚝 떨어졌다.

헌데…… 두렵다. 눈물이 나려 한다. 왜 이리 모질게 얽혀버린 것일까. 떨리는 입술은 소리 내어 울라고, 아우성을 쳤지만 크게 울 수가 없었다. 크게 울부짖고 싶은데 넓고도 차가운 이 공간이 그것을 허락하지 않았다.

"대역죄인 홍재연은……."

연화는 자신의 앞에 놓인 사약을 가만히 바라보았다. 그런 연화의 얼굴을, 황제는 보지 않으려 했다.

보지 않으려 했는데, 그는 사약 앞에서 슬픈 미소를 짓고 있는 그녀의 표정을 보고 말았다. 그의 가슴이 무너져 내렸다.

마지막을 겸허히 받아들이려는 연화는 황제와 마주한 두 눈으로, 말했다.

마치 그가 오래전 꾸었던 꿈속의 연화처럼.

　─폐하, 그동안 안녕히 계셔야 합니다.

황제의 입가가 저려왔다. 억지로 참아내는 아픔이 그를 이 숨막히는 공간에서, 뛰쳐나가고 싶도록 만들고 있었다.

"······이제, 세 죄인들은 사약을 받들라."

천 우와 천 영, 그리고 연화를 묶고 있던 붉은 포승줄이 풀어졌다. 황제의 두 눈에 눈물이 고이기 시작했다. 그의 심장이 거대한 북이 되어 가슴을 때리기 시작했다. 저 밑바닥에서부터 둥─ 둥─ 둥─ 울리는 북소리가 황제의 귓가에서 메아리쳤다.

세 사람이, 사약을 들었다. 검은빛의 사약 속에 그들의 얼굴이 비추어졌다. 이내 사약을 든 세 사람은 황제를 향한 예를 표했다.

그리고 입가에 서서히 가져다 대려는 순간─

"멈추어라."

누군가의 입술이 움직였다. 사약을 마시려던 세 사람이, 멈칫했다. 그리고 일제히 목소리의 주인을 향해 시선을 돌렸다.

자신들을 바라보고 있는 건, 황후였다.

"황후."

황제가 황후를 돌아보았다. 황후는 가만히 그의 손을 잡아주었다. 그리고 그를 바라보며 말했다.

"폐하께서 저를 막아주셨던 것처럼, 저도 감히 폐하를 막는 것입니다."

"허나 저들은,"

"압니다. 용서받지 못할 죄를 저지른 죄인들이지만, 폐하께서 한 번만…… 마음을 바꾸신다면 모두가 아침이면 사라질, 이슬이 되지 않을 수 있습니다. 무엇보다도 폐하께서…… 평생 가슴에 묻지 않으실 수 있습니다."

"황후!"

황제가 고함쳤다. 한껏 좁혀진 그의 미간이 붉어졌다. 황제와 황후 사이에 팽팽한 기류가 흘렀다. 황제가 그녀를 향해, 이해할 수 없다는 눈으로 물었다.

'황후. 갑자기 막아서는 연유가 무엇이오. 그대가 이러면…… 내가 더 힘들어져. 제발, 이러지 마.'

그러자 황후가 안 된다는 듯 고개를 저었다. 그녀는 그의 손을 꼭 잡았다.

'흔들리는 폐하의 눈빛, 보았습니다. 조금만……. 조금만 시간을 더 가질 수는 없는 것입니까. 이대로 저 세 사람을 떠나보내면, 지워지지 않는 자국처럼 평생을 폐하의 가슴 속에 남을 것입니다.'

황제와 황후를 말없이 바라보던 천 우와 천 영, 그리고 연화는 각자 들고 있던 사약을 물끄러미 응시했다. 그리고 그들은 약속한 것처럼, 서로를 바라보며 눈빛을 주고받았다.

천 영이 천천히 사약을 입에 대려 했다. 검은 물이 그의 마른 입술에 닿을 듯 말 듯 출렁였다.

천 우가 천 영에게 안 된다는 듯 고개를 저었다.

자신의 목숨은 있어도 그만, 없어도 그만이었다.

옥 안에 갇혀 참수형을 기다릴 때까지만 해도, 서늘한 검의 날이 목 안까지 들어와도, 천 영을 제대로 돌아보지 못했다.

휘에 대한 분노, 질투, 그리고…… 미안함의 감정은 이제 모두 정리했지만 자신에게 엮이듯 조용히 곁에 있던 천 영이…… 처음으로 누군가를 향한 마음을 드러낸 영이 너무도 안타까워서…… 그리고 이 모든 것이 자신의 탓인 것만 같아서, 그는 뒤늦게 눈물을 흘리고 말았다.

천 우의 두 눈에서 떨어지는 눈물이 방울방울 사약 위로 떨어졌다.

천 영이 천 우를 보고 괜찮다는 듯 고개를 끄덕였다.

사약을 든 천 영이 황제를 올려다보며 아프게 웃었다. 처음으로 보여준, 미소였다.

"천 휘 형님…… 미안해."

그리고 천 영은 가장 먼저, 사약을 넘겼다.

"끝까지…… 너는 나를 나쁜 놈으로 만드는구나, 영."

천 우가 씁쓸한 미소를 지었다. 이윽고 천 우도 미련 없이 사약을 입에 흘려 넣었다.

"……!!!"

황제가 벌떡 일어섰다.

연화가 그를 바라보았다. 황제와 연화의 두 눈이 마주쳤다. 황제의 눈동자에, 부정할 수 없는 안개가 어렸다. 이내 그가 손을 뻗어 입술을 떼기도 전에,

"황후마마께는 송구하지만…… 황제 폐하의 모습을, 마지막으로 담고 갈 수 있어서 다행입니다."

연화마저 사약을 삼켰다. 그리고 자신이 쥐고 있던 가락지를 손에서 놓았다. 몸 속 깊은 곳까지 스며든 사약이, 너무도 고통스럽게 끓어올랐다. 바닥에 떨어진 세 첩의 사약 그릇이 덩그러니 뒹굴었다. 붉은 꽃이 연화의 입가에 번지기 시작했다.

"흐윽……흡……."

려운이 슬픔을 주체하지 못하고 터져 나오는 울음을 막으려 한 손으로 입을 막았다. 그의 막은 입 사이로 흐느낌이 새어나왔다. 아무리 숨을 죽여도, 숨길 수가 없었다.

차마 혼자서 죽어갈 연화를 두고 나갈 수가 없었다. 너무도 가엾은 연화가 죽어 가는데 울어 줄 이가 없을 것 같아서, 못난 오라비이지만 마지막 자리를 지켜주려 했는데…… 당장 달려가 끌어안지 못한 채, 조당 문 옆 벽에 서 있을 수밖에 없었던 건―

연화의 죽어가는 모습을 두 눈으로 보고 싶지 않았기 때문이었다. 그 아이의 식어가는 몸을 끌어안고 오열하고 싶지 않았기 때문이었다.

려운의 눈물이 고일 새도 없이 아래로 떨어졌다.

황후는 차마 자신의 앞에 있는 천 우와 천 영, 그리고 연화를 볼 수가 없어서 두 눈을 감았다. 눈썹 아래로 고인 눈물이 정처 없이 흘러 내렸다.

"윽……."

천 우는 목이 타들어가는 고통을 참으려 몸부림치듯 한 손으로 목을 감쌌다. 그의 갈라진 입술이 점차 검어져갔다. 감기는 눈꺼풀 사이로 의식이 흐릿해지고 있었다.

천 우는 쓰러지려는 몸을 가까스로 붙들어 마지막으로 황제를 바라보았다.

"……천 휘."

천 우의 입술 사이로 핏물이 흘러내렸다.

숨이 붙어있는 마지막 순간.

천 우는 휘를 향해 여태껏 하지 못했던 말을 남겼다.

"너는 처음부터…… 내 아우였다."

이윽고 천 우의 온몸에 힘이 빠져나갔다. 힘없이 쓰러진 그의 눈가로 한줄기 눈물이 흘러내렸다.

툭. 투둑…….

갈 곳을 잃은 물방울들이 황제의 뺨을 타고 떨어져 내렸다. 턱선 아래로 고인 눈물이 그의 옷깃을 적시기 시작했다. 꽉 쥔 그의 주먹이 가늘게 떨렸다.

"으아아아아아!"

황제의 찢어질듯 한 비명이 핏빛 비가 내린 조당에 메아리쳤다. 그제야 황제의 두 눈에서 폭포수와 같은 눈물들이 쉴 새 없이 그의 뺨을 적셨다.

대신들 모두가 조용히 고개를 숙였다. 뼛속 깊이 스며드는 시린 느낌이 어쩐지 너무도 아릿해, 대역죄인들을 처형하는 자리였음에도 불구하고 그들은 두 손을 가지런히 모았다. 그리고 말없이 두 눈을 감을 뿐이었다.

황제가 비틀거리며 쓰러진 세 사람의 앞에 다가갔다. 두 눈을 감은 채 잠든 창백한 얼굴들이 황제의 눈에 들어왔다.

심장은 뛰지 않았고, 얼굴에 핏기는 가셨다. 굳은 핏자국이 흰 얼굴에 대비되어 더욱 붉게 보였다.

자신이 선택한 결과였다. 너무도 가혹한 운명 속에서 살아남고자 발버둥 친 것에 대한 대가였다. 그 대가가 너무도 혹독해서, 차라리 견딜 수 없어 깨져버리기를 끝까지 바랐다.

그런데 결국 깨져버린 건, 그가 아니라 천 우와 천 영…… 그리고 연화였다.

쉴 없이 떨어지는 눈물이 황후의 옷을 적셨다.

젖은 그녀의 가슴에 커다란 구멍이 뚫렸다.

모든 것이 끝났는데…… 너무도 공허했다.

시원할 줄만 알았는데, 너무도 가슴이 아파서 견딜 수가 없었다.

결국 모두를 잃고 말았다. 모든 악들만이 사라지길 바랐는데, 운명은 회오리처럼 엮여 한꺼번에 삼켜버리고 말았다.

그렇게 황궁에 뿌리를 내렸던 꽃들의 핏자국이, 조용히 땅에 스며들었다.

*   *   *

"말세야. 말세. 어찌, 아비가 딸의 눈을 멀게 할 수 있단 말인가."

조당에서 빠져나와 대전을 나서던 공부상서가 혀를 끌끌 찼다. 그리고 그와 함께 걷던 다른 대신도 하나둘씩 그제야 말문을 열기 시작했다.

"아무리 재상이 되고자 하였다 해도 그렇지, 독이든 탕약을 제 여식에게 먹여왔다니."

"입조심하게. 오늘 한바탕 피바람이 불었다는 것을 잊었나!"

"그건 두 재상의 만행이 만천하에 드러났기 때문이 아닌가. 우리와는 상관없는 일이네. 그나저나 홍 재상, 전부터 그 시커먼 속내에 뭔가 있을 줄은 알았다만, 백 재상을 이용해 황후간택을 조작했다니. 백 재상이 제 딴에는 만만해 보였던 게야. 그런 제 뜻이 틀어져버렸으니 전에 재연이라던 신녀 아이를 황후로…… 허! 그 늙은이 보통내기가 아니었구먼!"

"국구(國舅)랍시고 한낱 상인이 재상 자리에 오른 건 못마땅했지만, 백 재상이 상인 출신 치고는 꽤 제 뜻을 잘 폈지. 그러니 점점 각 부 대신들도 따르기 시작한 것이고. 헌데 그리 극악무도 한 짓을 저지르고…… 끝내 처참한 몰골로 결국 궁에서 쫓겨나다니. 오형(五刑)을 한 번에 당하지 않은 것만으로도, 백 재상은 운이 좋은 것이야."

"참, 내 이제야 알게 된 것인데 홍 재상의 여식인 줄 알았던 그 신녀. 홍 재상에게 작은 아버지라 부르더군. 황제 폐하의 정인이었던 그…… 연화라던 아이가 홍 재상의 조카이지 않았었나."

"그래! 맞소. 허면 홍 재상이 연화를 죽이려다 실패했고, 그것도 모르고 데려온 아이가 홍 재연이란 말이요?"

"홍 재상의 말을 듣고 나서 내가 추측해본 바로는 그렇소."

"허! 무섭군…… 무서워. 제가 죽이려 했던 아이인지도 모르고 함께 일을 도모했다니!"

"여튼 황후마마께서 황궁에 돌아오신 뒤로, 정말 많이 변하셨어. 맹인인 줄로만 알았던 분이, 멀쩡한 눈으로 홍 재상에게 검을…… 후. 부서질 듯 한없이 여렸던 황후마마께서 저리 돌변하실 줄 그 누가 알았단 말인가. 눈앞에서 아비의 눈이 베여나가는데도 꿈쩍 안 하시고……."

"황제 폐하께서도 혈육인 천 우 마마와, 천 영 마마 그리고…… 연화까지 쳐내실 줄이야. 한때는 모두 아끼고 정을 주던 이들이었을 텐데……."

"그나저나 백 재상도 이젠 눈멀어 종신 유배를 가게 되었으니…… 황제 폐하께서는 비어버린 네 개의 상서 직과 두 재상 자리는 어찌 채우시려나."

조당을 빠져나온 대신들 옆으로, 세 시신을 심은 수레가 지나갔다. 은후가 대전 앞에 우뚝 멈추어 섰다. 그런 그의 옆으로 조당을 빠져나온 대신들이 하얗게 질린 얼굴로 각자 한마디씩 하며 스쳐지나갔다.

"어떻게……."

그는 제나라로 돌아가기 전, 황제가 조당에 있다는 이야길 듣고 그리로 향하던 중이었다.

허면, 월은 원래 눈이 멀었던 사람이었단 말인가.

"아비가 딸에게 독을……."

월이 황궁에서 도망쳤던 것도, 백 재상을 그리 만나려 했던 것도…… 모두 그 때문이었나. 해서, 부자에 대해 눈물을 머금고 물었던 것이었나.

그리고 이곳 천나라 황궁에서 한바탕 피바람이 불었다니. 누가 죽었다는 거지. 은후의 머릿속이 혼란에 빠졌다. 그는 최대한 이 나라 일에 관여하지 않으려 했으나 황후의 이야기가 나오자마자 모른 척할 수가 없었다.

그리고 그때.

그의 앞으로 세 사람의 시신을 태운 수레가 지나갔다. 은후의 시선이 천천히 수레에 고정되었다. 덜컹 거리며 움직이는 수레 위에는, 두 명의 사내와, 한 명의 여인이 두 손을 배 위에 얹고 누워있었다.

"아아…… 안 돼. 안 돼……."

어디선가 나타난 향이 수레를 붙잡고 주저앉았다. 향은 천 영의 얼굴을 떨리는 손으로 어루만졌다. 아니, 만질 수가 없었다. 손이 너무나도 떨려서, 그의 차가워진 뺨에 갖다 댈 수가 없었다.

"어째서……. 아니야…… 아니야……."

리아에게서 모든 사실을 들은 향은 현실을 받아들이고 싶지가 않았다. 그럴 리가 없었다.

—미안해. 내가, 그대를 이용했어.

그가 사가를 찾아와 남긴 한마디. 봇물처럼 쏟아지는 눈물이 영의 뺨에 떨어졌다. 향은 영의 가슴에 손을 얹으며 오열했다.

이리 보내기엔 너무도 짧은 연이었다. 다정히 이야기꽃을 피워보지도 못했다. 빗속을 뛰어간 것 외에는 함께 웃은 적도 없었다. 내리 쬐는 햇살 아래서, 도란도란 서로의 속마음을 털어놓은 적도 없었다.

"이별 선물이라니요. 잠깐의 이별도 너무도 길게 느껴졌는데…… 영원한 이별을 선물하시다니요. 그런 이별이라면 이까짓 선물 필요 없으니까! 도로 가져가시란 말입니다……."

향이 가락지를 빼려 가락지를 낀 손에 다른 손을 가져갔다. 그러나 뺄 수가 없었다. 가락지를 바라보던 그의 슬픈 눈빛이 떠올라 모질게 빼지 못했다.

향이 뛰지 않는 천 영의 심장에 얼굴을 묻고 신음하듯 울었다.

"제게 휘영이라 거짓말하신 것도, 저를 이용했다 하신 것도 모두 용서할 테니까, 제발 눈을 뜨란 말입니다……."

그런 향을 말없이 바라보던 은후의 가슴이 저려왔다. 사랑하는 이를 떠나보내는 여인을 본 그의 심장이 욱신거렸다.

이 크고 아름답기만 황궁에서 사는 것이란 어째서 늘 순탄치 못한 것일까.

많은 이들의 피와 눈물이 뿌려지는 황궁에서 행복할 수 있는 이는, 정녕 아무도 없는 것일까.

"……?"

은후는 문득 그들을 내려다보는 누군가의 시선을 느꼈다. 그리고 그가 고개를 들어 마주한 사람은, 저 멀리 대전의 계단 꼭대기에 넋이 나간 얼굴로 서 있는 황제의 모습이었다.

*   *   *

털썩—

황궁 외곽에서 삿갓을 쓴 채, 심어둔 궁녀에게서 홍 재상과 재연의 소식을 기다리던 국영은 무릎을 꿇고 말았다. 전에는 홍 재상이 옥에 갇혔다기에, 재연이 걱정되어 그녀의 소식을 연거푸 물었지만 재연은 이미 신관을 떠났다는 말뿐이었다.

어찌 되었든 재연이 황후의 죽음까지 사주했다는 사실이 알려질까, 그녀에게 짐이 되지 않으려 최대한 멀리 떨어져서 숨죽이며 지내고 있었는데…… 결국 돌아온 것은, 그녀의 죽음이었다.

그녀를 위해 목숨을 바쳐가며 황후를 죽이려 하고, 목숨 걸고 살아남기 위해 금군들을 피하며 죽은 듯 살았는데…… 자신 혼자, 이 척박한 땅에 남아버렸다.

점점 역겨워지는 홍 재상의 곁에 자신이 남아 있었던 이유는 오로지 그녀 때문이었다. 그런데 그녀가 죽었다니. 그는 속에서 끓어오르는 분노와 좌절감에 멍하니 아래에 시선을 고정하고 있었다.

국영은 눈물조차 나오지 않았다. 혹 그 궁녀가 자신에게 거짓을 말해준 것은 아닐까. 그는 가슴을 쥐어뜯었다. 세상에 혼자 남아 자신을 지키려 발버둥 치던 재연의 모습이…… 마치 자신 같아서 지켜주고 싶었는데. 그래서 지켜주려 했는데.

그리고 그때, 갑자기 황궁에서 우르르 금군들이 몰려나왔다. 그들은 순식간에 국영을 둘러싸고 화살을 겨누었다.

"네가 오기를, 기다리고 있었다."

려운이 금군들 사이를 한 걸음, 한 걸음 걸어 나왔다. 아직 가시지 않은 충격이 그를 에워싸고 있었지만, 려운은 끝까지 흐트러지지 않으려 온 기력을 다하고 있었다. 뺨을 스치는 찬바람에, 려운의 얼굴에 남아 있던 물기가 모두 말라버렸다. 려운은 멍한 국영의 눈을 바라보며 말했다.

"홍규용과 재연의 소식을 듣기 위해, 언젠가 올 거라고 생각했었지. 헌데 유감스럽게도……."

려운이 하던 말을 멈추었다. 그리고 그의 감정 없는 눈동자가 국영을 응시했다.

"네가 온 오늘, 목숨을…… 잃었다."

국영은 그제야, 자신이 알고 있는 모든 것들이 사실임을 깨달았다.

자신의 삶은 홍규용의 그늘 아래 마련된 것이었지만, 그래도 자신이 유일하게 지키고 싶었던 여인.

처음 봤던 날. 맑은 두 눈이 어쩐지 기녀 같지가 않았다. 이따금씩, 그녀가 털어놓는 이야기들을 들어주는 것이 그녀와 유일하게 단둘이 있을 수 있는 시간이었다. 그때마다 이 여인을 웃게 해주고 싶다는 생각이 들었고, 독기와 허영으로 자신을 감춘 이 여인을 그 속에서 꺼내주고 싶다는 생각이 들었다.

해서, 재연이 그토록 원했던 것을…… 꼭 이루어 주고 싶었던 것인데.

국영의 처진 어깨가 가늘게 떨렸다. 그리고 려운은 그것을 허락하지 않았다. 려운의 손짓에 의해 사수들이 국영을 가둔 포위망을 점점 좁혀갔다.

"이젠 네 차례다. 너는 황궁에 잠입해 홍규용을 도와 일을 도모하고, 황후마마께서 사라지시는 것을 묵인했다. 또한 병력을 풀라는 황제 폐하의 명을 거역하고 궁 밖으로 도망치기까지 했지. 용케도…… 머리가 좋은 것인지, 살고자 하는 의지가 강한 것인지…… 아무리 찾으려 해도 찾을 수가 없더군."

국영은 아무런 말도 하지 않았다. 모든 것이, 자신의 얄팍한 욕심 때문이었음을. 꿈꾸어선 안 되는 것을 꿈꾼 죄였던 것을. 알고 있었기 때문이었다.

이윽고 려운이 마지막으로 물었다.

"허나, 곧 네가 궁인을 통해서 황궁 안 일들을 전해 듣는다는 것을 알게 되었다. 그리고 네가 완전히 꼬리를 밟힐 때까지 기다리고 있었지. 홍규용이 옥에 갇혔다는 것은 이미 알고 있었을 터. 헌데도 자꾸 황궁 근처를 배회한 연유가 무엇이냐."

그의 물음에, 국영이 작게 웃었다.

"……아직 모르는 것이 하나 있군."

모든 것이 아무런 의미가 없었다. 이제 살아가야 할 이유도, 살아가야 할 목적도 남아 있지 않았다. 남몰래 지켜만 보았던 것이, 결국 그녀를 지키지 못하는 어리석음을 만든 탓이리라.

국영의 삿갓 아래에 진 그늘 속, 그의 눈물이 흘러내렸다. 이내 그는, 대답 대신 허리춤에서 검을 뽑아들며 외쳤다.

"내가 황후마마의 심장을 노리고 활을 쏜 자다."

"……!"

미간을 좁힌 채 국영을 지켜보던 려운의 눈이 커졌다.

이내 국영이 칼자루를 꽉 쥐었다.

"이야아아!"

그리고 검을 들어 려운에게 돌진하려던 순간.

푸욱— 푹— 푹— 푹—

수십 개의 화살이, 그의 가슴에 박혔다.

국영이 힘없이 비틀거렸다. 그리고 려운의 발 앞에 푹 고꾸라졌다.

이윽고 그가 억지로 붙잡고 있던 한 줄 삶의 끈이, 스르르 그의 손을 빠져나갔다.

"네 충성심이 아깝군."

려운이 자신의 발 앞에 엎어져 있는 국영을 바라보며 조용히 말했다. 마지막으로 역모에 가담한 대역죄인을 잡아들인 그는, 씁쓸하게 덧붙였다.

"홍규용의 꼭두각시는…… 우리 연화뿐만이 아니었겠지."

*   *   *

기월(幾月) 후. 볼을 에는 듯한 찬바람에, 낙엽이 부스러지듯 땅 위를 굴렀다. 천나라를 덮은 하얀 눈이 해질녘 노을에 반짝였다. 황제가 말없이 두 개의 무덤을 바라보았다.

"지금쯤이면, 제나라 황태자는 황제 즉위식을 마쳤겠지."

이윽고 그가 려운을 향해 조용히 물었다. 그러자 줄곧 뒤에서 침묵을 지키고 있던 려운이 곁으로 다가와 대답했다.

"그러하셨을 것입니다."

려운의 대답을 들은 황제는, 곧 은후와 마지막으로 대화를 나누었던 날을 떠올렸다.

　　—어찌하여 제나라로 떠나라 명하시고는 황궁의 문을
　　열어주시지 않은 것입니까.
　　—받으시오.

그가 건넨 것은, 천나라와 제나라의 동맹을 받아들인다는 내용을 담은 두루마리였다. 그것을 받아든 은후는 순간 멈칫했다. 분명 수포로 돌아간 일이라고 생각했기 때문이었다.

　　—황제가 되겠다 하지 않았소. 황태자, 그대는. 그대의
　　여인을 지키고, 어리석은 인재등용으로 나라를 병들지 않
　　게 하는…… 그런 황제가 되시오.

비록 그의 여인이 연화가 황후를 시해하려는 것을 도운 죄가 있었다. 허나 은후가 화살에 맞았을 적, 그의 곁을 지키던 다은을 지켜본 려운을 통해, 황제는 그녀에게 은후가 어떤 존재인지를 들었다.

재연이 연화라는 것을 알고 난 후. 그는 그때, 목마른 사랑으로 인한 병을 한차례 앓았던 연화의 마음이, 그 여인과 같았을 것이란 것을 어렴풋이 느꼈다.

무엇보다도…… 그동안 그가 황후를 돌보아준 것, 그리고 자신과 황후의 목숨을 구해준 것을 기억한다는 의미와 함께, 그의 곁에 있는 여인을 이제는, 따스히 돌보라는 뜻이었다.

황제의 머릿속에 어느덧 시간이 지나, 제나라의 황제가 되었을 은후의 모습이 보였다. 어쩌면, 정혼자라던 그 여인도 황후가 되었겠지.

그리 모두 제자리로 돌아간 것 같은데……. 무덤을 바라보던 황제가 힘겹게 두 눈을 감았다 떴다. 그리고 려운에게 이어 하문했다.

"해국과 지국에 보낸 사자들은 돌아왔느냐."

"예. 해나라와 지나라의 제후들 모두가 황제 폐하를 따르겠다는 답을 보내왔사옵니다."

"천 우와 천 영이 얼마나 형편없는 황제들이었으면…… 망설임 없이 천나라에 흡수되겠다고 하는 것이냐."

황제가 쓴웃음을 지었다. 그의 눈시울이 붉어졌다. 흰 눈이 내려앉은 무덤 위가 어쩐지 따뜻해 보여, 다행이었다.

"천나라 땅에 묻어주었다고 해서, 화를 내지는 않겠지."

"두 분 마마께서도…… 대역죄인의 모습으로 고국에 돌아가고 싶지는 않으실 것입니다. 전에 사자들이 각 국으로 떠나기전, 모두 당부해두었습니다."

"……"

황제는 아무 말이 없었다. 대역죄인들에게 무덤이란 가당치 않은 것. 허나 그는 황궁에서 멀리 떨어지지 않은 곳에 천 우와 천 영의 무덤을 마련했다. 그리고 조용히 제후들에게 형제의 비보(悲報)를 전했다.

그것이…… 그가 자신의 형제들에게 해줄 수 있는 마지막 배려였다.

붉은 핏방울과, 비릿한 피내음이 가득했던 지난날이 아직도 선명했다. 헌데 어느새 겨울이 와버렸다. 너무도 추웠던 봄이 어찌 지나갔는지도 알 수 없었는데, 두 눈을 감았다 뜬 지금은…… 어딘가 따뜻해진 겨울이었다.

그런데도 가슴 한 구석이 시린 것은, 부정할 수 없었다.

황제는 굳게 닫았던 입술을 떼었다. 그리고 망설였던 마지막 물음을, 입 밖에 꺼냈다.

"연화는…… 잘 지내고 있더냐."

그의 물음에 려운이 희미하게 웃었다. 엷게 휘어진 그의 눈은 자신의 사가 뒤뜰에 자리한 그녀의 무덤을 떠올렸다.

"양지 바른 곳에 있어서 그런지, 눈이 내렸어도…… 금방 녹아서…… 춥지는 않을 것입니다."

연화를 떠나보냈던 그날. 황제, 자신이 할 수 있었던 것은 려운을 으스러지도록 안아주는 것뿐이었다. 여태껏 려운이 그러했던 것처럼, 그렇게 혈육을 잃은 벗의 곁을 지켜주는 것뿐이었다.

"나는 네게, 늘 미안할 뿐이다."

허나, 그 무엇으로도 두 번이나 누이의 죽음을 겪어야했던 려운을 위로할 수는 없었다. 그럼에도 황제는 또다시, 그에게 미안해해야 했다.

"그리고 연화에게 가지 못해서, 미안하다. 려운아."

그러나 려운은 무덤을 바라보며 나직이 답했다.

"황후마마를 생각해서 그리 하시는 것, 알고 있습니다."

"……."

"다만. 벚꽃 잎이 흩날릴 즈음, 가끔…… 아주 가끔…… 그 아이를 떠올려주시면 아니 되겠습니까."

려운이 황제를 바라보았다. 이내 그는 고개를 들어 얼어붙은 나뭇잎들을 응시하며 슬픈 미소를 지었다.

"제 꿈속에서…… 벚꽃 잎이 흩날릴 즈음……, 다시 돌아온다고 했으니까요."

다시 돌아오게 될, 봄을 기다리는 일이 무척이나 힘들었는데. 그래도, 이제 연화는 편히 쉬고 있다. 연화의 시신을 찾지 못한 채 남몰래 방황했던 시간들을, 속앓이했던 시간들을 바람에 흘려보내고, 조금은 준비된 마음으로 봄을 기다릴 수 있을 것 같았다.

려운은 조당에서 발견했던 연화의 가락지를 말없이 쥐었다.

'삶의 끝에서 다시 만나면 그때는, 너를 와락 끌어안고…… 말없이 친누이로 받아들일 것이다.'

불현듯 코끝이 시큰해져, 아린 느낌이 려운의 가슴에 스며들었다. 처음 만났을 때, 밀어내지 말 것을. 너를 따뜻이 반겨 줄 것을. 그는 연화를 떠나보낸 후 매일을, 그렇게 무덤 앞에서 흐느꼈었다. 그렇게 그 아이와 함께 묻어 주었어야 할 가락지를 함께 묻지 못했다.

　　─벚꽃 잎이 흩날릴 즈음, 다시 돌아올 것입니다.

　황제 역시 려운과 같은 꿈을 꾼 적이 있었다. 웃으며 떠나는 연화의 모습이 잔상처럼 남아 그의 눈앞에서 흩어졌다.
　'정말 다시 돌아왔는데, 너는…… 벚꽃 잎과 함께 돌아오지 못했어. 해서, 이리도 빨리 내 곁을 떠난 것이냐.'
　황제가 굳게 눈물을 삼켰다. 그의 머리카락이 바람결을 타고 언 뺨을 스쳤다.
　이내 황제는 려운과 두 눈을 마주했다. 그리고 어린 시절, 연화가 바닥에 떨어뜨린 꽃을 한 아름 모아 주워주었던 날을 떠올리며, 려운의 청에 답했다.
　"비록 이제는…… 내게 연화가 사랑스러웠던 누이로만 남아 있다 해도, 예전처럼 꽃은 얼마든지 다시 주워 줄 수 있으니…… 걱정하지 말거라."

＊　　＊　　＊

황제의 환궁에, 궁녀와 환관들이 대열을 이루어 그를 맞이했다. 황제가 저벅 저벅 궁 안을 걸었다.

"다녀오셨사옵니까."

황후 또한 그를 마중 나와 있었다. 짙은 밤하늘 아래, 청초한 그녀의 얼굴이 황제의 두 눈에 담겼다. 황후의 흰 뺨이 붉게 상기 되어있었다. 꽤 오래 서있었던 것인가.

"왜 나와 있는 것이오."

이러다 고뿔이라도 걸리면 어쩌려고. 불현듯 걱정이 앞선 황제가 보이지 않게 미간을 좁혔다.

"그대가 아프면…… 내가 더 아프다는 걸, 모르시오."

그리고 자신이 입고 있던 두꺼운 솜옷을 벗어 그녀의 어깨위에 둘러주는 그였다.

"폐하, 저는 지금도 따뜻하게 갖춰 입고 나온 것입니다. 그러니 어서 다시 가져가십시오."

황후는 그가 덮어준 겉옷을 벗으려했다. 그러나 황제는 고개를 저으며 그녀의 어깨에 손을 올려놓았다.

"그냥 덮고 있어."

단호함 속 나직한 그의 말에, 황후는 더 이상 거절할 수가 없었다. 그녀는 결국 조심스럽게 옷을 여미고 그를 바라보았다.

그가 어디에 다녀왔는지 알고 있는 그녀는, 아무것도 묻지 않았다. 그저, 그가 이제야 서서히…… 마음을 정리했다는 것을 느낄 뿐이었다.

그가 형제들의 무덤을 찾아간 것은, 오늘이 처음이었으니까.

"황후."

황제가 그녀를 불렀다. 낮은 목소리가 유달리 착 가라앉은 것 같아, 황후의 마음이 무거웠다.

그러나 그녀의 예상과는 달리, 황제는 미소를 지으며 손을 내밀었다.

"같이 걸을까."

*   *   *

고요한 황궁을 걷는 길. 환관들과 궁녀들을 물리고 오로지 황제와 황후 둘만이, 손을 맞잡은 채 궁 안을 거닐었다. 한 마리의 용이 길게 누워 지키고 있는 담 옆을 지나, 살얼음이 진 못 위의 다리를 건너며 둘은 서로의 온기를 느꼈다. 빛을 한가득 뿌려놓은 듯 겨울밤 하늘에 박힌 별들이 유독 많아 보였다.

그와 맞잡은 손이 너무도 따뜻해서, 황후는 얼었던 몸이 서서히 녹는 것 같았다. 그가 덮어준 옷 때문인 것 같기도 했다.

불현듯 두꺼운 겉옷을 걸치지 않은 황제가 다시 걱정된 그녀는 아랫입술을 물었다. 그리고 그를 바라보며 말했다.

"폐하. 춥지 않으십니까."

걱정이 가득 담긴 그녀의 눈망울이 황제를 향하고 있었다. 그러자 황제는 황후의 손을 꼭 잡았다. 그리고 말했다.

"그대의 손이 따뜻해서…… 괜찮아."

그의 나직한 음성이 그녀의 귓가를 감돌았다. 황궁 안을 거니는 두 사람의 발걸음 소리가 고요한 정적 속에 섞여 은은히 들려왔다.

이윽고 황제가 발걸음을 멈추었다. 그의 발걸음에 따라 황후의 발걸음도 멈추어졌다.

"여긴……."

이곳 역시, 그날 이후로 그가 찾지 않았던 곳이었다. 오롯한 그만의 공간이었는데도 그는 이곳에 발길을 끊었었다.

비록 오랜 시간 내색은 하지 않았지만, 언제나 만남과 헤어짐이 있었던 이곳이 가장, 두려웠던 것일까.

황제는 돌계단 앞에서 한동안 우두커니 서있었다. 그러자 황후가 나란히 선 그를 바라보며 나직이 말했다.

"저는 폐하의 마음이 온전히 정리될 때까지 기다릴 수 있습니다. 폐하께서, 저를 기다려주셨던 것처럼."

그녀의 따뜻한 말에 황제는 조용히 미소를 지을 뿐이었다. 이윽고 그는 잡은 손을 놓지 않은 채, 그녀와 함께 애련정으로 올라가는 계단을 밟았다. 그리고 황후가 넘어지지 않도록 그녀와 발걸음을 맞췄다.

애련정 위에 황제와 황후가 나란히 섰다. 높은 곳의 바람이 찼다. 바람을 느끼기엔 너무도 찬데, 어쩐지 시원하게 느껴졌다. 애련정 위를 드리운 마른 벗나무 가지가 더 이상 안쓰러워 보이지 않았다. 오히려, 이듬해 봄에 피어나게 될 벚꽃 잎이 서서히 기다려졌다.

황제는 어스름한 전경을 응시하며 입술을 떼었다.

"나는 그대를 걱정했는데, 나보다 그대가 더 잘 견디는 것 같아…… 참 고맙소."

호수를 바라보는 황제의 눈빛이 엷게 휘어졌다. 별빛이 내려앉은 호수는 언제나 그렇듯, 유유히 흘러가고 있었다.

황후의 시선도 그의 시선에 따라 호수에 고정되었다. 칠흑같이 어두운 물속. 오로지 저 아래 호수가 있다는 사실 밖에는 모르던 순간. 그 깊이를 알 수 없는 물속의 나락으로 한없이 떨어지고 싶었던 때가 있었다.

황후의 머릿속에 잊을 수 없는 그날이 그려졌다. 이내 그녀는 그를 향해 담담한 말투로 답했다.

"잊으셨습니까. 저는 이곳에서, 삶을 저버리려 했던 사람입니다."

마치 추억을 회상하듯 눈앞에 풍경에 젖어 있는 황후를, 황제는 물끄러미 바라보았다. 달빛을 받은 그녀의 뺨이 유독 희어보였다. 고운 그녀의 턱선이 너무도 아름다워 손을 뻗고 싶은 충동마저 들었다. 그의 시선에 황후도 고개를 돌려 그의 눈동자를 응시했다. 그리고 붉은 입술 위 옅은 미소를 담으며 말을 이었다.

"그리고 폐하께서 제 손목을 붙잡아주셨지요."

황후의 긴 머리카락이 바람결에 사르락, 휘날렸다. 그러자 그녀가 귓가에 꽂고 있던 흰 꽃장식이 바람에 날려 아래로 떨어졌다. 흰색 연꽃, 백련이었다.

그것을 본 황제가 천천히 허리를 굽히며 말했다.

"허면, 그때는 내게 거짓말을 했던 것이군."

그의 의아한 행동에, 애련정 바닥을 내려다본 황후는 그제야 꽃장식이 떨어졌다는 것을 알아챘었다.

"아…….."

그녀는 곧 곤란한 얼굴을 하곤 무의식적으로 귓가에 손을 가져다 대었다. 귓가에 꽂아져 있어야 할 장식이 없는 것을 보니, 역시나 여기서 떨어진 것이었다. 이내 황후는 말끝을 흐린 채, 느릿하게 답했다.

"……그랬을 수도 있지요."

두 눈이 멀었던 그때. 저 아래로 몸을 던지려 했던 것이 아니라고 화를 냈었다. 눈물을 방울방울 쏟아내며 사랑받자고 당신 곁에 있는 것이 아니라고 했었다. 자신은 황비가 아닌, 허수아비일 뿐이라고 그를 밀어냈었다.

그것이 벌써, 유독 많은 벚꽃 잎이 흩날리던 지난 해 봄이었다.

'그때 당신이 나를 잡아주지 않았더라면…… 저 깊은 호수 아래에 영원히 잠들게 되었을까.'

황후의 눈동자 위로 옅은 안개가 서렸다. 슬퍼서도, 서러워서도 아니었다. 그저 다시 이곳에 온전히 서 있을 수 있다는 사실이 행복해서였다.

"백련이라."

이윽고 흰색 연꽃을 집어든 황제는, 어렴풋한 미소를 지었다. 그의 가슴에 쌓아둔 모래가 서서히 바람에 흩어지기 시작했다. 비록 수많은 아픔이 심장을 긁고 가슴을 얼어붙게 만들었었지만, 황후를 만나고 아주 오래전에 다짐했던 스스로의 약조를 기억해야할 시간이었다.

가슴이 향하는 곳을 온전히 바라보겠다는 약속.

이제는, 망설임 없이 그녀의 곁에 다가갈 것이었다. 어떠한 일이 있어도 온전히 그녀를 끌어안을 것이었다.

황후의 꽃을 든 그가 여린 미소를 띤 채 말했다.

"사랑받자고 내 곁에 있는 것이 아니라 했었지. 그 말, 아직도 유효한 것이오?"

그러자 황후가 의아한 얼굴로 그를 바라보았다.

"이제 나는……."

황제가 그런 그녀의 앞에 한 쪽 무릎을 굽혀 앉았다. 그리고 흰 꽃장식을 그녀의 앞에 내밀며 말했다.

"그대를, 영원히 사랑해줄 수 있는데."

황궁의 봄

시샘달이, 잎샘추위와 꽃샘추위를 데리고 사라진 물오름달. 천나라 뫼와 들에 물이 오르며 그 화사함이 풍요로운 땅의 끝까지 번져갔다. 그리고 봄을 맞이하는 여인의 얼굴에도, 따스한 봄기운이 스며들어 있었다.

"황후마마, 어서 서두르셔야 합니다. 이러다 늦겠사옵니다."

황후를 기다리는 궁녀들이 안절부절못하고 있었다. 곧 국혼식이 시작될 예정이기 때문이었다.

황후는 아침 일찍부터 황궁에 입궐한 향을 꼭 끌어안고 있었다.

"그간 잘 지냈던 거야?"

그녀의 물음에 향은 미소와 함께 고개를 끄덕였다. 하루아침에 아비도, 처음으로 연정을 품었던 사내도 모두 떠나보내야 했지만…… 비록 잠도 자지 못하고, 곡기를 잃었었지만…… 그녀는 새로운 것에 집중했다.

혈육인 황후의 도움 없이, 백문객주를 천나라 최대의 객주로 키워낸 향은 눈코 뜰 새 없이 바쁜 거상이 되었다. 그리고 배를 타고 타국에 자주 나가 직접 거래를 하고 돌아오는 일이 잦았다. 그것이, 향이 서서히 아픈 기억을 가슴에 묻는 노력이었다. 그러나 그녀의 손가락엔 여전히 노란빛 가락지가 끼워져 있었다.

어느덧 한층 성숙해진 여인의 티가 나는 향은 월의 혼례복 매무새를 단정하게 매만져주며 말했다.

"언니…… 너무 예쁘다."

황후도 알고 있었다. 향의 가슴 속에 자리한 사내의 존재를. 영의 차가운 시신을 끌어안고 우는 향의 모습을 보았기 때문이었다. 그것을 아는 황후는 향이 더 이상 혼자서 외로이 지내지 않기를 바랐다.

"너도 혼기가 찼으니, 어서……."

"쉿."

그러나 향은 검지손가락을 입술에 대고 고개를 저었다. 그리고 담담하게 말했다.

"황후마마. 이젠 제 걱정은 하지 않으셔도 됩니다."

황후가 무언가 더 말하려는 듯 입술을 달싹였다. 허나 그마저도 향은 조용히 거절하고는 그녀의 앞에 예를 갖추듯 고개를 숙였다.

"황후마마. 이제는…… 누구에게나 사랑받으며, 그리 행복하게 사시옵소서."

"향. 국혼식, 자리 지켜주지 않을 거니."

황후가 향의 두 손을 붙잡았다. 그러자 향은 고개를 들고는 맑은 미소를 지으며 답했다.

"당연히 곁에서 축복해 드려야 하는 일이 아닙니까."

향은 한동안 천나라에 돌아오지 않을 생각이었다. 거래를 위한 타국 상주 기간을 무기한으로 늘렸기 때문이었다. 해서, 마지막으로 언니인 월의 얼굴을 보고 가기 위해 입궐한 것이었다. 그리고 정말 가슴이 아무렇지 않아지는 그때, 돌아오고 싶었다. 향은 행복해하는 표정의 월의 얼굴을 담고 또 담았다.

'언니. 잘 지내. 이제 나는 정말로 그리 믿고 있을 테니까.'

"황후마마!"

황후를 부르는 목소리가 다급하게 들려왔다. 그러자 황후는 옅은 한숨을 내쉬고는 향의 손을 다시금 꽉 쥐었다. 그리고 자리에서 일어서는 그녀였다.

이윽고 굳게 닫혀 있던 연주전의 문이 열렸다. 황후가 리아와 함께 연주전의 문 사이로 걸어 나왔다.

단아하고도 고운 자태가 빛나는 그녀의 모습이, 연주전 마당을 가득 메운 궁녀와 환관들 앞에 드러났다.

황후의 붉은 입술이 여린 햇살에 반짝였다. 그녀를 휘감은 갖가지 화려한 장신구들과 혼례복을 수놓은 수천 개의 금실이 해를 머금고 휘황찬란하게 빛났다. 무엇보다도 황제가 그녀에게 선물한 나비가 그녀의 머리에 고귀한 날개를 펼친 채 내려앉아 있었다.

"황제 폐하 납시오!"

이윽고 황제의 행렬이 천부궁 안으로 들어섰다. 황제 역시 혼례를 위한 복식을 갖춘 채, 천천히 발걸음을 옮겼다. 이내 그는 모든 궁인들의 시선을 사로잡으며 황후의 앞에 멈추어 섰다. 황후는 수줍은 얼굴로 황제를 맞이했다.

부드럽게 감았다 뜬 그녀의 눈에 긴 속눈썹이 도드라져보였다. 홍조가 은은하게 띄워진 황후의 볼이 너무도 사랑스러워, 황제는 엄숙해야 하는 혼례 자리에서 그만 미소를 보이고 말았다.

"폐하."

그것을 본 황후가 보일 듯 말 듯하게 눈썹을 찡그린 채 아랫입술을 물었다. 그러자 황제는 알았다는 듯, 다시 담담한 얼굴로 국혼식에 임하려 했다.

허나, 그는 곧 입가에 알 수 없는 미소를 띠었다. 비록 황후에게도, 자신에게도 기억이 잘 나지 않았던 시간이었지만…… 어차피 이미 한 번 치루었던 국혼식인데. 너무도 많고 복잡한 갖가지 절차들을 모두 거치기에는, 황후와 보내게 될 밤이 너무도 짧아지지 않을까.

"황후."

황제가 황후의 앞으로 한 발자국, 가까이 다가왔다. 그녀의
맑은 눈동자 안으로 햇살이 부서졌다. 청명한 하늘 아래, 두 사
람의 혼례복이 따스한 미풍에 펄럭였다.

"국혼식…… 그대를 위해, 새로이 준비한 것은 맞지만."

문득 입술을 뗀 황제가 뜸을 들였다.

"또 무슨 말을 하시려는 겁니까."

황후는 어쩐지 불안한 예감이 들었다. 그리고 그 예감은 언제
부터인가, 꼭 들어맞았다.

황제, 그가 꺼낸 말이라면.

"이걸로, 끝마치면 좋을 것 같은데."

읍! 이윽고 그녀의 숨이 막히는 신음소리가 짧게 들렸다. 연
지가 곱게 발린 입술을, 그가 덮어버렸기 때문이었다. 황제는
한 손으로 그녀의 머리를 감쌌다. 그리고 오랫동안, 그녀의 입
술을 머금은 채 음미했다.

선남선녀의 입술이 여느 때보다도 깊숙이 맞닿았다. 환관과
궁녀들이 모두 고개를 돌렸다. 혹은 재빨리 고개를 숙이거나,
뒤를 돌아섰다.

고개를 살짝 기울여 맞닿은 그의 코끝이, 부드럽게 그녀의 코
끝을 간질였다. 그만의 솔잎 향이 그녀의 입 안에 시원한 향을
퍼뜨렸다. 긴장 탓에 메말랐던 그녀의 입술은, 그녀를 탐하듯

한 아름 머금고 놓아주지 않는 그의 입술로 인해 한껏 적셔졌
다.

황후가 그를 밀어낼 겨를도 없이 황제가 입술을 떼었다. 그리
고 싱긋 웃으며 황후의 허리를 감싸는 그였다.

"그럼 이제, 원자를 위해…… 가볼까."

*   *   *

　　─날이 어두워지기 전까지는, 어림도 없습니다.

"후……."

황제가 따분하다는 얼굴로 연회 자리를 지키고 앉아 있었다.
그의 얼굴에는 지친 기색이 역력했다. 단호하게 모든 절차를 마
치고 연회를 마련하겠다는 황후 덕분이었다.

황후와 황제가 새로이 화합하는 날을 경축하는 연회는 그 어
느 때보다도 성대하게 열려, 풍악과 함께 봄의 축복을 받았다.

백성들에게도 술과 음식들을 베풀어, 온 나라가 흥겨운 노랫
가락에 취해 나라의 경사를 즐길 수 있도록 하였다.

문득 누군가의 등장을 알리는 공 태감의 목소리가 황제의 귀
를 울렸다.

"제나라의 황제 폐하께서 당도하셨사옵니다."

황제가 놀란 눈으로 주위를 둘러보기도 전, 은후가 황제와 황

후의 앞으로 다가왔다.

"그간 강녕하셨는지요."

여전히, 그는 서은후다웠다. 은후는 황제라기엔 다소 간편한 복장으로 호위와 신하들을 거느린 채 미소 짓고 있었다.

그리고 그의 곁엔, 단아한 차림의 다은이 있었다. 다은은 황후의 앞으로 다가가 예를 갖추고는 인사말을 건네었다.

"황후마마. 국혼을, 감축드립니다."

황후와 시선을 마주한 다은의 눈에는 여전히 미안함이 담겨 있었다. 그날 일에 대해, 제대로 된 사과를 건네지 못했던 탓이었다. 그러나 황후는 맑은 미소로 화답하며 고개를 끄덕였다.

"먼 길 오시느라 고생하셨습니다."

불미스러운 일이 있었던 뒤로 황제는 다은이 썩 마음에 들지는 않았지만, 더 이상 내색하지 않았다. 제나라의 황제와 황후에게 기별을 넣어달라고 한 건, 황후였기 때문이었다.

"굳이 제좌를 비우지 않고 사자를 보내도 되었을 텐데, 제나라의 황제께서 친히 이곳 천나라를 찾아주시다니 황송할 따름입니다."

휘가 제나라의 황제를 대하는 예를 갖추며 말했다. 그러자 은후 또한 보이지 않게 웃으며 능청스럽게 답했다.

"한때나마…… 깊은 정을 나누었던 벗의 국혼식이온데. 제가 오지 않을 수 있겠습니까."

"깊은 정?"

황제가 두 눈을 가늘게 뜨고 미간을 좁혔다. 그러자 은후는 피식 웃으며 여유롭게 대답했다.

"우정 말입니다. 우정. 벗이란 말, 듣지 못하셨습니까."

"……잘도 빠져나가는군."

황제가 낮게 중얼거렸다. 간간이 들려오는 소식으로 제나라 가 이전보다 꽤 번성하였다고 들은 바는 있었다. 그리고 지금 보니, 생각보다 옳게 성장한 황제가 된 것 같았다. 황태자 시절 의 자유롭고 여유로운 기질은 여전히 가지고 있는 것 같지만.

이내 은후는 한 팔로 다은의 어깨를 감싸며 좋은 소식을 전했 다.

"황후가 산달이 얼마 남지 않아, 곧 다시 돌아갈 채비를 해야 합니다. 그러니 오래 붙잡지는 마십시오."

그의 말에, 월이 놀란 눈으로 둥근 곡선을 이루며 나와 있는 다은의 배를 바라보았다. 소중한 생명을 잉태한 다은의 배를 바 라보는 그녀의 두 눈이 사랑스럽게 빛났다. 그런 월의 눈빛을 읽은 황제의 입가에 옅은 미소가 묻어났다.

은후도 보이지 않는 시선으로 월을 바라보았다. 그녀를 다시 보면, 그동안 굳혀왔던 것들이 무너질까 영영 이곳에 오지 않을 생각도 했었다.

허나 모든 것을 내려놓고 곁에 있던 사람을 돌아본 것은 옳은 선택이었다. 제나라로 돌아가 서서히 키워갔던 다은과의 사랑 이 어느덧 결실까지 맺게 되었으니까.

이윽고 은후는 다시 시선을 돌려 황제와 두 눈을 마주쳤다. 그리고 여유로운 미소를 지으며 말했다.

"제가 술 한 잔을 올려도 되겠습니까. 황제 대 황제로서. 초야에 대해 미리 귀띔도 해드릴 겸."

*　　*　　*

황후전의 문이 열렸다.

사르락 사르락, 비단자락이 바닥에 스치는 소리가 정적 사이에서 고요히 울려 퍼졌다.

새어드는 달빛 사이를 걸어 그가 소리 없이 그녀의 앞에 다가갔다. 황후는 흰 살결이 비치는 내의만을 입은 채, 침상에 앉아 있었다.

이윽고 두 사람만의 시간을 봉인하듯 문이 굳게 닫혔다. 황후가 그를 물끄러미 바라보았다. 그리고 조용히 웃으며 물었다.

"이곳엔 어인 일이시옵니까."

그러자 황제도 피식 웃음을 터뜨렸다. 이내 그는 대답대신 그녀의 뺨을 어루만졌다. 부드러운 그의 손길은 언제나 가슴을 떨리게 했다.

그윽한 눈빛으로 여린 황후를 한껏 담은 황제가 천천히 그녀의 입술에 그의 입술을 포개었다.

그가 황후의 입술을 살짝 물었다, 놓았다를 반복했다. 닿을 듯 말 듯 서로를 머금다 떨어지는 입술이 다디단 향을 탐했다.

이어 황제는 황후의 입술을 살며시 누른 채, 서서히 그녀의 위로 몸을 기울이기 시작했다.

그는 침상 위에 등을 댄 황후의 두 뺨을 조심스럽게 잡았다. 그리고 그녀의 입술에, 코에, 눈에, 그리고 이마에 하나둘씩 자국을 남겼다. 그가 일정한 간격으로 입술을 댈 때마다, 황후의 심장이 거세게 동했다.

황제는 계속해서 입맞춤을 퍼부으며 그녀의 흰 속적삼에 손을 가져갔다. 그리고 조심스럽게 그녀의 어깨에서 옷을 걷어내었다.

그의 입술이 황후의 목선을 타고 아래로 내려갔다. 부드럽고도 간지러운 느낌이 서서히 그녀의 깊은 곳을 달아오르게 만들었다. 그녀의 가슴골에 봉착한 그의 입술은 자연스럽게 그녀의 봉긋한 젖무덤을 갈구하기 시작했다. 이윽고 황제는 황후의 등 뒤로 손을 넣어 그녀의 가슴을 감싼 속치마 끈을 풀었다.

황후는 그가 치마를 걷어내기 쉽도록 몸을 들썩여 주었다. 황제는 그녀의 전신을 감싸고 있던 천을 걷었다.

소중한 곳을 감싼 다리속곳만이 오직 그녀가 걸치고 있는 전부였다. 백옥처럼 흰 살결과 고운 선을 따라 굴곡진 그녀의 나신은, 황제의 혼을 단번에 빼앗아 버렸다.

이내 부끄러워진 황후가 황제의 옷깃을 붙잡았다. 그러자 황제는 엷은 미소와 함께 웃옷을 벗었다. 이윽고 넓게 벌어진 그의 가슴이 드러났다. 배에 박힌 탄탄한 근육은 적당히 벌어져 숨을 몰아쉬고 있었다.

황제가 그녀의 가는 허리를 잡았다. 그리고 몸을 숙여 그녀의 젖무덤에 입을 맞추었다. 그는 부드럽고도 말캉한 속살을 입안에 머금으며 자신만의 표식을 남겼다.

황후의 허리를 잡았던 한 손으로는 반대쪽 젖무덤을 한 움큼 모아 쥐었다. 그의 손에 가득 차 아득한 느낌을 안겨주는 촉감이 황제의 그것을 더욱 단단하게 만들었다.

곧 그가 봉긋 솟은 그녀의 정점을 혀로 조금씩 건드리기 시작했다. 황후의 입술이 살짝 벌어져 신음을 내뱉었다. 그의 혀끝이 닿을 때마다 저 아래서부터 가슴까지 타고 올라오는 짜릿함이 황후를 휘감았다. 난생처음 느껴보는 찬란한 몽롱함은, 그녀가 점점 이 순간에 취하도록 만들었다. 이윽고 황제는 황후의 가슴골에 짧은 입맞춤을 남기고 그녀를 끌어안았다. 단단한 그의 가슴이 온전히 그녀를 받아들였다. 맞닿은 가슴 사이로 두 개의 심장이 터질 듯 요동쳤다.

잠시 그녀를 놓아준 황제가 그녀의 두 눈을 사랑스럽다는 듯 바라보았다. 그리고 괜찮겠냐고 묻듯 가만히 흘러내린 그녀의 머리카락을 귀 뒤로 넘겨주는 그였다.

황후는 붉게 물든 볼과 함께 고개를 끄덕였다. 그러자 황제는 다시 그녀를 끌어안은 채, 그녀의 다리속곳 끈 위로 손을 가져갔다.

황후가 아랫입술을 물고 두 눈을 감았다.

이내 황제는 서서히 그녀의 깊은 곳으로 몸을 밀착시켰다. 그리고 자신의 그것을, 그녀의 안으로 밀어 넣었다. 황후의 입술 사이로 찢어지는 듯한 목소리가 터져 나왔다. 갑작스럽게 밀려드는 고통에, 참으려 해도 새어나오는 아릿한 비명이, 황제의 귓가를 자극하고 그녀의 몸을 부르르 떨게 만들었다. 황제와 황후는 손을 맞잡았다. 밀착된 두 사람의 전신 사이로 뜨거운 피가 솟구쳤다. 그가 그녀의 안으로 더욱 깊숙이 밀어 넣으며 움직이기 시작했다. 황후의 허리가 곡선을 그리며 휘어졌다. 그럴수록 황제는 그녀와 깍지 낀 손을 더욱 세게 잡았다. 그리고 황후를 감싸 안은 반대편 팔에 힘을 주었다. 황후는 황제의 팔을 꼭 붙잡았다. 열꽃이 핀 그녀의 뺨을 타고 굵은 땀방울이 흘러내렸다. 그렇게 점점 더 서로를 원하고 갈망하는 욕망이 깊어져 갔다.

모든 것을 내려놓고 오로지 둘만이 함께하는 공간 속, 둘은 서로에게 녹아들어 온몸을 적셨다. 그리고 지새운 밤의 끝자락에서, 황제는 황후의 몸 안에 흔적을 남기며 쓰러졌다.

*   *   *

'휘. 내가 이제야 말할 것이 있는데.'

'뭐지.'

'네가 갖고 있던 나비 머리꽂이 말이다.'

'……?'

'내가 황후마마께 선물해드린 것이다.'

'뭐라고?'

'참…… 그리고 휘, 이제 보니 너는 아무래도 려운과의 내기에서 진 것 같구나.'

애련정 위에서 호수를 바라보던 천우가 싱긋 웃었다.

황제가 두 눈을 번쩍 떴다. 불현듯 눈을 뜬 그는 침전 안으로 쏟아지는 햇살에, 눈이 부신 듯 손등으로 이마를 가렸다. 벌써 날이 밝은 건가. 아니, 어쩌면 해가 하늘 높이 떴을지도 몰랐다. 지난 밤, 잠에 든 것이 동이 틀 녘이었으니까.

"……꿈이었군."

그가 낮게 혼잣말을 했다. 그다지 기분 좋은 꿈은 아니었기에 황제는 살짝 눈썹을 찡그렸다. 헌데 어쩐지 꿈이 너무도 생생해서 거짓 같지가 않았다.

'황후의 예전 나비 머리꽂이를, 천우 형님이 주었다라…….'

허나 그것이 거짓이든 사실이든, 천우가 꿈속에서처럼 살아서 직접 말해준다면, 형님이 한 말이 사실이냐고 물을 수만 있다면……. 그가 쓴웃음을 지으며 두 눈을 감았다 떴다. 이제 와 무슨 소용이 있을까.

'헌데 내가 내기에서 졌다니. 그것 또 무슨 뜻이지.'

황제가 작게 미간을 좁혔다. 그리고 그때, 문득 그의 머릿속

에, 황태자 시절, 려운과 했던 내기가 떠올랐다. 그때, 처음으로
말을 섞은 여인, 즉 스치듯 지나간 인연을 다섯 해가 지나서도
알아본다면, 그것이 운명이라고 했다. 허나 그 인연을 알아보지
못한다면 내기에서 진다…….

　이내 황제는 자신의 품에서 새근새근 잠이 든 황후를 가만히
바라보았다. 그는 아기 새 같은 그녀에게서, 한참 동안이나 시
선을 떼지 않았다.

　스치듯 지나간 인연. 그날은 려운과 함께 몰래 잠행을 나와
연화에게 줄 가락지를 사러 저자에 갔던 날이었다. 그러나 자신
이 처음으로 말을 섞은 여인은, 연화가 아닌…… 이름 모를 당
찬 여인이었다.

　마음에 쏙 드는 가락지를 동시에 골라버린 묘한 인연이 있긴
했었지만, 어릴 때의 일이라 기억이 잘 나지 않았다. 허나, 비록
꿈일 뿐이지만 내기에서 졌다는 천 우의 말이 은근히 신경 쓰였
다. 황제는 계속해서 그때 그 여인을 생각해내려 기억을 더듬었
다.

　이윽고 황후도 잠에서 깬 듯 감고 있던 눈을 떴다. 눈을 뜨자
마자 보이는 그의 얼굴에, 황후는 옅은 미소를 지었다.

　"벌써 기침하셨습니까."

　"……."

　그러나 깊은 생각에 빠져 있던 황제는 황후의 목소리를 듣지
못했다.

그러자 황후는 그의 뺨에 손을 얹으며 물었다.

"무슨 생각을 그리 깊이 하십니까."

그제야 그가 황후의 눈동자를 바라보았다. 이내 황제는 대답 대신 그녀의 입술에 쪽, 입맞춤을 했다. 그리고 자신의 몸을 일으킨 뒤, 그녀의 손목을 붙잡으며 말했다.

"오랜만에, 같이 산책이나 하지 않겠소."

*　　*　　*

황궁에 깃든 햇살을 밟으며 황제와 황후가 나란히 걸었다. 황제는 소매에 연꽃무늬가 수놓아진, 세상에 단 하나밖에 없는 청룡포를 입고 있었다. 푸른빛이 감도는 청룡포는, 봄 햇살 아래를 거니는 그에게 더욱 잘 어울려보였다.

황후는 화사한 비단옷을 입은 채 한쪽 귀 뒤에 흰색 연꽃을 꽂아 소소한 머리장식을 하고 있었다. 수수한 모습이 평소 청초했던 그녀의 얼굴을 더욱 맑아 보이게 했다. 허나 그녀는 지난 밤 있었던 일의 결과로, 걷는 것이 편치가 못했다. 하지만 황후는 그것을 내색하지 않은 채 그와 나란히 발걸음을 맞추었다. 궁정 후원을 한 바퀴 돌았으니 이제 돌아가는 길만 남았기 때문이었다.

황후와 함께 조용히 햇살을 받으며 걷던 황제가 문득 말문을 열었다.

"예전에, 내가 황태자였던 시절에 말이오. 저자에 잠행을 나갔다가 려운과 내기를 했었는데, 그날 처음 말을 섞은 여인을 다섯 해가 지나서도 알아본다면 이길 수 있는 내기였어."

황제는 천 우가 나타났던 꿈을 떠올리며 말했다.

"그리고 그때 가락지를 사려다가, 만난 여인이 있었소. 헌데 그 여인의 얼굴이 잘 나지 않아."

"가락지를 사려다가요……?"

황후의 머릿속에서도, 문득 낯설지 않은 기억이 스쳐지나갔다. 어린 시절의 일이라 그녀도 잘 기억이 나지 않았지만 자신도 가락지를 사려다 만난 인연이 있었다.

"그러고 보니, 저도 가락지를 사려다 만난 사내가 있었습니다."

"……뭐라고?"

황제가 멈칫했다. 순간 황후의 얼굴에서, 앳된 누군가의 얼굴이 그의 눈에 겹쳐져 보이기 시작했다. 황후는 황제의 표정을 보지 못한 채 계속해서 기억을 더듬으며 말을 이었다.

"제가 먼저 고른 가락지였는데, 그 사내가 덥석 가져가려해서 실랑이를 벌인 적이 있었지요."

그날의 일은 흐릿하게 기억이 나지만, 그때 만났던 사내의 얼굴은 뭉개진 잔상처럼 선명하지가 않았다.

어릴 때의 일이라 그도 이미 어엿한 사내가 되어 성장하였을 테고, 자신 또한 성숙한 여인이 되어 황비로서 살아가고 있으니 그리 중요한 기억은 아닐 테지만……. 비가 내렸던 그날, 그 사내와 함께 뛰었던 일은 나름 재미있었던 추억이었기에 가끔 가락지를 보다보면 떠오르곤 했다.

"혹…… 그날, 비가 왔었소?"

황제의 심장이 쿵쾅거리며 가슴을 두드렸다.

"그것을 폐하께서 어찌 아십니까."

이윽고 점점 더 선명해지는 여인의 얼굴이, 그의 가슴을 흔들어 놓기 시작했다. 이내 황제는 마지막으로 확신할 수 있는 물음을, 황후에게 건네었다.

"그리고 한 사내와 함께 금군들을 피해…… 뛰었소?"

"그것을 어찌…….'

하— 황제가 허탈한 웃음을 지었다. 가슴이 뻥 뚫리는 것 같으면서도 여태껏, 함께했던 그 여인을 못 알아보았다는 것이 한없이 답답해지는 순간이었다.

그날 이후로부터 올 해 여름까지가 딱 다섯 해가 되는 해였다.

그제야 모든 것을 알게 된 황제는 잠시 머릿속이 하얘지는 것 같았다. 허나, 정말로…… 천 우의 말이 맞았다. 시간을 돌아, 황후는 다시 자신의 곁에 와주었으니까.

자신이 무슨 생각을 하고 있는지는 꿈에도 모른 채, 의아한 표정인 황후를 바라보던 황제는 곧 의미심장한 미소를 지었다. 그리고 황후의 손목을 붙잡아 어디론가 이끄는 그였다.

"그 사내……, 내가 알 것 같은데. 이리 와보시오."

"예? 어딜 가시려는 것입니까. 저는 이제 그만 돌아갔으면 합니다."

그러나 황후는 고개를 저으며 발길을 떼지 않았다.

"산책한 지 얼마나 되었다고……."

"아앗……!"

그의 힘에 못 이겨 따라가던 황후가 아랫배를 움켜쥐었다. 너무 빠르게 움직이면, 어딘가 찢어지는 고통에 걸을 수가 없었다. 그것을 눈치챈 황제가 그녀를 유심히 바라보며 물었다.

"혹……, 어디가 아픈 건가."

"……."

황후는 아무런 말도 할 수가 없었다. 침묵을 유치한 채 붉어지는 황후의 얼굴을 바라본 황제는 그제야, 그녀가 아픈 연유에 대해서 깨달았다.

"……!"

이내 그는 엷은 미소를 지으며 황후를 번쩍 들어 안았다. 그리고 그가 가고자 했던 곳을 향해 한 걸음씩 내딛는 그였다.

그가 가려는 곳은 보지 않아도 알 수 있었다. 봄을 맞이한 애련정의 전경은, 그 누가 보아도 감탄할 만 했으니까.

황후를 안은 채 애련정 계단을 오른 황제는, 조심스럽게 그녀를 내려놓으며 말했다.

"그 사내가 누군지, 그대가 내 볼에 입을 맞춰준다면…… 말해 주지."

그의 말에 황후는 한쪽 눈썹을 치켜 올렸다. 그 사내가 딱히 궁금한 건 아니었지만…… 그래도 볼에 입맞춤은 어려운 일이 아니었으니까.

그녀가 그의 뺨에 입술을 가져다 대려는 순간. 황제가 고개를 돌렸다.

"……!"

그의 뺨에 닿았어야 할 그녀의 입술은, 어느새 그와 입술에 닿아 있었다. 상기된 그녀의 볼 위에 선홍빛 꽃이 피었다. 황제는 그런 그녀의 모습이 너무도 어여뻐 보였다.

갑작스러운 그의 행동에 당황한 황후는 부끄러움에 고개를 돌렸다. 그러나 황제는 황후의 얼굴을 감싸며 싱긋 웃었다.

"어딜 보는 것이오. 날 보아야지."

갑작스럽게 그와 시선을 부딪치게 된 그녀가 두 눈을 깜박였다. 이내 황후는 다시금 얼굴이 붉어지는 것을 느끼자, 두 눈을 꾹 감았다. 그러나 황제는 한시도 그녀가 긴장의 끈을 놓을 수 없도록 만들었다. 그가 그녀의 볼을 어루만지며 말했다.

"앞으로, 이렇게…… 나만 보시오."

황후는 두 눈을 감은 채 낮은 그의 음성을 들었다. 황제는 수줍게 감겨 있는 그녀의 눈을 가만히 응시했다. 그리고 다짐했다.

저 안에 담겨져 있는 맑은 두 눈을, 오랫동안 보고…… 또 보아야지. 저 눈가가 절대로 젖지 않도록 해야지.

"……?"

이내 그가 아무 말이 없자 황후가 살며시 두 눈을 떴다. 그리고 바로 앞에, 그윽하고도 깊은 눈빛을 한 황제가 자신을 바라보고 있었다. 황후의 영롱한 눈동자에 시선을 고정한 황제는 씨익 웃으며 말을 이었다.

"내가 그대를 바라보고 있는 것처럼."

황후의 입가에 꽃이 피어났다. 비록 먼 길을 돌아, 험난한 시련을 겪어서야 이 자리에 웃으며 서 있을 수 있었다 해도…….다행이었다.

온전한 두 눈으로 이렇게…… 당신을 볼 수 있어서. 목소리만으로도 떨리는 심장에 손을 얹고, 넋을 잃은 듯 한없이 바라볼 수 있어서.

"황후."

그가 달콤한 목소리로 그녀의 귓가를 휘감았다. 그의 부름에 황후는 물끄러미 그를 올려다보았다. 선한 그의 눈빛이 무언가를 추억하듯 빛났다.

이윽고 황제는 부드럽게 그녀의 손을 잡으며 말했다.

"나는 아주 오래전부터, 이렇게 손을 잡고……."

그가 그녀의 다섯 손가락 사이로 자신의 손가락을 넣어 바짝 맞추어 잡았다.

"그대를 감싼 다음."

그리고 다른 손으로는 그녀의 등허리를 감싸 안았다. 황후가 의아한 표정으로 황제를 바라보았다. 그러나 그는 대답 대신, 단단히 그녀의 등을 받치고 서서히 몸을 기울였다. 그리고 싱긋 웃으며 말했다.

"입을 맞추고 싶었어."

이윽고 그의 입술이, 그녀의 입술을 머금었다. 촉촉이 젖은 입술 안으로 그만의 향기가 퍼져나갔다. 봄 내음이 나는 것 같기도 하고, 벚꽃향이 나는 것 같기도 했다.

황후가 그에게 젖어들 듯 두 눈을 감았다. 긴 속눈썹 아래로 분홍빛 설렘이 물들었다.

다디단 향을 싣고 불어온 봄바람이, 애련정 위에 드리워진 벚나무의 가지를 흔들었던 탓일까. 입을 맞추고 있던 두 사람의 어깨 위로 분홍빛 벚꽃 잎들이 춤을 추듯 떨어지기 시작했다. 황후와 황제를 감싼 벚꽃 잎은 바람결에 흩날리며 둘을 축복하듯 한 장, 한 장 꽃비가 되어 내렸다.

황제가 황후를 품었던 입술을 떼었다. 그리고 세상에서 가장 아름다운 미소를 지으며 말했다.

"그대가, 내 운명이었으니까."

〈시니컬 황후 끝〉